스페인 여자의 딸

스페인 여자의 딸

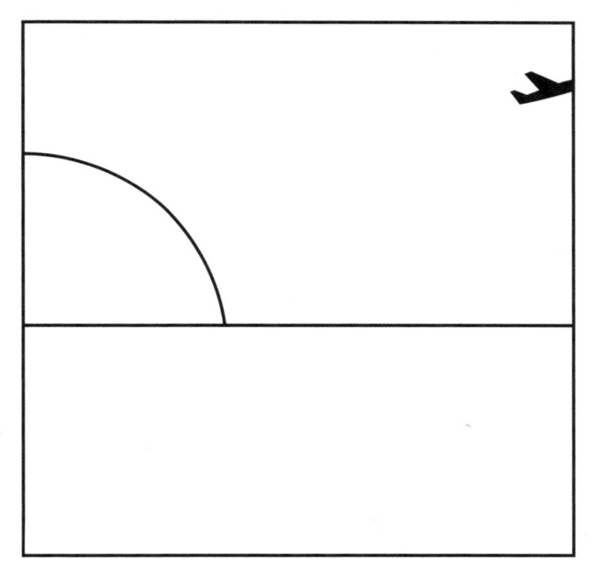

카리나 사인스 보르고 장편소설 | 구유 옮김

은행나무

나보다 먼저 이 땅에 온 여자들과 남자들에게.
그리고 이제 도래할 이들에게.

바다에 얽힌 이야기란 모름지기 정치적이며 우리는 다만
땅을 찾아 헤매는 파편들이므로.

아아, 아무것도 겁낼 게 없으니, 시인이여,

철조망에 부는 바람조차도. (…)

고개를 들라

다만 당신이 쓰는 말들

헛소리가 아니기를.

~

욜란다 판틴, '골반뼈'

그들 내게 용기를 물려줬건만, 나 용감하지 못했지.

~

호르헤 루이스 보르헤스, '회한'

나 역시, 그대처럼, 유형 중에 배웠다네.

~

소포클레스

| **일러두기** |

* 원문에서 대문자로 강조된 경우 작은따옴표로,
이탤릭체로 강조된 경우 고딕체로 표기했습니다.
* 본문의 주는 옮긴이의 것입니다.

차례

엄마를 묻었다. 푸른 원피스, 굽 없는 검은 구두, 다초점 안경, 엄마가 쓰던 물건들도 함께 묻었다. 달리 작별할 도리가 없었다. 엄마와 뗄 수 없는 물건들이었으니까. 함께 묻지 않았더라면 엄마를 불완전하게 땅으로 돌려보내는 일이었을 테니까. 그래서 전부 묻어버렸다. 엄마의 죽음 이후 이제 우리에게 남은 거라곤 아무것도 없었으니까. 우리에게는 이제 서로의 존재조차 없었다. 그날 우리는 피로에 나가떨어졌다. 엄마는 나무 관에, 나는 다 쓰러져가는 작은 장례식장의 팔걸이도 없는 의자에. 상을 치르려고 알아본 대여섯 곳 중에 유일하게 빌릴 수 있었던 그곳에서는 빈소를 세 시간만 사용할 수 있었다. 도시에는 장례식장보다 화장장이 더 많았다. 사람들이 빵처럼 불가마에 들어갔다가 나왔고, 정작 오븐에 부족했던 빵은 배고픔이 들이닥칠 때마다 우리의 기억 속에 세차게 퍼부어졌다.

그날 이야기를 하면서 내가 '우리'라고 말하는 건 습관 탓이리라. 세월에 양날검처럼 붙어버린 채 서로를 지키며 살아온 까닭이다. 엄마의 묘비명을 작성하는 동안 첫 번째 죽음은 언어 안에서, 주어를 현재에서 끌어내 과거에 세워두는 과정 안에서 발생한다는 사실을 깨달았다. 주어의 행위를 완료된 행위로 변환하기. 지나간 시간 속에서 시작되고 끝나버린 일들. 한때 존재했으나 앞으로는 영영 존재하지 않을 것들. 이제 엄마는 다른 시제로만 존재하리란 사실, 그게 현실이었다. 엄마를 땅에 묻으면서 자식 없는 딸의 유년도 막을 내렸다. 죽어가던 그 도시에서, 우리는 전부 잃어버렸다. 현재시제의 단어들까지도.

빈소에는 여섯 명이 다녀갔다. 아나가 첫 조문객이었다. 남편 훌리오의 부축을 받아 발을 질질 끌며 도착한 아나의 모습은 그녀를 제외한 다른 사람들의 세상으로 통하는 깜깜한 터널을 지나오기라도 한 듯 보였다. 여러 달 전부터 아나는 벤조다이아제핀 치료를 받고 있었는데, 약효가 떨어지기 시작했다. 하루 복용량을 채울 만큼도 약이 남지 않은 탓이다. 부족하기로는 빵만큼이나 신경안정제도 마찬가지였기에, 필요했던 모든 것, 그러니까 사람들, 장소들, 친구들, 기억, 음식, 고요, 평화, 온전한 정신이 모조리 사라지는 광경을 목격한 이들의 절망과 같은 기세로 체념이 들이닥쳤다. '잃다'라는 동사는 동등하게 만드는 동사, 곧 혁명의 아이들이 우리에게 휘두르는 동사가 되어버렸다.

아나와 나는 인문학부에서 만났다. 그때부터 우리는 같은 주기로 각자의 지옥을 겪었다. 이번에도 마찬가지였다. 우리 엄마가 완화 의료 병동에 입원했을 때, 아나의 남동생 산티아고는 혁명의 아이들에게 체포됐다. 그날 그들은 학생 수십 명을 잡아갔다. 끌려간 학생들은 산탄 세례에 등가죽이 벗겨지거나, 골목에서 몽둥이질을 당하거나, 총구로 강간을 당했다. 산티아고는 '무덤'에 당첨됐는데, 세 가지를 번갈아 행사하는 고문이었다.

산티아고는 지하로 5층을 파 내려간 감옥에서 한 달이 넘는 시간을 보냈다. 소리도 창문도 없었고, 볕도 바람도 들지 않는 곳이었다. 다만 머리 위에서 지하철이 덜커덕

거리는 소리만 들릴 뿐이었다. 산티아고는 일곱 개의 감방 중 하나에 수감되었다. 감방들이 세로로 늘어선 탓에 누가 함께 잡혀 왔는지 보거나 알 수조차 없었다. 각 감방은 폭이 2미터에 길이가 3미터였고 바닥과 벽은 흰색이었다. 침대와 식판이 들어오는 창살도 하얬다. 포크와 나이프는 없었다. 음식을 먹고 싶다면 손으로 먹어야 했다.

아나가 산티아고의 소식을 접하지 못한 지도 여러 주였다. 이제는 매주 돈을 부치면 걸려오던 전화도, 매번 바뀌는 전화번호로부터 사진 파일로 받아 보던 너덜너덜한 생존 증명서조차도 끊겼다.

처남이 살았는지 죽었는지도 몰라요. "아무 소식도 없어요." 홀리오가 의자에서 멀찍이 떨어지며 아주 조용히 말했다. 의자에 앉아 30분째 발만 내려다보던 아나가 고개를 든 것은 세 가지 질문을 던질 때뿐이었다.

"장사는 몇 시에 지내?"

"2시 반."

"그렇구나." 아나가 중얼거렸다. "어디로 모시니?"

"라과이리타 묘지 옛 구역에 모실 거야. 엄마가 예전에 장지를 사뒀거든. 전망이 좋아."

"그렇구나……." 아나는 말을 내뱉는 게 초인적인 일이라도 되는 양 힘에 부쳐 보였다. "오늘이 제일 힘든 날일 텐데, 우리 집으로 갈래?"

"이모들 뵙고 물건도 전해드릴 겸 내일 아침 일찍 오쿠마레로 떠나야 해." 거짓말이었다. "그래도 고마워, 너도 상황이 썩 좋진 않잖니."

"알겠어." 아나는 내 뺨에 입을 맞추고 떠났다. 제 죽음이 내다보이는 판에 누가 남의 죽음을 추모하고 싶겠는가.

다음 조문객은 엄마와 아직 연락을 주고받던 은퇴한 교사 두 명이었다. 마리아 헤수스 선생님과 플로렌시아 선생님. 그들 역시 문상을 마치기 무섭게 자리를 떴는데, 무슨 말로도, 세상을 떠나기에는 너무 젊은 여자의 죽음을 바로잡을 수는 없음을 아는 까닭이었다. 그들은 사신이 자기들까지 찾으러 오기 전에 앞질러 가겠다는 듯 걸음을 재촉하며 떠났다. 빈소에는 내가 준비한 것 말고는 화환 하나 없었다. 하얀 카네이션 화환은 관 위쪽의 절반만을 간신히 덮을 뿐이었다.

엄마의 두 언니, 아멜리아 이모와 클라라 이모는 참석하지 않았다. 둘은 쌍둥이로, 하나는 뚱뚱하고 하나는 비쩍

말랐다. 하나는 쉬지 않고 먹었고, 하나는 검은콩 조금과 말아 피우는 담배 몇 모금으로 아침을 해결했다. 이모들이 사는 오쿠마레데라코스타는 바이아데카타 해변과 초로니에 인접한, 아라과주(州)에 속한 마을이었다. 푸르른 물이 새하얀 모래를 찰싹이는 그 마을과 카라카스 사이에는, 허물어지는 중이라 건널 수 없는 도로가 놓여 있었다.

팔순에 이르도록, 아멜리아 이모와 클라라 이모가 카라카스를 방문한 적은 많아봐야 평생 한 번일 것이다. 그 촌구석을 떠날 줄 몰랐던 이모들은 팔콘가(家)에서 처음으로 대학을 나온 우리 엄마의 졸업식에도 참석하지 않았다. 졸업 사진 속, 베네수엘라 중앙대학교의 강당에 서 있는 엄마는 아름답게 빛났다. 짙은 눈 화장을 하고, 부풀린 머리는 학사모 아래 눌린 모습으로 뻣뻣하게 졸업장을 들고 서 있는 엄마의 미소는 차라리 외로워 보였는데, 화난 듯 보이기도 했다. 엄마는 그 사진을 교육학 학사 성적표와, 이모들이 이제 팔콘가에도 전문 직업인이 있다는 사실을 알리려고 지역신문 〈엘 아라게뇨〉에 내보낸 기사 옆에 간직했다.

우리는 이모들과 별로 왕래가 없었다. 1년에 한 번이나 두 번쯤 봤을까. 7월과 8월 또는 카니발이나 부활절 주간에 마을을 방문해서 펜션 일을 거들고, 이모들의 경제적 부담을 덜어드렸다. 엄마는 늘 이모들에게 돈을 조금 주었고, 그러는 김에 잔소리도 늘어놓곤 했다. 하나는 그만 좀 먹으라고, 또 하나는 좀 먹으라고. 이모들은 풍성한 아침 식사로 우리를 맞이했다. 소고기 찜, 돼지 껍데기 튀김, 토마토, 아보카도, 사탕수수 음료 따위를 차렸는데, 원당과 계피를 넣고 끓여 천으로 걸러낸 그 음료에 나는 매번 속이 뒤집혔다. 이모들은 음료를 들고 집 안 여기저기 나를 쫓아다녔다. 나는 그 사약 때문에 기절한 게 한두 번이 아니었고, 그럴 때마다 정신 사나운 아줌마들이 늘어놓는 불평에 의식을 되찾곤 했다.

"아델라이다, 얘, 네 딸내미가 이렇게 말라비틀어져서 비실비실한 꼴을 우리 어머니가 봤더라면 비계 바른 아레파*를 세 장은 먹였을 게다!" 아멜리아 이모, 그러니까 뚱뚱한 이모가 말했다. "대체 애한테 뭘 먹이기는 하니? 꼭

* 콜롬비아와 베네수엘라에서 먹는 납작하고 동그란 빵으로, 옥수수 반죽으로 만든다.

튀긴 청어 꼴이구나. 아가, 여기서 기다리렴. 바로 올 테니까…… 여기 가만히 있어!"

"언니, 애 좀 내버려둬, 언니가 늘 배가 고프다고 다들 그런 건 아니니까." 담배를 피우면서 망고나무를 감시하던 클라라 이모가 안뜰 쪽에서 대꾸했다.

"이모, 밖에서 뭐 하시는 거예요. 점심 먹게 들어오세요."

"기다려봐라, 옆집 뻔뻔한 놈들이 망고 서리를 하러 오는지 보고 있는 참이니까. 저번에는 세 봉지나 훔쳐 갔다니까."

"자, 하나만 먹고 싶으면 하나만 먹으렴, 세 개 더 있단다." 부엌에서 아멜리아 이모가 튀긴 돼지고기로 속을 채운 빵 두 개가 담긴 접시를 들고 돌아오면서 말했다. "너는 좀 먹어야 해. 먹어, 얼른 먹으렴, 아가. 다 식겠구나!"

설거지를 마치고 나면 세 자매는 안뜰에 앉아 빙고를 했는데, 매일같이 정확히 오후 6시면 모기떼가 몰려왔고 그러면 우리는 마른 낙엽에 불을 붙여 피어오르는 연기로 모기들을 쫓아버리고는 모닥불을 피워놓고 둘러앉아 지는 해 아래로 타오르는 불을 구경했다. 그러다가 클라라 이모나 아멜리아 이모 중 누군가가 안락의자에 몸을 파묻은 채 투덜거리며 마법의 단어를 내뱉곤 했다. '고인'이라는 단어였다.

그건 우리 아버지를 부르는 말이었다. 공학도였던 아버지는 엄마에게서 임신 소식을 듣자마자 결혼 계획을 머릿속에서 지워버렸다. 이모들이 품었던 분노를 보면 누구든, 아버지가 이모들까지도 버리고 떠나버렸다고 할 터였다. 아버지 이야기는 이모들이 훨씬 더 많이 꺼냈는데 정작 엄마 입에서는 아버지의 이름을 들은 적이 한 번도 없다. 결혼이 무산된 후로 아버지 소식을 들은 적이 없기 때문이다. 적어도 엄마가 내게 말해준 바로는 그렇다. 아버지의 부재가 이상히 여겨지지 않을 만큼 충분히 납득 가는 설명이었다. 아버지가 우리 소식을 듣고 싶어 한 적이 없다면, 우리도 그쪽 소식을 궁금해할 이유가 없지 않은가.

나는 우리 가족을 대가족이라고 여긴 적 없다. 우리 가족이란 곧 엄마와 나였다. 우리의 가계도는 우리로 시작해서 우리로 끝났다. 엄마와 나는 함께 골풀, 그러니까 어디서든 자라는 잡초 무리를 이루었다. 우리는 작았고 결이 많았으며 아주 촘촘히 짜여 있었는데, 그건 어쩌면 누가 우리의 일부를 꺾거나 뿌리째 뽑아낸다고 해도 아프지 말라는 까닭에서였는지도 모른다. 우리는 견디도록 만들어진 몸이었다. 우리의 세상은 둘이서 유지하는 균형 안에서 지속했다. 나머지는 예외적인 것, 더해진 것, 따라서 떼어버릴 수 있는 것이었다. 우리는 아무에게도 기대를 품지 않았다. 서로로 충분했다.

파멸. 엄마의 장례식 날, 팔콘 펜션의 전화번호를 누르면서 들었던 기분이 딱 그랬다. 이모들은 전화를 늦게 받았다. 그 큰 집 안뜰에서부터 이제 아무도 사용하지 않지만 아직 전화를 걸고 받을 수 있는, 동전을 넣으면 작동하는 작은 전화기가 있는 거실까지 병약한 두 노인네가 이동하기란 힘겨운 일이었다. 이모들은 30년 전부터 펜션을 관리하고 있었다. 그 세월 동안 그림 한 점 바꾼 적 없다. 이모들은 그런 사람들이었다. 기름때와 흙으로 더러운 벽을 장식하던 먼지 가득한 캔버스에 그려진 장밋빛나팔나무만큼이나 희한한 사람들.

여러 번의 시도 끝에 드디어 이모들이 전화를 받았다. 엄마의 부고를 들은 이모들은 울적한 기분이 되어 별말을 하지 않았다. 이모 둘 다와 통화를 했다. 처음은 클라라 이모, 그러니까 마른 이모, 그다음은 아멜리아 이모, 그러니까 뚱뚱한 이모랑 이야기를 나누었다. 이모들은 적어도 오쿠마레에서 카라카스로 가는 다음 버스를 탈 때까지 장례를 미루라고 했다. 움푹 팬 구덩이와 범죄자로 가득한 도로 위 세 시간의 여정이 마을과 수도 사이를 갈라놓고 있었다. 게다가 연세와 지병—하나는 당뇨, 하나는 관절염—을 생각하면 이모들은 쓰러지고도 남았다. 그러니 이모들이 오지 못하도록 설득할 이유가 충분해 보였다. 나는 찾아뵙겠다는 약속—거짓말이었다—, 마을 예배당에서 구일장을 함께 치르자는 약속으로 통화를 마무리했다. 이모들은 마지못해 수긍했다. 전화를 끊으면서 한 가지는 확실해졌다. 내가 알던 세상이 무너져 내리기 시작했다.

정오가 가까워질 때쯤, 조문 온 아파트 이웃 여자 둘이 위로의 말을 늘어놓았다. 비둘기한테 빵을 던져주는 것만큼이나 쓸데없는 짓이었다. 간호사인 6층의 마리아 아줌마는 영생에 관해 떠들어댔다. 그런가 하면, 펜트하우스의 글로리아는 이제 내가 '홀몸'이 되었으니 어쩔 작정인지에 더 관심이 많은 듯 보였다. 왜냐하면, 당연히, 그 아파트는 딸린 자식도 없는 여자가 혼자 살기에는 너무 컸으니까. 왜냐하면, 당연히, 상황이 상황이니까, 내가 방 하나 정도는 세 놓을 생각을 했을 테니까. 요즘에는 미국 달러로 거래한다더라, 그야 뭐, 운 좋게도 아는 사람이 세를 들 때 이야기지만. 제대로 된 사람, 제때 입금. 질 나쁜 놈들이 많거든, 글로리아가 말했다. 알다시피 혼자 있으면 좋을 것 하나 없잖아, 이제 홀몸이 됐으니, 누가 가까이 있으면 좋지 않겠어, 적어도 비상시에는 말이야, 안 그래? 세 줄 만한 지인들이 있겠지? 그렇지? 그리고 당연히, 그녀에게는 예전부터 카라카스로 이사 오려던 먼 사촌이 있었다. 혹시 생각해둔 사람이 없으면, 이보다 좋은 기회가 어디 있겠어! 안 그래? 걔가 자기 집에 들어가고 자기는 여윳돈 좀 챙기고. 너무 좋은 생각 아니니? 글로리아는 아직 온기도 채 가시지 않은 엄마가 누워 있는 관 앞에서 연설을 늘어놓았다. 왜냐하면, 자기도 겪어봤겠지만, 이런 인플레이션 시대에 병원비며 장례비며 장지 비용 치르는 게 어디

보통 일이야? 돈깨나 들었을 거야, 안 그래? 당연히 자기도 모아둔 돈이 있겠지만, 이모들 연세도 있고 그렇게 멀리 사시는데 부가 수입이 좀 필요할 거야. 내 사촌 연결해줄 테니까, 남는 방 잘 굴려보라고.

글로리아는 단 1초도 쉬지 않고 돈 이야기를 했다. 쥐처럼 작은 두 눈에서는 내게서 얼마나 떼어먹을 수 있을지, 아니면 적어도 어떻게 하면 내 처지를 이용해서 자기 처지를 더 낫게 만들 수 있을지 분주히 고민하는 모습이 보였다. 그때는 다들 그렇게 살았다. 다른 사람의 장바구니를 훔쳐보고 공급이 달리던 무언가를 이웃이 가지고 있다면 어디서 구할 수 있는지 캐고 다니며 살았다. 우리는 모두 수상한 사람, 경계하는 사람이 되었고, 연대를 약탈로 둔갑시켰다.

이웃 여자들은 2시에 떠났다. 마리아 아줌마는 글로리아의 몰지각한 말을 듣는 데 넌더리가 난 채였고, 글로리아는 이제 엄마가 안 계시니 내 재정 상태는 어떻게 되는 건지 알아내지 못해 지친 채였다.

산다는 건 사냥에 나섰다가 살아 돌아오는 일이 되어버렸다. 가장 기본적인 일들까지도 그랬다. 가족을 땅에 묻는 일까지도.

"빈소 사용료는 5천 볼리바르 푸에르테 되겠습니다."

"예전 볼리바르로 5천이란 말씀이시죠."

"예, 맞습니다." 장례식장 직원이 가느다란 목소리를 가다듬었다. "고객님은 사망진단서를 가져오셔서 더 저렴하게 해드리는 거예요. 진단서가 없으면 서류 발급 비용 때문에 7천 볼리바르거든요."

"예전 볼리바르로 7천이라고요?"

"예, 맞습니다."

"그렇군요."

"계약하실 거예요, 말 거예요?" 직원이 새된 목소리로 물었다.

"제게 선택권이 있는 것 같아 보이나요?"

"저야 모르죠."

장례식장 대금 지급은 엄마가 마지막 날들을 보낸 병원비 결제보다도 더 복잡했다. 은행 체계는 허상이었다. 장례식장에는 카드 단말기가 없었고, 계좌이체도 받지 않았고, 내 수중에는 그만큼의 액수, 그러니까 내 월급의 2천 배 정도를 웃도는 현금이 없었다. 있었다고 한들, 받아주지도 않았을 것이다. 당시에는 아무도 지폐를 원하지 않았다. 지폐는 가치 없는 종이 쪼가리에 불과했다. 뭐든 사려면 큰 돈다발이 필요했다. 탄산수 한 병부터 껌 한 통까지—그것도 있을 때 이야기지만—, 원래 가격의 열 배에서 열두 배까지 줘야 살 수 있었다. 돈의 단위가 도시 규모를 띠기 시작했다. 물론 있을 때 이야기지만, 기름 한 병을 사려면 1백 볼리바르짜리 지폐로 탑 두 채를, 가끔 치즈 한 덩이라도 사려면 세 채를 쌓아 올려야 했다. 가치 없는 마천루, 그게 국가 화폐였다. 터무니없었다. 그러다 몇 달 지나지 않아 정반대의 상황이 발생했다. 돈이 사라져버린 것이다. 이제는 그나마 구할 수 있던 물건의 값을 치를 수조차 없었다.

나는 가장 간단한 해결책을 선택했다. 몇 달 전 암시장에서 사두었던, 마지막 남은 50유로짜리 지폐를 지갑에서 꺼내 직원 앞에 펼쳐 보이자, 직원이 놀라서 휘둥그레진 눈을 하고는 지폐 위로 달려들었다. 그는 아마도 원래 가치보다 스무 배는 더, 어쩌면 내가 지불한 금액보다 서른 배는 더 받고 환전할 수 있을 것이다. 50유로, 내 저축의 4분의 1, 혹시 집에 강도라도 들면 찾지 못하도록 다 해진 속옷으로 싸서 간직하고 있던 돈. 스페인에 기반을 둔 멕시코 출판사와의 작업—외국 화폐로 대금을 지급했다—과 밀린 원고 교정 비용을 정산하는 것으로 엄마와 나는 그럭저럭 살아갈 수 있었다. 그런데 지난 몇 주 사이에 탈탈 털려버렸다. 병원에서는, 병원에 구비되지 않은 탓에 암시장에서 원래 가격보다 서너 배는 더 주고 사야 했던 물건의 비용까지도 청구했다. 주사기와 식염수부터 거즈와 솜까지, 백정같이 생긴 간호사는 터무니없는 액수를 부르고서야 물건들을 건네주었다. 물건 가격은 합의한 가격보다 언제나 더 비쌌다.

모든 게 엄마가 침대에 누워 쇠잔해가는 것과 같은 속도로 사라져갔다. 다른 환자 세 명과 같이 쓰던 병실의 기운을 흡수한 것 같은 침대보를 나는 매일같이 집에 가져가서 빨아 와야 했다. 카라카스에서 침대 하나를 배정받기 위한 대기 목록이 없는 병원은 단 한 군데도 없었다. 사람들은 병에 걸렸고, 분별력을 잃는 것만큼이나 빨리 죽어나갔다. 공공병원에 엄마를 입원시키겠다는 생각은 해본 적도 없다. 그건 총상을 입고 몸에 구멍이 뻥뻥 뚫린 범죄자들 사이에 낀 채, 병원 복도에서 엄마가 죽어가도록 내버려두는 것이나 다름없었다. 생명이, 돈이, 기력이 우리 손을 떠나갔다. 심지어 하루도 짧아졌다. 오후 6시에 길에 있다는 건 명줄을 시험해보는 짓이었다. 우리는 어떤 식으로든 죽을 수 있었다. 총상, 납치, 강도. 몇 시간이고 지속되는 정전에 이어 해가 지면, 영원한 어둠이 찾아왔다.

오후 2시, 장례업체 직원들이 장례식장에 나타났다. 싸구려 옷감의 짙은 색 정장을 입은 남자 둘이었다. 덩치 큰 두 남자가 관을 꺼내서는 영구차로 개조된 95년형 포드 제퍼 안으로 거칠게 내던졌다. 나는 그 안에 누워 있는 게 모르타델라 소시지가 아니라 우리 엄마라는 사실을 분명히 해두겠다고, 떨어진 화환을 주워서 관 위에 올려두었다. 흑사병 희생자만큼이나 사람들이 죽어나가던 곳에서 우리 엄마 아델라이다 팔콘의 시신은 그저 차가운 고깃덩어리에 불과했다. 수많은 시체 옆에 놓이는 시체 한 구. 그 덩치 큰 남자들은 엄마를 다른 시체들과 똑같이 대했다. 일말의 동정도 없이.

나는 조수석에 올라 곁눈질로 운전기사를 힐끔 보았다. 머리색 짙은 사람들이 나이 들면 으레 그렇듯 군데군데 희끗한 머리에 푸석한 피부를 지닌 남자였다. "어느 묘지로 가면 됩니까? 라과이리타 묘지로 갑니까?" 나는 고개를 끄덕였다. 그 외에는 아무 말도 하지 않았다. 나는 도시의 따뜻한 바람에, 태양 아래 쓰레기 봉지 안에서 썩어가는 오렌지 껍질의 시큼하고 달큼한 냄새에 몸을 맡겼다. 고속도로를 통과하는 데 평소보다 시간이 두 배로 걸렸다. 고속도로가 설계되었을 50년 전 당시보다 인구수가 세 배는 불어난 도시에는 여전히 같은 고속도로가 깔려 있었다.

제퍼에 완충장치가 없는 까닭에 여기저기 팬 곳이 많은 도로는 그야말로 수난의 길이었다. 고정장치도 없이 뒤에 실린 엄마의 관은 심하게 흔들렸다. 백미러로 합판관—나무 관을 살 돈이 없었다—을 보면서, 엄마에게 그럴듯한 장례를 치러줄 수 있다면 얼마나 좋았을까 생각했다. 엄마도 자주 같은 생각을 했으리라. 엄마도 나한테 더 나은 것들을 주고 싶었으리라. 매년 9월이면 엄마가 정성껏 닦아주던, 작업복 색깔처럼 시퍼런 플라스틱 통 말고 10월이 될 때마다 동급생들이 새로 바꾸던, 금테가 둘린 분홍색 통처럼 더 예쁜 도시락 통이라든가, 도시 서쪽의 새장 같은 아파트 말고 동쪽의 정원 딸린 더 큰 집을 주고 싶었으리라. 나는 단 한 번도 엄마가 주는 것들에 불평한 적 없다. 엄마가 얼마나 큰 대가를 치렀는지 알았으니까.

나를 사립중학교에서 공부시키려고, 혹은 케이크며 젤리며 플라스틱 컵에 담긴 탄산음료가 차려진 생일잔치를 열어주려고 얼마나 많은 교습을 해야 했는지 알았으니까. 엄마는 단 한 번도 그런 말을 한 적 없다. 돈이 어디서 나오는지 설명할 필요가 없었다. 매일 내 눈으로 보았으니까.

엄마는 매주 화요일, 수요일, 목요일에 개인 교습을 했다. 방학 중에는 9월에 낙제를 면하기 위한 시험을 치러야 하는 학생들을 위해 매일 수업을 했다. 4시 15분 전이면 엄마는 식탁에서 식탁보를 치우고 연필, 연필깎이, 하얀 종이 여러 장, 비스킷이 담긴 접시와 물병 하나, 유리잔 둘을 놓았다. 많은 학생이 우리 집을 다녀갔다. 하나같이 활기가 없고 무관심했다. 놀이터가 점점 사라져가던 도시에서 오후 시간을 텔레비전과 초콜릿으로 채우느라 영양 불균형에 시달리던 아이들은 여자아이고 남자아이고 뚱뚱했다. 나는 녹슨 미끄럼틀과 그네가 사방에 있기는 하지만, 범죄의 표적이 될까 무서워 아무도 놀이터를 찾지 않는 곳에서 자랐다. 물론 세월이 흐르면서 도달한 범죄의 차원에는 발끝에도 미치지 못하리란 사실을 당시에는 꿈에도 몰랐다.

엄마는 학생들에게 기본적인 내용을 짚어주었다. 주어, 동사, 술어, 그다음에는 직접목적어, 간접목적어, 상황 보어 따위의 것들. 반복하고 또 반복하는 것 말고는 학생들을 이해시킬 방법이 없었고, 때로는 그마저도 부족했다. 여러 해 동안 연필로 쓴 시험 답안지를 고치고 아침에는 수업을 준비하고 오후에는 학생들의 숙제를 봐주느라 엄마는 시력을 잃었다. 말년에는, 진줏빛 테가 달린 두꺼운 안경을 거의 벗을 수조차 없었다. 안경 없이 엄마는 아무것도 못 했다. 매일 신문을 읽는 일도 차츰 느려지고 어려워졌지만, 엄마는 끝까지 안경을 벗지 않았다. 엄마는 그걸 교양이라고 여겼다.

아델라이다 팔콘, 우리 엄마는 교양 있는 사람이었다. 우리 집 서재는 독서 클럽 '시르쿨로 데 렉토레스'의 도서들로 채워져 있었는데, 선명하게 반짝이는 색을 입고 양장본으로 나온 세계 고전문학이며 현대문학 시리즈를 나는 학부 시절 내내 수천 번도 더 들여다봤고 결국에는 내 것으로 흡수했다. 내게는 반 친구들이 10월마다 개시하던 분홍색 도시락 통보다 그 책들이 더 강렬한 매혹으로 다가왔다.

묘지에 도착했을 때는 이미 구덩이 두 개가 파인 무덤이 준비되어 있었다. 하나는 엄마 자리, 하나는 내 자리. 엄마가 여러 해 전에 사둔 장지였다. 진흙 구덩이를 보면서 몇 주 전 작업한 교정지에서 읽은 후안 가브리엘 바스케스의 문장 하나가 떠올랐다. "사람은 자기 가족이 묻힌 곳에 속하는 법이다." 무덤 주위의 잘 깎인 잔디를 관찰하며, 자기 사람들을 집어삼키는 동시에 같은 힘으로 그들을 밀어내는 땅에 내 유일한 가족의 죽음이 나를 묶어두고 있다는 사실을 깨달았다. 그 땅은 국가가 아니라, 고기 써는 기계였다.

인부들이 포드 제퍼에서 엄마를 꺼내서는 대갈못이 다닥다닥 박힌 낡은 벨트를 도르래로 이용하여 무덤 안에 뉘었다. 엄마는 적어도 콘수엘로 할머니에게 일어난 일은 겪지 않았다. 당시 내가 무척 어렸음에도 아직 기억난다. 오쿠마레에서였다. 날이 더웠는데, 바다가 없는 이곳 오후의 더위보다 더 습하고 소금기가 감도는 더위였다. 성모송 사이사이마다 이모들이 사탕수수 음료를 억지로 마시게 한 탓에 화끈거리던 혀의 돌기를 이로 건드리며 시간을 죽이던 참이었다. 마을의 매장 인부들은 지금 인부들이 쓰는 벨트와 비슷하지만 더 가느다란 데다 올이 풀린 줄 두 개로 할머니의 관을 내리고 있었다. 그러던 중 관이 한쪽으로 미끄러지더니, 그대로 땅에 처박히면서 피스타치오처럼 쪼개져 열려버렸다. 딱딱하게 굳은 할머니의 몸이 유리에 부딪혔고 뒤따르던 조문객 행렬의 진혼곡은 비명으로 바뀌었다. 젊은 남자 둘이서 할머니를 일으켜 세우고 관을 닫고 일을 마무리 지으려고 했지만, 쉽지 않았다. 이모들은 머리에 손을 짚은 채 무덤가를 돌면서 가톨릭교회의 핵심 간부들 이름을 부르며 기도했다. 성 베드로, 성 바울, 지극히 거룩하신 동정녀, 지극히 깨끗하신 동정녀, 천사의 모후, 성조의 모후, 예언자의 모후, 사도의 모후, 순교자의 모후, 증거자의 모후, 동정녀의 모후, 저희를 위하여 빌어주소서…….

우리 할머니, 다정한 구석이라곤 없던 분, 어느 멍청한 놈이 심은 바람에 무덤 발치에 작은 매운 고추나무가 있는 그분은 침대에서 당신의 죽은 여덟 자매를 부르며 돌아가셨다. 검은 옷을 입은 여덟 명의 여인들. 침대 모기장 아래에 파묻혀 마지막 명령을 내리던 할머니는 발치에 서 있는 자매들을 보았다. 적어도 엄마 이야기로는 그렇다. 하지만 엄마에게는, 베개와 침 뱉는 그릇으로 둘러싸인 왕좌에 앉아 명령을 내릴 친척 무리가 없었다. 엄마에게는 나밖에 없었다.

말버릇이 거슬리는 신부가 우리 엄마 아델라이다 팔콘의 영혼을 기리는 기도서를 암송했다. 인부들은 돌 섞인 진흙을 삽으로 퍼내고 시멘트판으로 구덩이를 덮었다. 꽃마저 약탈해 가는 도시의 땅 아래에서 다시 만날 때까지, 그 중이층의 공간이 우리를 갈라놓을 터였다. 나는 몸을 돌려 신부와 인부들에게 고갯짓으로 인사를 했다. 그중 하나, 독사의 눈을 한 마르고 가무잡잡한 남자가 서두르는 게 좋을 거라고 말했다. 장례 중에 무장 강도가 든 게 이번 주에만 세 번이오. 그러니까 괜히 놀랄 일은 만들지 않는 게 좋을 거요, 남자가 내 다리를 보며 말했다. 그의 말이 충고인지 협박인지 알 수 없었다.

포드 제퍼에 타서도 몸을 뒤척였다. 엄마를 그곳에 두고 올 수 없었다. 머지않아 좀도둑이 안경을, 구두를, 심지어는 유골까지 훔쳐 가겠다고 엄마의 무덤을 파헤치리란 생각을 하면 도저히 발이 떨어지지 않았다. 주술이 국가 종교가 되어버린 그 무렵, 뼈는 높은 가격에 거래되었다. 닭의 모가지를 치는 이빨 빠진 국가. 그 순간, 몇 달 만에 처음으로, 나는 온몸으로 울었다. 두려움과 고통에 몸이 떨렸다. 엄마 때문에, 나 때문에, 둘도 없던 우리 때문에 울었다. 밤이 오면, 아델라이다 팔콘, 우리 엄마가 산 자들에게 휘둘릴 그 무법 지대를 생각하며 울었다. 단 한 번도 평화를 내어준 적 없는 땅 아래 묻힌 엄마의 주검을 생각하며 울었다. 조수석에 올랐을 때 나는 죽고 싶은 게 아니었다. 나는 이미 죽어 있었다.

장지는 묘지의 출구에서 멀리 떨어져 있었다. 큰길로 다시 나가려면 염소나 지나다닐 것 같은 지름길을 통해야 했다. 커브 길. 돌덩이들. 잡초가 제멋대로 자란 좁은 길. 가드레일 없는 비탈길. 포드 제퍼는 이제 우리가 올라왔던 길을 내려가고 있었다. 기사는 커브를 만날 때마다 운전대를 마구 꺾어댔다. 나는 소진되어 꺼져버린 터라, 이제 아무래도 상관없었다. 죽든지 말든지. 마침내 기사가 속력을 줄이면서 시커멓게 기름때가 낀 운전대로 몸을 기울였다. "저게 대체 무슨 염병할 일이람……?" 기사는 입이 떡 벌어진 채 말했다. 산사태처럼 우리 앞으로 장벽이 펼쳐졌다. 오토바이 행렬이었다.

도로 한복판에 세워진 스물 혹은 서른 대가량의 오토바이들이 길을 막고 있었다. 운전자들은 새 정부가 출범했을 때 나눠주었던 붉은 티셔츠를 입고 있었다. 조국의 기동부대가 입는 제복이었다. 사령관 대통령님—4선에 성공한 혁명군의 수장—에게 대항하는 시위대를 진압하기 위하여 혁명군이 앞장세우던 보병대로, 시간이 지나며 그들의 영역, 영향력, 목적은 도를 넘어섰다. 그들의 손에 들어가기만 하면 누구든 희생자가 되었다. 무엇의 희생자냐고? 그야 날에 따라, 누구에게 걸리느냐에 따라 달랐다.

기동부대에 투입되는 재정이 바닥나자 정부는 보상 차

원에서 일종의 팁을 주기로 했다. 기동부대는 혁명군 봉급을 전부 받지는 못하지만, 내키는 대로 휩쓸고 약탈할 수 있는 권한이 생길 터였다. 아무도 그들을 건드리지 않았다. 아무도 그들을 제어하지 않았다. 죽고 죽일 의지가 있는 사람이라면 누구든 가입할 수 있었지만, 원래 기관과 아무런 상관도 없으면서 기동부대의 이름으로 활동하는 경우가 많았다. 그들은 작은 협동조합을 결성하고 도시의 일부 지역에서 통행료를 걷기에 이르렀는데, 의자 세 개를 가져다 텐트를 치고 종일 자리를 지켰다. 오토바이에 몸을 기댄 채 사냥감을 노리다가 올라타 시동을 걸고 총구를 들이대며 사냥하는 식이었다.

기사와 나는 서로 외면했다. 오토바이 부대는 아직 우리의 존재를 알아차리지 못했다. 모두 오토바이 두 대로 급조해서 만든 제단을 둘러싸고 있었고, 제단 위에는 닫힌 관 하나가 올라가 있었다. 관 주위로 원을 그리며 모인 그들은 커다란 꽃다발을 뉘고 아과르디엔테*를 한 모금씩

* 사탕수수로 만든 독한 증류주. '물'을 뜻하는 '아과(agua)'와 '타들어가는'이라는 뜻을 지닌 단어인 '아르디엔테(ardiente)'의 합성어로 '불타는 물'이라는 의미가 있다.

뱉었다. 술병을 들어 올리고, 마시고, 뱉었다. "깡패들의 장례식이로군." 기사가 말했다. "아가씨, 평소에 기도하는 사람이라면 지금 기도하는 게 좋을 거요." 그러더니 운전대 옆 후진 기어를 힘껏 당겼다.

후진하는 데 걸린 시간은 마녀 집회의 한창 같은 장면을 포착하기에 충분했다. 머리는 산발을 하고, 슬리퍼를 신고, 반바지와 붉은 티셔츠를 입은 여자가 관 위로 여자아이를 올렸다. 관 위에 올라탄 자세로 요란한 음악에 맞추어 아이가 춤을 추는 동안 치마를 들치고 엉덩이를 때리는 자랑스러운 몸짓으로 보아 아이는 여자의 딸이 분명했다. 볼기짝을 맞을 때마다, 아이는—많아봐야 열두 살은 됐을까—커브 길 옆에 주차된 미니버스와 자동차 세 대의 스피커에서 흘러나오는 노래 박자에 맞추어 더 힘차게 몸을 흔들었다. "툼바-라-카사-마미, 페로 케 투-툼바-라-카사-마미(집을 무너뜨려, 자기야, 집-집을 무너뜨려 버려)." 레게톤이 크게 울려 퍼지며 증기로 가득한 대기를 더욱더 농밀하게 만들었다. 세상 어떤 무덤도 그렇게 타오르는 구애를 받지는 못했으리라.

아이는 온갖 희롱과 추잡한 말에도 아랑곳하지 않고, 심지어는 짐승들 가운데 제 딸아이를 경매에 부치고 가장 높은 액수를 부르는 자에게 팔아넘기려는 듯 보이는 어미의 볼기짝 세례에도 아랑곳하지 않고, 무심하게 골반을 흔들었다. 아이가 과격하게 몸을 비틀 때마다 남자들과 여자들에게서 욕망과 탄식이 새어 나왔고, 그러면 그들은 다시 술을 뱉으며 손뼉을 쳐댔다. 포드 제퍼는 이제 꽤 멀리까지 벗어났지만, 약간 통통한 두 번째 여자아이가 관 위에 올라타 태양에 한껏 달아오른 놋쇠 판에 성기를 비벼대는 모습이 아직 보였다. 그 아래에는 누군가, 아마도 어느 남자가 썩기를 기다리며 뻣뻣하게 누워 있을 터였다.

산으로 가로막혀 바다와는 분리된 도시가 내뿜는 열기와 증기 속에서, 그 죽은 몸뚱어리의 세포는 하나하나 부어오르기 시작할 터였다. 육신과 장기는 발효될 것이다. 가스와 산이 부글거릴 것이다. 터져버린 작고 둥근 고름집에는 사체에서 태어나 똥 덩이에서 뒹구는 쉬파리들이 꼬일 것이다. 나는 죽은 무언가, 구더기가 들끓기 일보 직전인 무언가에 대고 몸을 비비는 소녀를 보았다. 총알이 앗아 간 목숨에 바치는 마지막 공물이 성(性)이었다. 번식으로의 초대, 세상에 자손을 내놓고 또 내놓는 행위로의 초대. 파리나 애벌레만큼이나 명이 짧은 사람들. 타인의 죽음에 기생하여 살아남고 영속하는 생명들. 나 역시 그 파리들을 먹이게 되리라. '사람은 자기 가족이 묻힌 곳에 속하는 법이다.' 나는 다시 생각했다.

오후 3시의 내리쬐는 볕에 아스팔트 위로 신기루가 일어나, 더위가 한창인 풍경을 뿌옇게 만들었다. 남자들과 여자들 무리는 생사의 갈림길처럼 반짝거렸다. 우리는 샛길에서 빠져나와 더 열악한 지름길로 들어갔다. 나는 태양이 몸을 숨겨, 엄마를 홀로 두고 온 언덕 위에서 빛을 몰아낼 순간만을 생각했다. 그러자 나는 다시 죽어버렸다. 그날 오후 내 삶의 궤적에 차곡차곡 쌓인 죽음들로부터 나는 결코 다시 살아날 수 없었다. 그날 나는 나의 유일한 가족이 되었다. 난도질로, 피와 불로, 누구든 당장이라도 목숨을 앗아 갈 수 있는 인생의 마지막 장. 이 도시에서 일어나는 모든 일이 그러하듯이.

엄마의 유품을 정리하는 데 상자 세 개면 충분할 줄 알았다. 착각이었다. 상자가 모자랐다. 찬장 앞에 서서 몇 안 남은 까르투하* 그릇들을 들여다보았다. 한 벌이 채 못 되는 그릇들은 평범한 가정에서 세 명이 수프와 본식과 후식을 먹을 정도는 되었다. 와인색 테두리로 마감된 도기의 중앙에는 전원 풍경이 그려져 있었다. 화려하기보다는 정직하고 수수했다. 그릇들이 어디서 났는지, 어쩌다 우리

* 1841년 스페인 안달루시아 세비야에서 시작된 도기 브랜드로, 스페인 왕실의 공식 공급 업체로 선정된 바 있다.

집에 오게 된 건지는 결코 알 수 없었다.

우리 인생에는 선물 목록이 있는 결혼식도 없었고, 부활절 주간이면 토리하*를 튀겨서 그런 접시에 내올 법한 안달루시아 풍습이라든가 카나리아제도 억양을 간직한 할머니들도 없었다. 우리는 기름을 두르지 않은 채소와 엄마가 조용히 껍질을 벗겨내 요리한 빈약한 닭고기를 도기에 담았다. 그 그릇들을 쓰면서 누군가를 기리는 일은 없었다. 우리는 아무에게도, 아무것에도 속하지 않았다. 말년에 이르러서야 엄마가 말해준 바에 따르면, 그 열여덟 점의 그릇들은 오랜 세월 세 들어 살던 작은 아파트를 살 돈을 마침내 다 모은 날, 콘수엘로 할머니가 엄마에게 준 선물이었다. 그건 엄마와 내가 함께 우리 인생에 쌓아 올린, 정원도 없는 왕국의 살림 도구였다.

식기 세트는 원래 할머니의 언니인 베르타 이모할머니가 물려준 것이었다. 아메리카 원주민의 눈과 검은 피부를 지닌 이모할머니는 에스트레마두라 출신의 프란시스

* 부활절 주간에 먹는 스페인의 디저트. 빵을 달걀, 우유, 설탕 등을 섞은 것에 담갔다가 올리브유에 튀겨내는 스페인식 프렌치토스트다.

코 로드리게스와 결혼했다. 베네수엘라에 도착한 지 여섯 달이 되던 때 청혼한 그는 아라과 해변의 삼복더위에 벽돌을 차곡차곡 쌓으며 팔콘 펜션을 지어 올렸다. 에스트레마두라 사람이 죽었을 때, 마을 전체가 이모할머니를 무시우(musiu)의 과부라고 불렀다. 무시우라는 별명은 1940년대 베네수엘라에 정착한 유럽인들을 통칭하는 단어로, 프랑스어의 므시외(monsieur)를 소리 나는 대로 옮긴 것이었다. 엄마가 말하길, 에스트레마두라 사람의 사진은 딱 한 장뿐이었는데, 이제는 베르타 로드리게스라고 불리게 된 베르타 팔콘과의 결혼식 사진이었다. 나들이옷을 차려입은, 덩치가 집채만 한 남자가 풍채 좋은 물라토* 여자 곁에 서 있는 사진이라는 게 엄마의 말이지만, 나는 한 번도 그 사진을 본 적 없다.

엄마와 나는 죽은 사람들의 그릇에 음식을 먹었다. 이모할머니는 식구들을 먹이겠다고 매일 얼마나 많은 음식을 그 그릇에 내었을까? 정향과 계피 향이 나는 부엌에서 커다란 몸을 분주히 움직이면서 요리책을 따라 요리했을까?

* 라틴아메리카에 사는 백인과 흑인의 혼혈 인종.

아무려나, 상관없었다. 그릇들은 단 하나의 진실만을 말해 주고 있었다. 엄마와 나는 서로만 닮았을 뿐이라는 사실. 내 혈관에는 나를 쉽게 놓아주지 않을 피가 흐르고 있었다. 모든 사람이 다른 누군가에게서 나오기 마련인 그 나라에서, 우리에게는 아무도 없었다. 그 땅만이 우리의 유일한 일대기였다.

신문지에 싸기 전에, 한 번도 사용한 적 없어 쓸모없는 물건처럼 구석에 박혀 있던 설탕 통을 바라보았다. 우리 입으로 들어가는 음식에는 설탕을 친 적 없다. 비쩍 마른 우리 모습은 꼭 팔콘 펜션의 뒷마당에 있던 나무 같았다. 나무에는 까맣고 새콤한 열매가 열렸는데, 과육은 없고 씨만 큰 그 열매들을 우리는 '뼈다귀 자두'라고 불렀다. 열매의 중심부는 다른 과일들과 확연히 달랐다. 돌멩이 같은 우락부락한 씨 주위를 신 과육이 덮고 있는 모양에서, 1년에 한 번씩 기적적으로 열매가 열리는 작고 말라비틀어진 나무의 이름이 유래했다.

뼈다귀 자두는 해안가의 척박한 토양에서 자랐다. 아이들은 나뭇가지에 기어올랐고 까마귀처럼 앉아 열매를 구경했다. 땅이 내어주던 미약한 것이나마 홀짝이던 아이들.

오쿠마레 방문이 계절과 맞아떨어지면, 우리는 두세 봉지를 자두로 가득 채워서 돌아왔다. 가장 실한 열매를 주워 오는 것은 내 몫이었다. 내가 주워 온 자두로 이모들은 찐득한 설탕 절임을 만들었다. 자두를 밤새 물에 담가두었다가 흑설탕을 갈아 넣고 약한 불에 뭉근히 끓이면 짙은 색의 당밀이 형성되었다. 자두라고 다 쓸 수 있는 건 아니었다. 가지에서 금방이라도 떨어질 것처럼 잘 익은 자두를 써야 했다. 아직 초록빛을 띠고 있다면 건들지 않는 편이 나았다. 아직 익는 중이라도 마찬가지였다. 그런 열매들은 즙을 쓰게 만들었다. 완전히 익어 거의 보랏빛을 띠는 물렁물렁하고 통통한 자두여야 했다.

자두 따는 일은 골치 아픈 과정이었는데, 지켜야 할 사항이 한둘이 아니었기 때문이다.

"이렇게 쥐어짜면 된단다. 잘 보렴."

"이렇게 물렁물렁한 건 봉지에 넣고, 다른 것들은 따로 놓았다가 나중에 신문지로 싸두어라."

"그래야 자두가 익는단다. 언니, 애한테 설명도 제대로 안 해주면 애가 어떻게 알아들으라는 거야. 나중에 설사하니까 너무 많이 먹지는 말고."

“이 봉지를 가져가렴.”

“그거 말고, 언니, 이거라니까!”

클라라 이모와 아멜리아 이모는 서로의 말을 가로챘다. 나는 그저 고개를 끄덕일 뿐이었는데, 그러면 결국에는 자유의 몸이 되었다. 나는 복도를 헤매다가 안뜰로 나갔다. 나무를 타고 올라가 자두를 잡아당기면, 쉽게 떨어지는 놈도 있었고 전부 다 떨어지도록 확 잡아당길 때까지 버티는 놈들도 있었다. 수확이 끝나면, 커다란 냄비에 자두와 시럽을 가득 넣고 만드는 설탕 절임에 완벽하게 들어맞는, 가장 잘 익은 열매들을 이모들에게 주었다. 수증기 사이로 보이던 이모들의 실루엣이 아직도 기억난다. 끓는 물에 설탕을 들이붓고 나무 수저로 힘차게 휘젓던 이모들의 가무잡잡하고 단단한 몸을 감싼 수증기 구름이 너무나도 탐났다.

“아가, 여기서 나가려무나. 이 큰 냄비가 머리통에 떨어지기라도 하면…….” 한 명이 말했다.

“……그러면 우는소리는 다른 데 가서 해라.” 다른 한 명이 말을 맺었다.

꾸중을 빌미로 이모들에게서 벗어나는 데에는 딱 한 가지 목적이 있었는데, 혼자 다 먹으려고 정원에 조금 숨겨둔 자두를 찾으러 가는 것이었다.

나는 가장 높은 나뭇가지에 앉아, 자두를 물고 빨며 씨까지 쪽쪽 발라 먹었다. 씨 주위에는 얼마 없긴 하지만 풋풋한 과육이 붙어 있었다. 뻐다귀 자두를 먹는 건 인내가 필요한 일이었다. 단단한 껍질을 벗기고, 이로 과육을 찢어발기고 떼어내고 나서야 돌 같은 심장을 갉아 먹을 수 있었다. 씨가 매끈해지면, 입안에 넣고 사탕처럼 이리저리 우물거렸다. 혹시라도 씨를 삼켜버리면 배 속에 작은 자두나무가 자랄 거라고 엄마가 아무리 으름장을 놓아도, 나는 씨에 붙은 과육을 음미했다. 살이 하나도 남지 않았을 때야 비로소 퉤퉤 뱉어낸, 침으로 축축해진 돌덩이들은 자기들한테 뭐라도 떨어질까 기대하며 내가 간식 먹는 모습을 지켜보던 배고픈 개들을 스치지도 않고 땅에 떨어졌다. 나는 허공에 손을 휘두르면서 개들을 쫓아내려고 했다. 그러나 옴 걸린 마른 푸들의 눈을 한 개들은 움직이지도 않고 동상처럼, 그 자리에서, 내가 먹는 모습을 지켜볼 뿐이었다.

자두나무는 꿈에도 등장했다. 도시의 하수구에서 싹트는 때도 있었는가 하면, 아파트의 싱크대나 팔콘 펜션의 세면대에서 싹트기도 했다. 그런 장면에서는 결코 깨고 싶지 않았다. 원래보다 아름답게 묘사된 내 꿈속의 나무들에는 언제나 진주 같은 자두가 주렁주렁 열려 있었고, 열매들은 서리가 내려앉은 누에고치와 애벌레로 변했는데, 그 모습에서 나는 괴기한 아름다움을 발견했다. 벌레들이 미세하게 움직이는 모습은 때때로 도로를 지나는 말들의 근육 같았다. 사탕수수와 카카오를 얼마나 날랐는지 말들의 다리에는 경련이 일었고, 가게 주인들은 오쿠마레 시장에 내다 팔기 위해 짐을 내렸다. 마을에서는 모든 일이 그런 식이었다. 19세기에서 발전이 멈춘 것 같았다. 거리의 조명과 도로 위를 지나는 폴라르 맥주 회사 트럭들이 아니었다면, 당시가 1980년대라는 사실을 아무도 믿지 않았으리라.

꿈속에서 싹트던 나무들의 모습을 잊지 않으려고, 카리베 스케치북의 새하얀 종이에 왁스 크레용으로 나무들을 그렸다. 24색 크레용 상자에서 분홍색과 보라색을 골라 연필깎이로 벗겨낸 부스러기를 손가락 끝으로 종이에 문질러서 내 애벌레들에게 반짝이는 효과를 입혔다. 나는 그림 한 장을 그리는 데 몇 시간이고 쏟아부을 수 있었다. 아직도 내 기억에 바람처럼 불어오는, 섬유질 많은 새콤한 자두를 물고 빨던 것과 같은 정성으로 그림을 그렸다.

팔콘 펜션 안뜰의 나무는 나의 영역이었다. 황량한 나뭇가지를 원숭이처럼 넘어 다니면서 나는 자유롭다고 느꼈다. 그 영역에 속한 내 유년은 으스스한 도시와는 완전히 달랐다. 내가 자란 도시는 세월이 흐르며 철조망과 빗장 덩어리로 변해버렸다. 나는 카라카스를 좋아했지만, 늘 썩은 오렌지와 오토바이 기름에 얼룩진 물로 가득한 더러운 인도보다는 사탕수수와 모기가 있는 오쿠마레의 날들이 더 좋았다. 오쿠마레에서는 모든 게 달랐다.

바다는 구제하고 교정하며, 몸들을 집어삼키고 뱉어낸다. 흐르는 민물로 소금기를 밀어내면서 대양으로 흘러드는 오쿠마레데라코스타강처럼, 바다는 제가 가는 길에서 만나는 모든 것과 무리 없이 뒤섞인다. 연안에는 바다포도나무가 자랐다. 엄마는 그 빈약한 장과로 마을의 미인 대회 우승자가 쓸 왕관을 만들곤 했고, 그동안 나는 숨어서, 진줏빛 애벌레로 만든 귀걸이를, 현실의 막을 통과하는 자두들의 통과의례였던 그 변신을 상상하곤 했다.

총소리가 들렸다. 전날과 전전날, 또 그 전날과 똑같았다. 콸콸 흐르는 더러운 물과 납이 엄마의 장례식과 그 후로 이어진 나날 사이를 갈라놓았다. 방 안 유리창 옆 책상 앞에 앉아 있다가 이웃 아파트 건물들이 어둠 속에 있다는 사실을 알아차렸다. 도시 전체가 정전되는 일은 드물지 않았지만, 우리 집에는 전기가 들어오는데 다른 집들은 어둡다는 점이 의아했다. '무언가 이상하다', 생각이 든 즉시 스탠드를 꺼버렸다. 그때 위층 라모나와 카르멜로 씨네 집에서 쿵쿵 소리가 들려왔다. 가구들이 서로 부딪쳤다. 의자와 탁자가 이리저리 끌렸다. 전화를 걸었다. 아무도 받지 않았다. 바깥에는 밤과 혼란이 자연스레 통행금지를 시행하고 있었다. 베네수엘라는 아마도 독립전쟁 이후로 최악이었을 캄캄한 나날을 지나고 있었다.

강도인가, 생각했다. 하지만 아무런 목소리도 들리지 않는데 강도일 리는 없었다. 거실 창문으로 바깥을 내다보았다. 큰길 한복판에서 쓰레기통이 불타고 있었다. 이웃들이 모여 태우던 지폐들이 바람에 휘날렸다. 여위고 그을린 사람들이 모여서 자기들의 가난으로 도시를 밝히고 있었다. 라모나 씨의 번호를 다시 누르려던 참에 국가정보원 제복을 입은 남자들 무리가 아파트 건물을 나가는 모습을 보았다. 다섯 명이었고, 어깨에는 장총을 지고 있었다. 하나는 전자레인지를, 하나는 데스크톱 본체를 들었고, 나머지는 여행 가방 몇 개를 질질 끌었다. 내가 본 광경이 가택수색인지, 강도 현장인지, 둘 다인지 알 수 없었다. 남자들은 검은 승합차에 오르더니 라펠로타 모퉁이 쪽으로 멀어져갔다. 고속도로로 이어지는 교차로에서 자동차가 모습을 감추고 난 후에야 비로소, 이웃 건물 한 군데서 불이 켜졌다. 이어서 다른 집에 불이 켜졌다. 그러고는 다른 집으로, 또 다른 집으로 이어졌다. 군용차가 속도를 높이는 바람에 지폐들이 화염 속에서 빙빙 돌며 소용돌이를 일으키는 동안 보지 않고 말하지 않는 거대한 벽이 깨어나기 시작했다.

현금이 완전히 자취를 감추기 전, 혁명 내각은 사령관 대통령님의 명령에 따라, 점차 지폐를 없애리라고 공표했다. 각령의 목적은 간부들이 테러 분자라고 부르던 이들의 자금 조달을 막는 것이었지만, 예전 지폐를 대체할 만큼 돈을 더 찍어내기란 불가능했다. 강제로 시장에 돌리던 돈은 불에 태우기 전에도 아무런 가치가 없었다. 일종의 징조인 양 인도 위에서 타고 있는 1백 볼리바르짜리 지폐보다 냅킨 한 장이 더 가치 있었다.

집에는 두 달은 충분히 먹을 식량이 있었는데, 여러 해 전 첫 약탈을 시작으로 나라가 쑥대밭이 되었을 때부터 엄마와 내가 비축해둔 덕이었다. 약탈은 이제 사건이 아니라 일상이 되어버렸다. 나는 엄마와의 경험을 교훈 삼아 본능적으로 모아둔 식량으로 버틸 작정이었다. 누가 나를 가르친 것도 아니었고, 시간이 말해주었을 뿐이었다. 그런 날이 오리란 걸 알기 훨씬 전부터, 전쟁은 우리의 운명이었다. 그 사실을 처음으로 직감한 게 엄마였다. 엄마는 사방으로 손을 써서 여러 해 동안 집에 물건을 쟁였다. 참치 통조림을 살 수 있다면, 두 캔을 사 오는 식이었다. 혹시 모르니까. 우리는 평생 우리의 배를 채워줄 짐승에게 먹이를 주듯 찬장을 채워나갔다.

내가 기억하는 첫 번째 약탈은 내 열 번째 생일날 발생했다. 그 무렵 우리는 이미 카라카스의 서쪽에 살고 있었다. 가장 위험한 쪽과는 멀리 떨어져 있었지만, 무슨 일이든 일어날 수 있었다. 우리 앞에 펼쳐진 광경에 어리둥절한 채, 엄마와 나는 우리 건물로부터 몇 블록 떨어진 곳에서 군부대가 정부 소재지인 미라플로레스 궁전 방향으로 지나가는 광경을 바라보았다. 그리고 몇 시간 후, 텔레비전에 가게를 습격하는 사람들 무리가 나왔다. 그들은 개미 떼 같았다. 잔뜩 화가 난 개미들. 어깨에 소고기를 둘러업은 이들도 있었다. 그들은 아직 신선한 피가 옷을 물들이는 건 아랑곳하지 않고 달렸다. 어떤 이들은 돌팔매질에 박살 난 유리 진열창에서 끄집어낸 가전제품이며 텔레비전을 들고 달렸다. 심지어는 수크레 거리 한복판에서 피아노를 질질 끌고 가는 남자도 보였다.

그날, 텔레비전 생중계 방송에서, 내무부 장관은 평정을 되찾고 시민 정신을 지켜줄 것을 호소하며, 상황이 통제되고 있다고 안심시켰다. 몇 초 지나지 않아 어색한 침묵이 감돌았다. 내무부 장관의 얼굴에 공포가 스쳐 지나갔다. 장관은 이리저리 둘러보더니, 국민에게 메시지를 전하던 단상을 떠났다. 미디엄 쇼트로 잡힌 텅 빈 연설대. 평정을 되찾자던 장관의 호소는 그렇게 기록되었다.

베네수엘라는 한 달이 채 되지 않는 시간 동안 변화를 겪었다. 관으로 탑을 쌓아 밧줄로 묶은 채 운송하는 이사 트럭이 보이기 시작했고, 때로는 묶이지도 않은 채였다. 시간이 지나면서 신원 미상의 시신들이 비닐에 싸여 라페스테로 던져졌다. 살해당한 수백 명의 희생자가 암매장되는 곳이었다. 그것이 바로 혁명의 아버지들이 권력을 잡으려는 첫 시도였다. 동시에 내가 기억하는 사회 불안과 붕괴의 첫 정의이기도 했다. 내 생일에 엄마는 옥수숫가루로 만든 하트 모양 빵을 해바라기유에 튀겼다. 콩팥 모양을 한 사랑의 증표는 겉은 바삭하고 속은 촉촉했다. 엄마는 빵 중앙에 아주 작은 분홍색 초를 꽂고 '생일 축하합니다'의 길고도 신나는 베네수엘라식 변형판인 '아아, 얼마나 아름다운 밤인지'를 불러주었다. 원래와는 다르게 10분은 지속되는 노래였다. 그러고 나면 하트 모양 빵을 네 조각으로 잘라 버터를 발랐다. 우리는 거실 바닥에 앉아 불도 켜지 않은 채, 침묵 속에서 빵을 우물거렸다. 잠자리에 들기 전, 총성이 울리며 조명도 피냐타*도 없는 생일잔치에 마침표를 찍었다.

"생일 축하한다, 아델라이다."

이튿날 아침, 십대에 들어선 첫날, 나는 내 첫사랑을 만났다. 학교 여자애들은 온갖 환상과 사랑에 빠졌다. 모험을 찾아 떠나는 기사로 변신한 쥐, 인어의 노랫소리를 따라 해안을 거니는 곱상한 얼굴의 왕자님, 도톰한 입술과 금발의 잠자는 공주를 입맞춤으로 깨우는 나무꾼. 나는 이런 허구의 남자들과 사랑에 빠진 적이 없다. 나는 그와 사랑에 빠졌다. 나는 죽은 군인과 사랑에 빠졌다.

〈엘 나시오날〉 1면에 인쇄된 그의 모습을 기억한다. 엄마가 아침마다 식탁에 앉아 처음부터 끝까지 읽던 신문이

* 딱딱하고 두꺼운 종이로 만든 인형에 장난감, 사탕, 과자 등을 가득 채운 다음 천장에 걸어놓고, 눈가리개를 한 사람이 막대기로 깨뜨리게 하는 놀이. 멕시코와 중남미 국가에서 어린이의 생일이나 축제에 사용된다.

다. 엄마는 살아생전 단 하루도 신문 사 오기를 거르는 법이 없었다. 적어도 인쇄할 종이가 있는 동안에는 그랬다. 신문이 나오는 날이면, 엄마는 신문 가판대를 찾았다. 그날 아침 엄마는 담배 한 갑, 익은 바나나 세 송이, 물 한 병과 함께 문제의 일간지를 사 들고 왔다. 새로운 약탈자 무리가 몰려온다는 소문에 열고 닫기를 반복하던 가게에서 살 수 있는 건 다 사 온 것이었다.

머리는 산발이 되고 헉헉거리면서 신문을 겨드랑이에 끼고 돌아온 엄마는 신문을 식탁에 던져두고는 달려가 이모들에게 전화를 걸었다. 다 괜찮다고, 사실은 그렇지 않았음에도 엄마가 이모들을 진정시키는 동안 나는 신문을 집어 들고 화강암 바닥에 펼쳤다. 군사 탄압과 자국민 학살을 규탄하는 사진이 1면 전체를 장식했다. 그때 그가 내 앞에 나타났다. 피 웅덩이에 드러누운 젊은 군인. 그의 얼굴을 자세히 보려고 가까이 다가갔다. 내 눈에 그는 완벽한, 아름다운 존재였다. 인도 가장자리에 축 늘어진 머리. 가난하고, 마르고, 소년처럼 앳된 모습. 방탄모가 삐딱하게 쏠린 바람에 전투 소총에 박살 난 머리가 드러난 채, 그는 그렇게 누워 있었다. 과일처럼 쪼개진 채로. 두 눈이 피에 잠긴 시퍼런 왕자님. 나는 며칠 후 생리를 시작했다. 비로소 여자가 된 것이었다. 나는 이제 사랑과 슬픔에 나를 몸부림치게 하던 잠자는 왕자의 주인이 되었다. 이마에 총을 맞아 머리가 날아가고 자기 뇌의 파편을 뒤집어쓴 내 첫 남자 친구이자 유년 시절의 마지막 인형. 그렇게 나는 열 살의 나이에 이미 과부가 되었다. 열 살의 나이에 이미 유령들과 사랑에 빠져버린 것이다.

서재를 정리했다. 일부 책의 책등에는 색색의 동그라미들이 있었는데, 엄마가 '주어-동사-술어'를 가르치는 동안, 그러니까 여러 해 동안 놀이터도 없이 지루한 나날을 보내던 내가 그린 것이었다. 방에서 나오지 말라는 경고에 나는 책을 한 아름 들고 방에 틀어박히곤 했다. 책을 읽는 날도 있었고 그저 가지고 놀기만 한 날도 있었다. 템페라 물감 통 뚜껑을 열어서 제본된 종이들 위에 닥치는 대로 짓이겼다.《인 콜드 블러드》, 밝은 오렌지색 표지에 맞게 주황색 원을 그렸다.《족장의 가을》, 겨자색 표지가 돋보이게 병아리처럼 노란색 원을 그렸다.《누구를 위하여

종은 울리나》, 포도주색 원을 그렸다. 책들이 평온하게 마음껏 풀을 뜯도록 소인을 찍어서 서가로 돌려보낸다는 양, 거의 모든 책에 원 표시가 있었다. 어째서 그 동그라미들은 세월의 흐름에도 지워지지 않았을까? 우리가 해를 입히는 모든 것은 영원히 남는 까닭인가? 나는《녹색의 집》을 손에 들고 자문했다.

엄마의 옷장을 열었다. 36사이즈의 구두들이 보였다. 켤레별로 정리된 구두들은 지친 군인 무리처럼 보였다. 잘록한 허리를 돋보이게 하던 벨트들이며 옷걸이에 걸린 원피스들을 찬찬히 들여다보았다. 화려하거나 요란한 물건은 없었다. 우리 엄마는 수도자나 다름없었다. 눈물 한 방울 보인 적 없는 묵묵한 여인, 엄마가 나를 안아주면 우리 주위로 천국이 펼쳐졌다. 니코틴과 보습 크림 냄새를 풍기는 엄마의 품에서 나는 다시금 엄마 배 속으로 들어간 기분이 되었다. 아델라이다 팔콘, 우리 엄마는 담배를 피우는 것만큼이나 피부 관리에도 열심이었다. 대학교 여학생 기숙사에서 보낸 5년 동안 엄마는 머리를 만지고 화장하는 법을 배웠고, 담배도 배웠다. 그때부터 엄마는 단 한순간도 읽기를, 뺨에 부드럽게 크림을 펴 바르기를, 연기가 피어오르는 담배를 살포시 빨아들이기를 그만둔 적 없다. 그 시절이 인생에서 가장 행복한 시절이었다고, 엄마는 자주 말하곤 했다. 엄마가 그렇게 말할 때마다 나는, 그러면 나와 함께한 세월이 엄마의 가장 빛나는 청춘을 끝장내버린 거냐는 질문으로 속이 타들어갔다.

옷장 깊숙이까지 뒤지다가 제왕나비가 그려진 블라우스를 발견했다. 검은색과 금색 반짝이가 달린, 내가 무척 좋아하던 옷이었다. 블라우스를 옷걸이에서 빼내서 손바닥으로 쓸어보면 엄마와 내가 살던 몇 평 안 되는 세상은 특별한 세상으로 바뀌었다. 블라우스는 세련된 모습으로 나타난 내 꿈속 진줏빛 애벌레였다. 불가사의한 색깔과 소재로 만들어진 마법의 옷. 나는 블라우스를 침대에 펼쳐놓고, 엄마는 생전 입지도 않을 옷을 왜 샀을까, 궁금해했다.

"아침 8시에 이런 옷을 어떻게 입니?" 학부모 모임에 블라우스를 입고 가면 어떻겠냐는 내 말에 엄마는 그렇게 대답하곤 했다. 아무리 부탁한들, 엄마가 그 블라우스를 입고 학부모 모임에 참석하는 일은 없었다.

나는 수녀회가 운영하는 학교에 다녔는데, 명망 높은 학교에서 나를 받아주지 않아서였고, 그 이유라면 면접에서 교장이 엄마에게 남편이 있는 것도 남편을 여읜 것도 아니라는 사실을 알게 됐기 때문이었다. 그 사건을 두고 엄마는 내게 일언반구도 안 했지만, 나는 그게 당시 베네수엘라 중산층이 앓던 선천병의 증상이라는 사실을 이해할 수 있었다. 누구나 혈관에 흑인과 원주민 혼혈의 피가 흐르는 다인종 사회에 19세기 백인 크리오요*의 결함이 접목된 것이었다. 그 나라에서 여자들은 언제나, 담배를 사러 나간다는 핑계를 댈 수고마저 하지 않고 떠나버리는 남자들의 자식을 혼자 낳고 길렀다. 물론, 그런 사실을 인정하는 것은 고해성사나 마찬가지였다. 출세라는 가파른 계단에서 발부리에 채는 돌과 마찬가지였다.

나는 이민자의 딸들과 함께 자랐다. 가무잡잡한 피부에 밝은색 눈, 그 애들은 낯선 혼종 국가에서 세기를 거듭하며 행해진 부부 생활의 총체였다. 베네수엘라는 혼란스러워 아름다웠다. 아름다움과 폭력, 그 둘이야말로 나라에서 가장 풍부한 자원이었다. 그 결과가 바로, 자신들 고유의 모순이 만들어낸 균열과 당장이라도 국민의 머리 위로 무

* 아메리카 식민지 태생의 유럽계 라틴아메리카 사람.

너져 내릴 태세를 갖춘 풍경의 구조적 결함 위에 형성된 국가였다.

덜 폐쇄적이긴 했지만, 우리 학교 역시 도달하기에는 아직 먼 사회에 일조한답시고 각종 규제가 펼쳐지는 검문소였다. 세월이 흐르며 나는 그곳이 훨씬 더 큰 악의 온상, 그러니까 미용 공화국의 거류지였다는 사실을 깨달았다. 경솔함은 악 중에서도 그나마 덜 지독한 악이었다. 아무도 늙거나 가난해 보이고 싶어 하지 않았다. 숨기기, 치장하기. 꾸며내기. 그것이야말로 국가의 신조였다. 돈이 있든 없든, 나라가 무너지고 있든 말든 상관없었다. 중요한 것은 예뻐지기, 미인 대회 왕관을 꿈꾸기, 카니발이든, 마을이든, 나라든……, 무엇이든 여왕이 되기. 가장 늘씬하고, 가장 예쁘고, 가장 멍청한 여자가 되기. 빈궁이 도시를 지배하는 지금도 나는 그 흔적을 알아볼 수 있다. 우리의 왕정은 언제나 그런 식이었다. 왕국은 가장 눈부시게 아름다운 이들에게, 말쑥한 남자나 예쁜 여자에게 속한 것이었다. 그런 신조가 저속함의 범람으로 이어졌다. 당시에는 현상 유지에 아무런 문제도 없었다. 석유가 품위 유지비를 대주었으니까. 적어도 우리 생각에는 그랬다.

거리로 나갔다. 생리대가 필요했다. 설탕, 커피, 기름 없이는 살 수 있어도 생리대 없이는 못 살았다. 생리대는 화장지보다도 비쌌다. 슈퍼마켓으로 들어가는 얼마 안 되는 물량을 관리하는 여자들에게 터무니없는 금액을 안겨주고서야 살 수 있었다. 밀매꾼들은 '바차케라스'라고 불렸는데, 움직이는 방식이 꼭 바차코, 그러니까 붉은 불개미들 같았기 때문이다. 밀매꾼들은 무리 지어 움직였고, 빨랐고, 결코 흔적을 남기는 법이 없었다. 슈퍼마켓에 가장 먼저 도착하는 이들도 그들이었고, 정부가 규제하는 물건에 매겨진 세금을 피해 가는 법도 알았다. 우리가 구할 수 없는 물건을 구해서는 한껏 부풀린 가격에 팔았다. 원래 가격보다 세 배를 더 낼 용의가 있다면, 원하는 물건을 손에 넣을 수 있었다. 나도 예외가 아니었다. 나는 1백 볼리바르 지폐 세 다발을 봉지에 담아 건넸다. 그 대가로 스무 개들이 생리대 한 팩을 받았다. 피를 흘리는 데까지 돈이 들었다.

나는 물건을 사러 밖에 나가야 할 일을 만들지 않으려고 모든 것을 제한했다. 내게 필요한 것이라곤 오직 고요뿐이었다. 창문은 거의 열지 않았다. 배급제 도입 반대 시위대를 진압하는 혁명군이 최루가스를 뿌려댔고, 여기저기 깊이 스며든 연기에 나는 얼굴이 새하얗게 질릴 때까지 토악질을 해댔다. 거리로 나지 않은 화장실과 부엌 창문만 빼고, 집 안의 모든 창문을 덕트 테이프로 밀봉했다. 바깥에서 아무것도 들어오지 못하도록, 할 수 있는 조치는 다 했다.

나는 출판사에서 걸려오는 전화만 받았다. 경조사 휴가 차원에서 일주일을 쉬게 해준 출판사의 배려에 교정 작업을 미뤄둔 터였다. 작업을 마치고 비용을 청구하면 좋겠지만, 도저히 원고를 살필 여유가 없었다. 돈이 필요했지만,

돈을 받을 도리가 없었다. 송금을 받기에는 인터넷이 불안정했다. 느렸고 연결이 자주 끊겼다. 예금계좌에 넣어두었던 볼리바르는 엄마의 장례 비용으로 다 써버렸다. 교정비로 받은 돈도 별로 남지 않은 데다, 설상가상으로 다른 문제까지 생겼다. 혁명의 아이들의 명령에 따라 외화는 불법이 되었고, 외화 소지는 반역죄와 동등한 죄가 되어버린 것이다.

휴대전화를 켜자 문자 메시지 알림음이 세 번 연달아 울렸다. 전부 아나의 메시지였다. 하나는 내 안부를 묻는 문자였고 나머지는 연락처에 등록된 사람 모두에게 보내는 문자였다. 보름째 동생 산티아고의 소식을 접하지 못했으며, 석방 청원서에 서명을 부탁한다는 내용이 담겨 있었다. 나는 답장하지 않았다. 내가 아나를 위해 할 수 있는 일이 아무것도 없었고 아나가 나를 위해 할 수 있는 일도 없었다. 나라 전체가 그랬듯, 우리는 서로에게 남이 되는 형을 선고받았다. 나라를 떠난 사람들이 겪었을 것과 비슷한 감정, 그러니까 수치심과 부끄러움은 생존자들의 죄책감으로 남았다. 괴로움에서 벗어나려는 행위 또한 배신의 다른 형태였으니까.

혁명의 아이들은 원하는 바를 충분히 이루었다. 그들은 선 하나를 그어 우리를 둘로 갈라놓았다. 가진 자와 못 가진 자. 떠나는 자와 남는 자. 믿을 만한 자와 의심스러운 자. 비난을 야기함으로써 그들은 이미 분열이 팽배하던 사회에 또 다른 분열을 더했다. 나는 잘 지내지 못했지만, 한 가지 확실한 사실은 상황이 더 나빴을 수도 있다는 것이었다. 빈사자들의 행렬에 있지 않은 사람이라면 입을 다물어야 마땅했다.

한밤의 총격전이 한창인 가운데, 이웃집에서 변기 물 내리는 소리가 들리지 않는다는 사실을 알아차렸다. 엄마가 완화 병동에 들어간 후로 아우로라 페랄타를 보지 못했다. 밤마다 침실 벽을 뚫고 들어와 숙면을 방해하던, 쏴 하고 내려가던 거슬리는 물소리가 들리지 않는다니 이상했다.

아우로라 페랄타에 대해서라면 아는 바가 거의 없었다. 내성적이고 특별한 매력이 없는 성격, 모두가 그녀를 '스페인 여자의 딸'이라고 부르던 점 말고는 몰랐다. 아우로라의 어머니, 그러니까 훌리아 아주머니는 스페인 이민자들의 술집이 모인 구역인 라칸델라리아에서 작은 식당을 운영하던 갈리시아 출신의 여자였다. 식당을 찾는 사람 중에는 갈리시아와 카나리아제도 사람들이 많았고, 이탈리아 사람도 한두 명 있었다.

거의 모든 손님이 남자였다. 그들은 별 의욕 없이 병맥주를 홀짝였다. 지옥불 같은 더위 속에서도, 그들은 시금치가 들어간 병아리콩 수프, 초리소가 들어간 렌틸콩 스튜, 쌀밥을 곁들인 내장탕 따위를 깨작였다. 카사 페랄타는 조개가 들어간 흰강낭콩 스튜를 최고로 잘하는 집이었다. 손님들 수를 보면, 사실임이 틀림없었다.

스페인 여자 중에는 요리사, 재봉사, 농부, 식당 종업원, 간호사 등 베네수엘라로 오기 전부터 하던 일을 계속하는 여자도 많았는데, 아주머니도 그중 하나였다. 하지만 대부분은 50년대와 60년대의 부유한 중산층 가정에서 가정부로 새로운 일을 시작했고, 작은 식료품점이나 사업을 시작한 여자들도 있었다. 먹고살기 위해 그들이 가진 것이라고는 두 손밖에 없었다. 인쇄업자, 서적상, 교사들도 우리네 삶의 일부가 되었다. 발음할 때마다 공기가 비집고 나오면서 마찰음을 내는 'z'를 가져온 그들은 결국에는 우리처럼 'z'를 's'로 발음하게 되었다.

아우로라 페랄타, 그녀는 자기 어머니처럼 남에게 요리를 해주는 것으로 생계를 꾸렸다. 잠깐 맡아서 운영하던 식당을 아주머니가 돌아가신 후로는 아예 물려받았다. 나중에는 식당을 팔고 집에 제과점을 차렸다. 점포를 빌리기는 비쌀뿐더러 안전하지 못했다. 누구든 총구를 겨누며 쳐들어와 전 재산을 훔쳐 갈 수도 있었고, 그 순간 금전등록기를 열 권한이 있는 불행한 사람을 쏴버리는 것쯤이야 일도 아니었다.

나보다 아홉 살밖에 많지 않았지만, 아우로라는 이미 노인 같았다. 갓 구운 케이크를 들고 우리 집에도 몇 번 온 적이 있다. 생전의 훌리아 아주머니처럼 사근사근하고 인심이 후해 보였다. 그녀의 삶은 어딘지 내 삶과 닮아 있었다. 그녀에게도 아빠가 없었다. 확실하지는 않았지만, 우리와 비슷한 모녀의 일상을 보고 내가 내린 결론이었다. 아우로라와 나의 일상은 둘 다 엄마와 딸이라는 2인조로 시작되고 끝났다. 그녀가 우리 엄마의 빈소에 오지 않았다니 이상했다. 내게 엄마의 건강 상태를 물었을 때 몹시 나쁘다고 답한 적이 있기 때문이다. 그래서 밀가루나 달걀, 설탕 따위가 부족해서 장사에 차질이 생기는 바람에 힘든 나날을 보내고 있거나, 아직 그곳에 사는 가족이 있다면 스페인으로 돌아갔을지도 모른다고 생각하고 말았다. 그러고는 흐릿한 전구 바꾸는 걸 깜빡하듯 그녀에 관해서는 잊어버렸다. 나는 두 번째 인생을 준비하느라 정신없이 바빴다. 아직 살아 있는 듯 생생한 엄마의 존재감만 붙들고 살았다. 다른 건 필요하지도 바라지도 않았다. 아무도 나를 돌보지 않을 테고, 나 역시 아무도 돌보지 않을 터였다. 사태가 악화된다면, 다른 이의 권리를 짓밟아서라도 내가 살 권리를 지키리라. 나냐 남이냐의 문제다. 최후의 일격으로 고통 없이 나를 끝장내줄 만큼 인정 넘치는 사람은 그 나라에서 이제 찾아볼 수 없었다. 아무도 내 눈을 가려주거나 입에 마지막 담배를 물려주지 않으리라. 내 생명이 다하는 날 아무도 나를 위해 울어주지 않으리라.

엄마의 유품은 이제 상자들에 담겨 서재 한 편을 차지했다. 상자들은 우리도 모르는 새 시간이 꾸려둔 짐처럼 보였다. 나는 그 물건들을 선물하거나 기부할 생각이 없었다. 화염에 휩싸인 이 염병할 나라에는 천 쪼가리도, 종이 한 장도, 대팻밥조차도 남기지 않을 참이었다.

신문 1면을 장식하는 죽은 사람들처럼 하루하루가 쌓여갔다. 혁명의 아이들은 더욱더 압박을 가했다. 그들은 우리에게 거리로 나갈 이유를 안기는 동시에, 얼굴을 가리고 무리 지어 활동하던 무장 조직과 정부 기관의 진압으로 인도를 쓸어버렸다.

집에서조차 아무도 안전하지 않았고, 밖은 정글과도 같았다. 적을 무력화하는 방법들이 전에 없이 완벽의 경지에 이르렀다. 그 나라에서 제대로 기능하는 유일한 질서가 있다면 그건 죽이고 빼앗는 기관, 약탈하는 조직이었다. 나는 그 조직들이 자라나고 무언가 자연스러운 요소로서 도시 풍경의 일부를 이루는 과정을 보았다. 혁명군이 기르고 보살피는, 무질서와 혼란 속에 위장한 채 숨어 있는 병력.

거의 모든 의용군은 민간인으로 구성되었고, 경찰의 보호를 받으며 행동했다. 시작은 사령관 광장의 쓰레기 더미 옆에 모이면서부터였다. 당시까지만 해도 원래 이름인 미란다 광장으로 불리던 그곳은 독립전쟁의 영웅 중 단 하나뿐인 진정한 자유주의자, 훌륭하고 공정한 다른 사람들처럼 자신이 몸 바쳐 희생한 나라에서 멀리 떨어진 곳에서 죽은 영웅을 기리는 광장이었다. 혁명의 아이들은 새로운 무장 게릴라 부대를 일으킬 장소로 바로 그 광장을 선택했다. 아이들? 사생아들이 아니고? '혁명의 사생아들', 전부 빨간 윗도리를 입고 무리 지어 있는 뚱뚱한 여자들을 보며 생각했다. 그들은 가족처럼 보였다. 소시지처럼 생긴 님프들이 모인 고대 그리스의 규방. 아버지들과 형제

들은 사실, 어머니들과 자매들이었다. 물통과 막대기로 무장한 베스타*의 무녀들. 그것은 가장 기괴하고 장대한 여성성의 형태였다.

얼굴 없는—웃는 해골 모양의 검은 가면으로 얼굴을 가린—군인 열 명으로 구성된 호송대도 첫날부터 여자들 옆에 텐트를 쳤다. 한 주 한 주 지나면서 더 많은 군인이 광장에 모였다. 날이 갈수록 더 많은 조국의 기동부대원들이 모습을 드러냈다. 그들을 구별하기란 불가능했다. 그들은 진압경찰이 쓰는 것과 똑같은 가면을 썼다. 해골의 턱뼈가 얼굴의 반을 가리고, 눈언저리에 구멍이 뚫린 고무가면이었다. 법이 자기들 손에 있는데, 신원을 감추는 게 왜 그렇게 중요했을까?

군인들과는 달리, 여자들은 얼굴을 내놓은 채, 위협적인 개처럼 이를 드러내며 활동했다. 여자들은 더 거칠게 싸웠다. 때릴 때는 주먹을 꽉 쥐었다. 상대를 일단 기절시키고 나면, 질질 끌고 가서는 모조리 벗겨먹었다. 그들 모두 자

* 로마 신화에 나오는 화로의 여신. 로마에서 가정과 국가의 수호자로 숭배되었으며 때로는 그리스 신화의 헤스티아와 동일시되었다.

기 일을 즐기는 것처럼 보였지만, 분노를 삭이지 않는 대가로 얼마나 많은 봉급을 받기에 그 지경에 이를 수 있는지 도무지 이해할 수 없었다. 사람들의 머리를 멜론처럼 쪼개는 일에 풀타임으로 종사하는 대가로 무엇을 받을까? 우리는 죽음의 문턱에 있었다.

옷장 속 가장 높은 선반에서 상자 하나가 내 이마로 떨어졌다. 상자를 주웠다. '테세오 구둣가게'라고 적혀 있었다. 엄마는 그 상자들을 좋아했다. 주인의 이름을 따서 지은 구둣가게의 물건들과 마찬가지로 상자도 튼튼하고 질이 좋았다. 테세오 씨는 얼굴이 꼭 거대한 대리석 조각같이 생긴 이탈리아 사람이었다. "아, 카리시마 밤비나(carissima bambina, 귀여운 아이로구나)." 아저씨는 내 볼을 하도 꼬집어서 잘 익은 망고처럼 빨갛게 만들어놓고는 이탈리아어로 말하곤 했다. 그가 말하는 방식은 늘 똑같았다. 아저씨는 베네수엘라에서 20년이 넘게 살면서도 이탈리아어와 스페인어를 섞어 쓰는 버릇을 끝내 고치지 않았다.

사람들은 아저씨를 '세뇨르 테세오'라고 불렀는데, 마치 그의 외모 어딘가에는 이름으로만 불리면 안 될 것 같은 구석이 있다는 듯했다. 아저씨는 큰 키에 밝은색 눈, 네모반듯한 치아를 드러내는 완벽한 미소를 뽐냈고, 거의 쉰이 다 된 나이에도 미남이라고 할 만한 외양을 유지했다. 다부진 턱, 조각 같은 코, 젤을 발라 뒤로 넘긴 머리. 늘 오드콜로뉴 향을 풍겼는가 하면, 넵투누스 같은 자기 손만큼 커다란 손목시계를 차고 다녔다. 셔츠나 바지에는 구김이 진 모습을 본 적이 없다. 가게의 주인 겸 유일한 판매원이던 아저씨의 옷차림은 50년대에 지어진 건물 아래층에 자리한 가게와 짝을 이루었다. 말을 탄 남자들로 구성된 기마 게릴라 부대의 과거를 털어내려는 의도로 국가 주도하에 세워진, 화강암과 상감 세공이 들어간 으리으리한 건물이었다. 그 도시 계획은 법도 없는 국가의 등에 발전이라는 안장을 놓으려는 시도였다.

수수하고 우아한 구둣가게는 엄마와 내가 살던 아파트 건물 바로 맞은편에 있었다. 바닥에는 베이지색 카펫이 깔려 있었고, 유리 진열장 안에는 모카신과 하이힐이, 위로는 양말과 금속 재질의 구둣주걱이 세심하게 놓여 있었다. 나는 둘둘 말린 종이가 영수증을 뱉어내는 금전등록기에 정신을 빼앗기곤 했지만, 가게에서 내가 제일 좋아하던 물건은 그 기계가 아니었다. 내 관심을 완전히 사로잡은 것이 있었으니, 창고로 향하는 문 위로 제일 눈에 띄는 곳에 걸려 있던, 교황 요한 바오로 2세의 사진이었다. 사진은 시간 여행이라도 한 것처럼, 교황이 검은 수단을 입은 젊은 사제의 손을 잡은 순간을 그대로 간직한 것처럼 보였다.

엄마는 신발 사이즈가 안 맞는다며 거듭 다른 사이즈를 부탁하고, 아저씨는 엄마에게 잘 맞을 사이즈를 찾느라 가게 이쪽저쪽을 휘젓고 다니는 동안, 나는 사진을 찬찬히 들여다보았다. 교황이라니, 세상에, 아니 그것도 '그' 교황이라니. 아저씨와 젊은 사제, 그리고 우리 이모들처럼 말하자면 이 땅에 하느님의 거룩한 영광을 선포하는 하느님의 사자, 그러니까 텔레비전 공식 채널에서 일요일 미사를 집도하는 저 남자(혁명의 아이들이 나타나기 전, 그리고 정부가 아직 교회에 전쟁을 선포하기 전의 이야기이다) 사이에 신앙 말고 대체 무슨 연결 고리가 있을까? '바티칸이라니, 정말 멀잖아.' 나는 속으로 생각했다.

"교황님이 아저씨 친척이에요?" 내가 물었다.

아저씨가 박장대소를 터뜨리더니 이야기를 시작했다. 요한 바오로 2세가 인사를 건네는 젊은 사제는 아저씨의 남동생 파올로라고 했다. 금색 액자에 확대되어 전시된 스냅사진 속 장면은 동생의 사제 서품식 날이라고 했다.

이탈리아 사람은 그런 이야기를 어딘지 근엄한 태도로 들려주었는데, 동생의 성직자 신분과 바티칸에서 일한다는 사실이 아저씨의 사회적 지위를 올려주기라도 한다는 듯, 제3세계 도시 중심부에 위치한 자신의 구둣가게와 동생의 세상 사이에 보이지 않는 사다리가 놓여 있다는 듯한 태도였다. 아저씨의 정성 들인 몸가짐, 시대를 앞선 그의 가게 뒤에는 그런 까닭이 있었고, 그 이유가 아저씨를 다른 이민자들과 구분 지었다.

아저씨처럼 산티아고, 마드리드, 카나리아제도, 바르셀로나, 세비야, 나폴리, 베를린 등지에서 카라카스로 온 사람들이 있었다. 고국에서는 잊힌 사람들, 이제 우리와 뒤섞여 살던 사람들. 그들은 모두 무시우였다. 푼찰 출신의 제빵업자들, 마데이라 출신의 정원사들이나 나폴리 출신의 미장공들과 테세오 아저씨 사이에는 아무런 공통점도 없었다. 그들의 손과 테세오 아저씨의 손은 똑같이 두툼했지만, 밀가루와 흙과 시멘트를 직접 만지는 탓에 살이 벗겨지고 갈라졌다. 바위를 부수고, 빵을 굽고, 이미 일부는 자신 소유였던 장소를 지어 올린 사람들.

아저씨 같은 남자들은 폐허가 된 고향을 뒤로하고, 아직 백지와 다름없던 베네수엘라에 도착했다. 대서양을, 언제나 누군가는 작별을 고하는 중인 대양을 건너온 이들의 억양과 목소리가 카라카스 거리에 울려 퍼졌다. 그들이 쓰던 단어와 이름들은 '내 사랑'—내 여왕님, 내 사랑, 내 인생—따위를 곧잘 붙이는 우리의 소란스러운 말버릇과 섞여들더니 끝내 우리처럼 말하게 되었다. 그들은 나라를 위한 응급조치를 고안했으니, 그들을 이루던 것과 우리를 이루던 것을 합쳐버렸다. 그렇게 우리는, 함께, 고유의 것이라고 여겼던 것의 총체이자 바다 하나를 사이에 둔 해안들의 총합이 되었다.

"아델라이다, 미 아모레(mi amore, 내 사랑), 그 사진이 왜 좋니?" 언젠가 아저씨는 제멋대로의 스페인어로 내게 물은 적 있다.

"로마가 좋아서요."

"에 페르케(E perche, 어째서)?"

"왜냐하면 로마는 바다의 저편에 있는데 저는 한 번도 바다를 건너가본 적이 없거든요."

아저씨가 들고 있던 금속 구둣주걱을 떨어뜨렸다.

"바다의 저편……." 아저씨가 내 말을 따라 했다.

"세뇨르 테세오, 미안하지만." 감청색 모카신을 신고 가게를 이리저리 걸어보던 엄마가 말했다. "한 치수 더 커야 할 것 같아요. 오른쪽이 조금 끼네요."

"그럼요, 아델라이다 여사님. 바로 가져다드릴게요……. 달랄트로 라토 델 마레. 달랄트로 라토 델 마레(Dall'altro lato del mare. Dall'altro lato del mare, 바다의 저편. 바다의 저편)!" 아저씨가 창고로 들어가며 되뇌는 소리가 들렸다.

5분 후 한 치수 더 큰 신발을 들고 아저씨가 돌아왔다. 엄마는 먼저 왼발을, 이어서 오른발을 넣어보더니 거울 앞에서 몇 걸음 움직였다. 그러고는 신발을 벗어 옆으로 치우고 나를 바라보았다.

"어떤 것 같니?" 엄마가 내 눈을 보며 물었다.

나는 휘파람을 불고는 엄지를 척 올려 보였다.

"이걸로 할게요."

아저씨는 손가락을 튕기며 "브라보!" 하고 외치더니 금전등록기 쪽으로 갔다. 금액을 입력하고 버튼을 누르자, 동전과 지폐가 색깔과 단위에 따라 정리된 서랍이 튀어나왔다. 엄마는 지폐 두 장을 꺼내서 아저씨에게 건넸다. 아저씨는 초록색 20볼리바르 지폐로 돈을 거슬러주었다. 바그너 음악을 듣는 법을 스스로 깨우친 사람, 독립전쟁의 반골, 파에스 장군의 얼굴이 그려진 지폐였다.

"불편하시면 언제든 바꾸러 오세요, 여사님."

"고마워요, 세뇨르 테세오. 아델라이다, 딸, 아저씨께 인사드려야지."

"안녕히 계세요, 테세오 아저씨."

"안녕, 꼬마 아가씨. 잊지 마렴. 달랄트로 라토 델 마레." 아저씨가 미소를 지으며 말했다. "따라 해보렴, 달랄트로 라토 델 마레."

"달랄트로 라토 델 마레." 그러자 아저씨가 새하얀 치아를 드러내며 다시 웃었다.

엄마와 나는 손을 잡고 거리로 나갔다. 엄마는 신발 봉투를 들고 있었고 나는 왠지 경솔한 짓을 저지른 기분이었다.

"아델라이다, 얘, 아저씨가 뭐라고 하셨니?"

"달랄트로 라토 델 마레."

"그건 안다, 그런데 왜 너한테 그런 말씀을 하셨을까?"

"왜냐하면 아저씨는 동시에 두 장소에 사니까요. 아저씨 가족은 저쪽에, 아저씨는 이쪽에 있으니까요. 엄마, 그 사진 속 신부님 못 보셨어요?"

"봤지. 그런데 왜?"

"그 사람, 아저씨 남동생이래요, 교황님이랑 같이 일한대요." 엄마는 내 말이 무슨 소리인지 모르겠다는 듯 나를 바라보았다. "그러니까, 아저씨는 집이 두 군데인 거예요. 하나는 여기에 하나는 바다의 저편에……. 무슨 말인지 아시겠어요?"

"그래, 딸. 그렇구나."

나는 다른 대륙의 남자들과 여자들을 받아들인 나라에서 태어나고 자랐다. 재단사, 제빵업자, 미장공, 배관공, 소상인, 무역상 등. 다시 얼음을 발명할 만한 곳을 찾아 세상의 끝까지 건너온 스페인 사람, 포르투갈 사람, 이탈리아 사람, 그리고 몇몇 독일 사람들. 그러나 이제 도시는 점차 비어갔다. 이민자의 자손들, 자기들의 성씨와 닮은 구석이 별로 없는 사람들은 남의 나라에서 제 뿌리를 찾겠다고 다시 대양을 건너가기 시작했다. 하지만 나는, 내게는 그런 게 아무것도 없었다.

테세오 구둣가게의 로고가 새겨진 상자를 열었다. 상자 안에서 아직 한 번도 신은 적 없는 하이힐 한 켤레가 반짝이고 있었다.

총상을 입은 남자가 실린, 시트도 없는 들것을 간호사 두 명이 있는 힘껏 밀며 내 앞을 지나갔다.

"빨리, 빨리, 빨리, 환자가 죽겠어!" 간호사들이 소리치는 와중에 쇠 냄새가 코로 훅 들어왔다. 단순한 냄새가 아니었다. 그건 경고였다.

사그라리오 병원의 복도를 가로지르는 동안 입이 꼭 총이 된 것 같았다. 말을 쏘아댈 상대를 찾느라 한껏 무겁고 뜨거워진 채였다. 시청에서 근무하던 클라라 발타사르는 지난 3주 동안 나오지 않았다. 그녀를 만나러 갔을 때 경비원에게 들은 이야기다. 시청에서 몇 블록 떨어지지 않은 곳에서 여자 세 명이 선팅이 짙게 된 봉고차 안으로 그녀를 끌고 들어가서는 발길질과 주먹질을 퍼부었다. 그러고는 피를 흘리며 곤죽이 된 그녀를 집 앞에 버려두었다. 마치 메시지를 전하듯. "다음번에는 살아서 못 돌아온다." 그런 연민은 잔인함의 다른 형태였다. 단말마의 고통을 연장하기 위해 숨통을 끊지 않은 것뿐이었다.

"깡패들 짓이지요. 그런데 뭔가를 봤거나 들었다는 사람이 아무도 없어요." 시청 경비원이 말했다. 가늘고 길게 콧수염을 기른 경비원은 앙다물어 항문처럼 생긴 작은 입술로 웅알거렸는데, 사람들이 신중함을 꾸며낼 때 으레 그러듯 오만상을 찌푸린 표정이었다. 부끄러움과 두려움이 더덕더덕 붙은 얼굴이었다.

클라라 발타사르를 찾는 일은 쉽지 않았다. 몇 주 동안 한숨도 못 잔 듯 보이는 간호사가 시커메진 종이 뭉치를 손에 들고 응대했다.

"누구 찾으세요?"

"클라라 발타사르 씨요."

"음……." 간호사가 잠시 종이 뭉치를 뒤적였다. "중환자실에 계시는데요. 가족이세요?"

"아니요."

"그러면 못 올라가세요."

"잠깐만요, 클라라 씨…… 상태가 어떤가요?"

"알려드릴 수 없습니다."

"상태가…… 안 좋은가요?"

"살아 계세요." 간호사가 더러운 타일이 깔린 복도로 사라지기 전에 대답했다.

길게 늘어선 사람들이 사그라리오 병원의 계단을 가득 채웠다. 쇠약하고 무기력한 사람들. 남자들, 여자들, 아이들 할 것 없이 저승의 대기실에서 자기 차례를 기다리고 있었다. 더 나은 삶을 살았던 시절을 이제는 기억조차 하지 못하는 이들의 분노 비슷한 무언가에 갇힌 채, 매일 굶주린 탓에 다들 하나같이 마른 모습이었다.

사람들은 세 그룹으로 나뉘었다. 외래 진료 대기 명단에 이름을 올리려고 기다리는 이들, 큰 수술 날짜를 잡으려는 이들, 그리고 마지막으로, 입원 허가를 받고 난 후 의사가 봐줄 때까지 혹은 몇 주째 진을 치고 있는 사람들로 미어터지는 복도가 아닌 다른 장소로 옮겨줄 때까지 조용히 주야로 기다리는 이들로 나뉘었다.

엄마가 돌아가신 병원보다도 열악한 그곳은 사방이 침과 체액으로 가득했고, 부패해가는 사람들에게서 시큼한 냄새가 풍겼다. 이따금 간호사 한 명이 종잇장으로 빼곡한 서류철을 들고 돌아다니며 큰 소리로 이름을 불렀다. "아마도르 로드리게스, 카르멘 페레스, 아모르 페르날레테……." 몇몇은 고개를 들고 손을 들어 올리는가 하면, 몇몇은 왜 저 사람들은 부르고 자기는 안 부르는지 따지려고 일어섰다. 최악은 포기한 사람들이었다. 그들은 고장 난 가전제품처럼, 안에서부터 전원이 나가버린 모습이었다. 하루, 이틀, 사흘, 나흘, 닷새, 엿새, 이레, 여드레, 아흐레, 열흘. "번호표 뽑으세요." "내일 다시 오세요." "지금 말고, 내일 오시라니까." 닳아빠진 푸른색 작업복을 입은 간호사들은 환자들에게 자기 자리에서 기다리라고 명령했다. 기다리다 죽으려고 그렇게 멀리서들 온 셈이었다.

"의사 선생님이 이제 조금만 더 기다리면 된다고 약속하셨어." 한 어머니가 딸에게 말했다.

약속했다. 이제 아무도 도둑질하지 않으리라고, 전부 국민을 위한 것이라고, 모두 자신이 꿈꿔온 집을 갖게 되리라고, 이제 나쁜 일은 없으리라고. 그들은 질리도록 약속해댔다. 응답받지 못한 기도들은 기도의 연료가 되던 앙심에서 뿜어 나오는 열기에 형체를 잃어갔다. 사태가 어떻든 혁명의 아이들에게는 책임이 없었다. 빵집에 빵이 없으면, 제빵업자 잘못이었다. 약국에 물량이 부족하면, 그것이 아주 기본적인 피임약 한 갑일지라도, 잘못은 약사에게 있었다. 배고프고 진이 빠진 채, 고작 달걀 두 개가 담긴 봉지를 들고 집에 돌아오면, 그것은 내게 필요한 달걀을 사 간 다른 사람의 잘못이었다. 배고픔이 증오와 두려움을 분출시켰다. 우리는 무고한 사람과 사형 집행인 모두에게 재앙이 닥치기를 바랐다. 우리는 둘을 구분하지 못하기에 이르렀다.

우리 내면이 혼란스럽고 위험한 에너지로 차오르기 시작했다. 그러면서 우리를 진압하던 이들에게 린치를 가하고, 규제되던 식품을 암시장에서 되팔던 군인들이나 월요일마다 온 동네 슈퍼마켓에 길게 줄을 늘어서던 우리에게서 1리터들이 우유를 빼앗으려던 건방진 작자들에게 침을 뱉고 싶은 욕구도 생겨났다. 불행한 일들이 우리를 행복하게 했다. 이를테면 야노스의 가장 거센 강에 빠져 익사한 어느 간부의 갑작스러운 죽음 소식이라든가, 비싼 지프에 시동을 거는 순간 좌석 아래 숨겨져 있던 폭탄이 터지는 바람에 갈기갈기 찢겨버린 부패 검사의 소식 같은 일들. 사태가 악화되기만 하는 중에 전리품을 챙기는 데 급급했던 나머지, 우리는 연민조차 잊어버렸다.

사람들의 얼굴에 드리운 표정이 거울 속 내 모습에도 나타나기 시작했다. 두 눈 사이에 깊숙이 팬 주름이 보였다. 일상은 삶보다는 전시 상황을 방불케 했다. 솜, 거즈, 약품, 더러운 침대, 뭉툭한 메스, 화장지. 먹거나 치료하거나, 그게 전부였다. 내 뒤로 줄 선 사람, 나보다 더 가진 사람은 언제나 잠재적인 적이었다. 산 사람들은 남은 음식을 차지하겠다고 물고 뜯고 싸웠다. 출구가 없던 그 도시에서, 우리는 죽을 자리를 두고 싸웠다.

7층까지 걸어 올라갔다. 엄마가 죽은 병원과 마찬가지로, 엘리베이터가 작동하지 않았다. 층마다 죽어가는 사람들과 다친 사람들, 이마가 찢어진 아이들, 고혈압에 시달리는 노인들을 마주쳤다. 그들은 불운에 짓눌려 차곡차곡 포개진 채였다.

중환자실 대기실에는 여자 둘이 있었다. 내 또래로 보였지만, 너무 일찍 늙어버린 모습이었다. 줄지어 늘어선 파란색 플라스틱 의자에 앉아 쉬고 있던 그들 옆에는 담요,

포일에 싼 음식, 개킨 홑이불이 담긴 가방이 있었다. 몇 주 전의 내가 그랬던 것처럼, 사랑하는 사람이 죽는 모습을 보아야 하는 이들이 무기 없이 치르는 전쟁 속에서 스스로 야전병원을 꾸린 것이다. 나는 더 어려 보이는 쪽을 향해 걸어갔다. 다른 여자는 어린 여자의 어깨에 머리를 기댄 채 자고 있었다. 둘이 자매겠거니 짐작했다.

"클라라 발타사르 씨 따님이세요?"

"누구신데요? 원하는 게 뭐죠?"

"저는 아델라이다 팔콘이라고 합니다."

"음……."

"그쪽 어머니께서 도와주신 덕분에 저희 어머니 치료비를 마련할 수 있었어요. 시청으로 찾아뵈러 갔는데, 여기 계신다고 하더군요."

"무슨 소리 하시는지 모르겠네요."

"그저 감사 인사를 드리고 싶었어요."

"가세요." 그녀가 일어서자 자던 여자가 깼다.

"레다, 뭐야? 이 여자는 누구고?" 언니가 눈곱을 떼며 물었다.

"저는 아델라이다 팔콘이라고 해요……. 그쪽 어머니,

클라라 발타사르 씨께서 도와주신 덕분에 저희 어머니 치료비를 마련할 수 있었어요…….” 나는 다시 말했다.

“가세요, 제발. 우리는 그런 사람 몰라요. 누구 이야기를 하시는지 모르겠네요.”

“클라라 씨께 저희 엄마가 돌아가셨다는 소식을 전하려고 왔어요. 이걸 가져왔고요.” 나는 항생제 두 갑을 건넸다.

자매는 말없이 서로를 바라보았다. 나는 항생제를 빈 의자에 올려두고, 몸을 돌려 자리를 떴다.

클라라 발타사르, 한 가정에 음식을 구해다 주고 죽어가는 사람을 도왔던 사회복지사, 그녀는 혁명군 테러 부대가 본보기를 보인다는 명목하에 행한 구타로 죽었거나 죽기 직전이었다. 나는 그녀에게 우리 엄마가 다 쓰지 못한 약을 남기고 왔다.

7층을 걸어 내려갔다. 응급실에 다다르자, 한 여자가 목 놓아 울고 있었다. 시트도 없는 들것에 실려 내 앞을 지나가던, 총상을 입은 남자의 딸이었다. 남자는 수술실에 다다르기 전에 죽었다. 그들은 나무를 베듯 우리를 잘라냈다. 개처럼 우리를 죽였다.

사흘 동안 다섯 번째 방문이었지만, 빵집 주인은 나를 한 번도 못 본 사람처럼 대했다. 그 주에도 밀가루가 도착하지 않았다. 내 옆에서, 여자 두 명이 일일 배급량을 훌쩍 넘는 양의 빵을 봉투에 담고 있었다. 배급을 위해 긴 줄을 서 있던 우리는 빵 하나조차 받지 못했다. 여자들은 우리가 얼마나 오래 기다리든, 얼마나 일찍 일어나든 결코 가져가지 못할 빵을 가지고 나갔다.

바랄트 거리를 따라 올라가면서 오쿠마레데라코스타의 팔콘 펜션 모기장에 돌처럼 붙어 있던 하얀 개구리들을 생각했다. 내게 나쁜 기억으로 남아 있는 그 동물들이 지금 내 안에서, 심장이 트림이라도 하는 것처럼 되살아났다. 개구리들과 나, 우리는 닮아 있었다. 강풍이 몰아치는 한복판에서 알을 낳는 못생긴 암컷들.

발을 질질 끌며 집 앞에 도착했다. 열쇠를 넣고 돌리는데, 자물쇠가 꿈쩍도 하지 않았다. 열쇠를 앞으로 뒤로 넣었다 뺐다. 덧문을 흔들고, 손잡이를 잡아당겨보았다. 자물쇠에 긁힌 자국들이 있었다. 누군가 바꾼 것이다. 그러자 번뜩, 얇은 매트리스들, 진을 친 사람들, 오토바이들, 관들, 멍들, 물통과 막대기로 퍼붓는 구타들이 떠올랐다. 날카로운 두려움이 나를 뚫고 지나갔고 이미 너무 늦었다는 사실이 분명해졌다. 집! 아파트 건물의 집마다 침입하는 게 그들의 유일한 목적이었다. 며칠 전부터 미란다 광장에 무리 지어 진을 치고 있던 여자들은 사실 침입 부대였다. "우라질!" 나는 다리 사이로 손을 가져갔다. 축축했다. 오줌을 꾹 참으며 진정하려고 안간힘을 썼다.

그림자나 발이 보이는지 보려고 몸을 숙였다. 아무것도 보이지 않았다. 그런 희미한 빛줄기로는 아무것도 알아낼 수 없었다. 양손은 아직 다리 사이에 끼운 채로, 재빨리 건물 출입문까지 내려가 주위를 살폈다. 얼마 지나지 않아 여자 다섯 명이 모습을 드러냈다. 그들은 봉지, 대걸레 자루, 식품부 로고가 새겨진 테이프로 밀봉된 식량 꾸러미를 가득 짊어지고 있었다. 식품부는 혁명의 아이들이 임의로 만든 부서로, 정치적 지지의 대가로 식량을 공급하는 곳이었다.

여자들은 가지고 있던 열쇠 다발을 이용해서 건물 안으로 들어왔다. 전부 의용군의 제복인 빨간 티셔츠를 입고 있었다. 가장 작은 사이즈를 받아 온 듯 보였다. 꽉 끼는 청바지로 부각된 굵은 다리 아래로는 코끼리 같은 발이 플라스틱 플립플롭 안에 구겨 넣어져 있었고, 뻣뻣한 짙은 색 머리카락은 하나로 팽팽하게 묶은 모습이었다.

나는 건물의 중이층 구석에 평생 방치되어 있던 바싹 마른 양치식물과 행운목 뒤에 숨어서 여자들을 염탐하려고 뒷걸음질 쳤다. 별 소용은 없었지만, 그래도 무엇으로든 몸을 가려야 했다. 얼굴은 뜨겁고 속옷은 차가웠다. 절망감이 커질수록 오줌도 계속 새어 나왔다. 두려움이 나를 무방비 상태로 만들고 수치스럽게 했다.

여자들 무리에는 리더가 없었는데, 적어도 눈에 띄지는 않았다. 그들이 건물 출입구까지 상자며 베개 따위를 옮기는 데 한 시간가량 걸렸다. 몇 명은 의자나 침대로 사용하던 식품 상자 위에 대자로 누워 있었다. 급해 보이기는커녕, 시간을 죽이고 있다는 느낌마저 들었다. 몇몇은 스마트폰을 들여다보고 있었고, 휴대전화에서 요란한 음악이 흘러나오는 동안 나머지는 수다를 떨며 불평을 늘어놓았다.

"로이네르, 너도 알겠지만, 바리나스 쪽 그놈이 산크리스토발로 갔다는데."

"왜 갔대?"

"왜겠어? 멍청하긴. 기름값을 더 비싸게 쳐주니까 갔지. 휘발유 두 통이면 맥주 한 짝을 산다고. 밀매도 더 쉽다대. 경쟁 상대가 적은 거지."

"개새끼구먼, 안 그래? 우리는 어쩌고?"

"닥쳐, 말 그렇게 못되게 하면 아갈머리를 확 찢어버릴 테니까."

"그럼 그 꼴통한테 1천 볼리바르짜리 지폐로 얼마나 챙겨줬대?"

"1천 볼리바르짜리는 이제 쓸모없어."

"어째서?"

"아, 세상사가 그렇지, 뭐. 내가 어떻게 알아."

"이봐, 후엔디."

"웬디라고, 웬디……. 후엔디가 아니라."

"그래, 그렇다고 치고……. 보안관님한테 전화 안 할 거야?"

"기다려봐, 이 여자야. 언제 옮길지는 그분이 정해."

"그럼 그동안 우리는 뭐 하고?"

"늘 똑같지 뭐. 기다려야지."

그들 주위로 막대기, 얇은 매트리스, 그리고 정부 로고가 새겨진 식량 상자 거의 스무 개가 산을 이루고 있었다. 식량 상자를 받는 자들에게는 헌신의 의무가 있었다. 혁명군 체제 수호 집회나 행사라면 군말 없이 무조건 참석해야 했고, 이웃을 밀고하는 것부터 무장단체를 조직하고 지지자를 모으는 것을 비롯하여 단순한 일들을 처리해야 했다. 처음에는 공무원의 특권이던 것이 점차 프로파간다의 형태로 퍼져나갔고 나중에는 감시의 형태가 되었다. 정부에 협조하는 자들에게는 식량이 보장되었다. 거창한 음식은 아니었다. 팜유 1리터, 파스타 한 봉지, 커피 한 봉지가 다였다. 가끔씩, 운이 좋으면, 정어리와 햄 통조림을 주었다. 별건 아니지만 그래도 음식이었고 우리는 허기에 배를 주렸다.

뚱뚱해서 대성당처럼 보이는 여자들은 웬디의 전화기가 울릴 때까지 있던 곳에 그대로 머물렀다. 웬디는 단음절로 몇 마디 대꾸한 후 달아날 채비를 했다.

"이 빌어먹을 것들 다 챙겨, 당장!"

여자들은 큰 소란을 피우지 않고 상자들을 옮겼다. 두 사람씩 상자를 들고 움직였다. 건물에 전기가 들어오지 않는 탓에 엘리베이터를 타는 대신 걸어서 올라가야 했다. 나는 쓰레기 수거실에 숨어서 그들이 적어도 한두 층은 더 올라가기를 기다렸다. 아래에서는 자세히 볼 수 없었지만, 3층 정도까지 갔겠거니 짐작했다. 나는 1층으로 내려가서, 그들이 두고 간 바람에 다시 찾으러 내려와야 할 물건이 없나 둘러보았다. 전부 가지고 올라갔다. 그들이 남긴 톡 쏘는 악취에 아찔해진 채 따라 올라갔다. 그 여자들은 트럭 운전사처럼 땀을 흘렸다. 시큼하고 진한 냄새였다. 레몬류 과일과 양파와 재가 한데 섞인 냄새랄까. 그들이 5층에, 그러니까 내가 사는 층에 다다랐을 때, 제발 계속 올라가게 해달라고 기도했다. 할 수 있는 만큼 난간에 머리를 들이밀고 봤더니 확실해졌다. 여자들은 우리 집 앞에 있었다. 문을 열라고, 들여보내달라고 외치는 고함을 듣는 순간, 내 희망도 산산이 흩어져버렸다.

복도에서 집 안으로 상자를 옮기는 데 또 10분이 걸렸다. 여자들은 지쳐 있었다. 그 무게를 짊어지고 5층을 올라간 터였다. 나는 무얼 해야 할지 궁리할 틈도 없었다. 갈증에 목이 타들어갔고 방광은 터지기 직전이었다. 여자들이 짐을 다 풀고 문을 닫았을 때, 나는 두 눈을 질끈 감았다. 아직 조금이나마 내 몸에 흐르던 용기를 끌어모아 계단을 올랐다.

초인종을 눌렀다. 한 번, 두 번, 세 번.

반응이 없었다.

마지막으로 한 번 더 누르고, 이제는 주먹으로 문을 쾅쾅 내리쳤다.

그러자 문이 열렸다. 지저분한 머리를 틀어 올린 여자가 나왔다. 슬리퍼 사이로 동상 걸린 뚱뚱한 발가락과 페디큐어가 다 벗겨진 발톱이 삐죽 튀어나와 있었다.

그녀는 우리 엄마의 금박 달린 나비 블라우스를 입고 있었다.

"뭐야?" 여자가 내 눈을 보며 물었다.

“나…… 나…….”

“나, 뭐? 어쩌라는 거야?”

“나…… 나는…….”

“아하. 그래, 너는…….”

“나…… 나는…….”

나는 문장을 끝맺지 못했다. 기절해버렸다.

"오늘은 뭐 했니?"

"필레타* 청소하는 거 도와드렸어요."

"풀장, 아델라이다, 풀장이라고 해야지."

카라카스 유치원의 시멘트 구덩이에는 녹색 물이 고여 있었다. 내게 그 웅덩이는 필레타였다. 특별한 것, 지어낸 명사. 심지어는 그게 세상에서 유일한 필레타이고, 필레타라는 단어는 오직 우리가 놀던 유치원 운동장의 웅덩이만

* '손이나 그릇을 씻을 수 있도록 물을 받아두는 대야나 웅덩이'가 일반적인 뜻이나, 라틴아메리카 일부 지역에서는 풀장 혹은 작은 수영장을 뜻하는 단어로 '피시나(piscina)' 대신 '필레타(pileta)'를 쓰기도 한다.

을 부르기 위해 만들어진 단어라는 생각에 이르기도 했다. 이따금 탱글탱글하고 환하게 빛나는, 아주 작은 애벌레들로 가득 차기도 했다. 고인 물속에서 애벌레들이 꿈틀거리는 모습을 보느라 놀이 시간 중 30분은 훌쩍 지나버리곤 했다.

"아델라이다, 이리 오렴! 필레타는 인제 그만!"

우리 선생님, 베로니카 선생님은 남편과 자식 둘을 데리고 산티아고에서 카라카스로 온 칠레 사람이었다. 피노체트 독재 정권 때문에 떠나와야 했다고, 오전 간식 시간에 설명해준 적이 있었다.

"피노체트가 누구예요?" 나는 양손에 마요네즈 샌드위치를 들고 물었다.

"대통령이란다."

어처구니없는 설명이라고 생각했다. 사람들이 그렇게 돌연, 짐을 싸서 영영 떠나버리는 게 한 나라의 대통령과 무슨 상관이란 말인가?

베로니카 선생님은 우리 엄마 또래였다. 연약하고 새하얀 피부 때문에 얼굴이 종잇장 같았다. 짧은 머리는 색이 무척 짙었다. 선생님의 내면에는 평소에는 알아볼 수 없는 슬픔이 숨겨져 있었는데 가장 기대하지 않았던 순간들에 선생님을 배신하고 모습을 드러내곤 했다. 우리가 오후반 아이들의 칫솔을 정리하는 동안, 선생님이 바다에 빠져 죽을 여자들이 등장하는 우중충한 노래를 부르는 동안, 무엇보다 아무개네 학부모가 선생님에게 칠레 '상황'은 어떠냐고 물어볼 때 그랬다.

"아시잖아요, 거기 상황이야 더 나빠질 수밖에 없죠." 선생님이 대답하곤 했다.

선생님과 가장 자주 대화를 나누던 사람은 알리시아네 어머니였다. 알프스 소녀 하이디처럼 생긴 알리시아는 말수가 적었다. 아르헨티나와 베네수엘라 사이 어딘가의 억양을 누군가 놀리기라도 하면, 괴롭히던 애의 팔을 잡고 콱 물어버렸다. 그런 일이 몇 번 있고 난 뒤, 베로니카 선생님의 면담 요청에 유치원을 찾은 아줌마는 딸의 행동을 알게 되었다.

둘은 잠깐 이야기를 나누더니 운동장으로 나갔다. 아줌마는 언제나 그렇듯 멋지게 차려입고 우아한 걸음걸이로 걸었다. 레오타드에 나풀거리는 치마로 몸을 감싸고는 치마를 살짝 들어 올리면서 구두를 보여주는 식이었다. 윤기

나는 새카만 머리는 늘 틀어 올린 모습이었다.

아줌마는 고전발레 무용수였지만, 주말 오후의 버라이어티 쇼, 〈사바도 센사시오날〉에서 막간 분위기를 띄우던 마르호리에 플로레스 무용단에서 춤을 추는 것으로 생계를 꾸렸다. 노래나 낭송에 재능이 있는 어린이들부터 그 주에 베네수엘라를 방문한 해외 스타까지 출연하던 프로그램은 저녁 식사 바로 전, 8시에 마쳤다. 무용단에서 빠진 적 없는 아줌마는 호로포*에 맞추어 탭댄스를 추거나 부에노스아이레스에서 배운 탱고를 추며 현란한 독무를 선보이기도 했다. 적어도 알리시아가 언젠가 해준 말에 따르면 그랬다. 알리시아네 아버지는 아르헨티나 출신의 기자이자 편집자로, 아줌마가 남미 투어를 할 당시에 만났다. 얼마 후 둘은 결혼했고 부에노스아이레스에 자리를 잡았다……. 하지만 나는 그저 아줌마의 치마 이야기나 듣고 싶었을 뿐이었다.

"엄마, 이것 좀 보세요! 아줌마예요, 아줌마다!"

"누구라고?"

* 베네수엘라의 민속 음악과 춤.

"알리시아네 아줌마요, 말씀드렸잖아요, 마르호리에 플로레스 무용단에 있다는 아줌마요!"

"아델라이다, 무슨 그렇게 촌스러운 무용단 이름이 다 있니, 세상에!"

"얼른, 얼른 와보세요, 보여드릴게요!"

"기다려봐라, 안경 좀 쓰고."

우리는 텔레비전 앞에서 꿈쩍 않고 아줌마가 나오기까지 기다렸다. 아줌마는 새카만 머리에 그야말로 베네수엘라 사람 그 자체로 분한 모습으로, 새하얀 치아가 빛나는 미소를 머금고 아라우카 평원의 치마를 입고 등장했다.

"그러네, 예쁘구나." 엄마도 인정했고, 하루는 시립 극장에 아줌마가 나오는 공연을 보러 가기도 했다.

엄마는 안개에 감싸인 무대 위를 이리저리 움직이는 하얀 백조 발레단 중에서 아줌마를 알아보지 못했다. 엄마는 아줌마가 없다고 했다. 나는 오보에의 리듬에 맞추어 파드 카트르를 추던 네 명의 무용수 틈에서 아줌마를 알아본 것 같았다.

그로부터 다음 월요일, 수업을 마치고 나오는 길에 엄마는 수줍음을 제쳐두고 알리시아네 어머니에게 인사를 건넸다. 우리는 손을 잡고 아줌마에게 다가가 〈백조의 호수〉를 보러 갔었다고 말했다.

"오쿠마레 분이시구나, 저는 바로 근처 마라카이 출신이에요!" 발레리나가 말했다.

"맞아요, 바로 옆이죠." 우리 엄마가 맞장구쳤다.

"바로 옆이고말고요! 아르헨티나에서 돌아온 후로는 다시 간 적이 없네요."

"어머나, 아르헨티나요?"

"네, 남편이 부에노스아이레스 사람이거든요. 그런데 결국엔 떠나야 했죠……."

베로니카 선생님이 이야기에 끼어들었다. 정오의 햇살 아래, 알리시아는 자기 엄마 곁에서 그리고 나는 우리 엄마 곁에서, 망치로 얻어맞은 것 같은 선생님의 얼굴을 목격했다.

"선생님도 칠레를 떠나오셔야 했죠, 그렇지 않나요?" 알리시아네 어머니가 말했다.

"맞아요, 저도 그곳을 떠나와야 했지요……."

그 유치원에서 우리는 풀장을 '필레타'라고 불렀고 베로니카 선생님은 칠레나 산티아고를 '그곳'이라고 불렀다. 그런 단어의 선택이 먼 거리를 강조하기라도 한다는 듯. '그곳'은 과거였다. 다시는 언급하지 않겠다는 조건을 걸고 떠나온 장소. 잘려 나가 뭉툭한 팔처럼 따끔거리는 단어.

엄청난 두통과 함께 우리 집 대문 앞에서 정신이 들었다. 아무런 소리도 들리지 않았다. 발소리도 목소리도 들리지 않았다. 건물에 살던 스무 가구가 통째로 사라져버린 듯했다. 내 가방은 열린 채 발 옆에 떨어져 있었다. 누군가 가방에 들어 있던 얼마 안 되는 물건, 열쇠와 휴대전화를 훔쳐 갔다. 지갑에 신분증은 그대로 있었다. 지폐는 흔적도 없이 사라졌다. 입에서 쇠 맛이 났다. 집 안에서는 익숙한 노래가 요란하게 흘러나왔다. "툼바-라-카사-마미, 툼바-라-카사-마미, 페로 케-투-툼바-라-카사-카미." 우리 집 안에서 춤판이라도 벌이는 듯, 묘지에서 들었던 레게톤이 울려 퍼졌다.

불도 들어오지 않는 복도에서 비틀거리며 힘겹게 몸을 일으켰다. 땀과 쓰레기 냄새가 진동했다. 문을 두드렸다. 음악 소리가 너무 커서 나조차도 내가 두드리는 소리를 듣지 못할 정도였다. 다시 문을 두드렸다. 아무런 반응도 없었다. 문 안쪽에서는 웃음소리, 잔과 식기가 쨍그랑거리는 소리가 들렸다. 더 세게 문을 두드렸다. 저번과 똑같은 여자가 문을 열었다. 아직 제왕나비가 그려진 블라우스를 입고 있었는데, 이제 배 부근이 터질 것 같았다. 그 여자의 모든 부분이 과장 그 자체였다. 덩치며, 지독한 땀 냄새며, 싸구려 향수까지 모두. 온몸의 근육과 몸짓에서 뻔뻔할 정도로 두목의 분위기가 풍겼다. 그러니까, 그 여자가 보안관이었다. 도시를 쑥대밭으로 만드는 그 비열하고 폭력적인 군대의 가장 높은 계급이었다.

"또 너야? 얼씨구, 이제 정신이 드셨어요?"

여자가 나를 위아래로 훑어보았다. 손에는 대걸레 자루가 들려 있었다.

"내가……."

"그래, 그래……. 너, 뭐 어쩌라고?"

“내가 이 아파트 주인이에요. 우리 집이라고요. 여기서 안 나가면 경찰을 부를 거예요.”

“아이고, 자기야, 넘어지면서 머리를 잘못 부딪쳤나, 아니면 태어날 때부터 원래 그렇게 멍청했어? 여기서는 우리가 경찰이야. 우-리-가.”

나는 송곳니가 있어야 할 자리에 뻥 뚫려 있는 구멍만 바라볼 뿐이었다.

“여기서 나가주세요.” 다시 말했다.

“싫은데, 여기서 나갈 유일한 사람은 당신이네요.”

여자 말을 무시하고 집 안을 들여다보려고 했다. 그녀가 내 팔을 붙들었다.

“어, 어, 어! 조심해야지, 헛짓거리하면 무슨 꼴이 날지 잘 알 텐데.”

“내 책들, 내 그릇들, 내 물건들을 원해요.”

보안관은 눈을 휘둥그레 뜨고 나를 보았는데, 그 눈이 멍청하기 짝이 없었다. 내 팔을 계속 누른 상태로 블라우스를 추켜올리자 금박이 몇 개 떨어졌다. 레깅스의 허리밴드가 꽉 조이는 탓에 소시지처럼 출렁거리며 삐져나온 배 부근에는 권총이 끼워져 있었다.

“자기야, 이 총 보여?” 여자가 입술로 총을 가리키며 말했다. “내가 내키면 말이지, 이 총을 자기 똥구녕에 쑤셔 넣고 한 방에 날려버릴 수도 있어. 그래, 안 그래? 그런데 오늘은, 오늘만큼은 안 그러려고. 자기가 조용히 꺼져버리고 다시 안 나타나면, 우리도 귀찮게 안 할게.”

“내 책들, 내 그릇들, 내 집! 돌려달라고!”

“다 갖고 싶다, 이 말이야? 그래, 그럼. 기다려보세요, 여왕님. 웬디, 이리 와봐.”

웬디가 슬리퍼를 질질 끌며 문 앞에 나타났다. 반바지 아래로 드러난 다리는 딱지투성이였다.

“말씀하세요.”

“여기 이 아가씨가 그릇이랑 책이 갖고 싶다는데, 자기 거래. 어디 가져와봐!”

보안관은 공격적인 태도로 대걸레 자루를 옆에 세워두고 팔짱을 낀 채 부하가 내 물건들을 가져오기를 기다렸다. 배에 짓눌린 총은 잘 보이게 둔 채였다. 웬디라는 작자가 접시 여섯 개를 쌓아서 들고 왔다.

“이걸로 뭘 할깝쇼?”

“나한테 주고, 이제 가서 책 가져와. 서두르라고, 여기서 하루 종일 있을 건 아니니까. 이 아가씨는 이제 떠날 참이거든. 자기야, 이 짓거리 다 끝나면 썩 꺼지는 거다."

보안관은 접시 탑을 양손으로 잡고 내게 건네주었다. 한눈에 보아도 전부 다 가져온 게 아니었다.

"이게 전부가 아니잖아요, 나머지는 어디 있어요?"

"이것 봐라? 심지어 불평이야? 받아, 자기 접시들."

그러고는 하나하나 바닥에 떨어뜨렸다. 그릇이 하나씩 떨어질 때마다 화강암 바닥에 부딪히며 산산이 조각났다. 쨍그랑. 쨍그랑. 쨍그랑. 쨍그랑. 쨍그랑.

"자기 접시가 갖고 싶다고 했지? 여기 있네."

"보안관님, 책이 너무 많은뎁쇼, 다 못 가져와요. 잡을 수 있는 만큼 가져왔수다." 웬디가 책 대여섯 권을 들고 다시 나타났다.

"여기 두고 부엌으로 가봐. 뭐 가져올 게 더 있나 잘 보라고." 보안관이 극적으로 말을 멈추더니 웬디의 손에서 책을 낚아챘다. "어디 보자. 족장의…… 의…… 의 가…… 가…… 가으……."

"가을."

"닥쳐, 뭐야? 내가 못 읽는다고 생각하는 거야?"

"솔직히요? 네."

"자, 내가 읽는 거 똑똑히 보라고. 시범을 보여줄 테니까. 시를 한 편 읽어주지!"

보안관이 양장본 한 권을 표지를 잡고 들어 올리더니, 펼쳐서는 반으로 찢어버렸다. 그 솥뚜껑 같은 손아귀에서 제본된 실이 맥없이 끊겼다. 책장이 나뭇잎처럼 떨어져 나갔다. 그 광경을 보며 가슴 깊숙한 곳에서 싫증과 피로가 올라왔다. 보안관은 입맛을 다시며 웃었다.

"이것 봐, 자기 물건들로 내가 뭘 하는지 보라고." 산산조각이 난 까르투하 그릇의 파편을 밟으며 보안관이 말했다. "자기야, 우리는 배고픔 때문에 이러는 거야. 배-고-픔." 여자는 다시 한번 단어를 음절로 나누어서 문장을 강조했다. 표심을 얻기 위해 약탈을 정당화하던 사령관의 문장이었다. "내가 집권하면, 아무도 배고픔 때문에 도둑질하지 않을 것입니다." 사령관의 말이었다. "너는 배고픔을 느껴본 적이 분명 없겠지. 애송아, 너는 몰라, 배고픔이 뭔지. 그래, 자기야. 배-고-픔."

보안관은 다시 웃음을 터뜨리더니 권총을 만지작거리기 시작했다.

"이 집은 이제 우리 거야, 왜냐하면 이 모든 게 원래 우리 거였으니까. 그런데 너희가 빼앗아 갔던 거지."

나는 접시들을, 찢겨 나간 종잇장들을, 매니큐어가 발리지 않은 발톱과 뚱뚱한 발가락들을, 슬리퍼와 우리 엄마의 블라우스를 바라보았다. 고개를 들었더니, 보안관이 즐겁다는 듯 내 시선을 받았다. 입에서는 아직 쇠 맛이 났다.

보안관에게 침을 뱉었다.

여자는 무표정하게 얼굴을 닦더니, 권총을 집어 들었다. 총대가 내 머리에 부딪히는 소리, 그것이 내 마지막 기억이었다.

우리는 숯불구이 통닭에 아야키타*를 곁들여 먹었다. 플라스틱 포크와 거친 종이 냅킨을 사용했다. 카라카스로 돌아가기 전에 간단히 먹는 점심이었다. 날이 더웠고 매미들은 비를 내려달라고 다리를 싹싹 빌며 실성한 듯 목청껏 노래했다. 부탄가스, 휘발유, 엔진오일, 돼지 껍데기 튀김 냄새가 났다.

"그 달걀은 죽어도 안 놔줄 작정이니? 밥 먹을 때도?" 엄

* 옥수숫가루 반죽을 옥수수 잎이나 바나나 잎에 싸서 찐 음식으로, 흔히 숯불구이 통닭에 곁들여 먹는다.

마가 한숨을 내쉬었다. “식탁 위에 잠깐만 올려두고 얌전히 먹으면 아무 일도 없을 거다. 식기와 냅킨을 쓰렴, 엄마 말 들어라.”

“손에서 놓으면 미끄러져서 떨어질 거예요. 안에 있는 병아리가 죽을 거라고요.”

“병아리가 태어나려면 암탉이 품어줘야 한단다. 네가 아무리 손으로 감싸 쥔다 한들, 자라지 않을 거라니까.”

“자랄 거예요. 그러면 저는 노란 병아리를 갖겠죠. 두고 보세요.”

나는 통닭을 남기고 반쯤 먹은 아야키타를 질겅질겅 씹었다. 돼지고기, 선지, 튀긴 바나나로 넘쳐서 배고픈 개들이 달려들던 쓰레기통에 종이 접시를 버렸다. 우리는 기름때와 먼지로 뒤덮인 인형과 복권과 민속음악 카세트테이프 따위를 파는 가판대들을 지났다. 나는 전통 과자가 듬뿍 쌓인 진열대 앞에 멈춰 섰다. 엿, 코코넛 과자, 둘세 데 레체*가 들어간 구아바 과자, 당밀을 바른 번 위로 파리와

* 설탕을 첨가한 우유나 연유를 졸여서 만드는 우유 잼. 캐러멜과 비슷한 맛이 난다.

말벌이 붕붕 날아다녔다.

"이런 걸 하나라도 먹으면 어금니를 다 빼야 할 거다. 게다가, 무슨 물로 어떻게 만들었는지 누가 안다니." 비닐 포장된 초콜릿 바 앞에서 침을 꼴딱 삼키고 있는데 엄마가 말했다.

"먹는다고 안 했어요. 그냥 보기만 하는 거예요."

"우리 거래할까. 달걀에서 손 떼고 다른 데다 두면, 과자 하나 사줄게. 제일 먹고 싶은 거로 골라보렴."

"안 놔줄 거예요."

"엿이랑도 안 바꿀래? 코코넛 과자는 어떠니? 음…… 참기 어려울 텐데."

"병아리를 지킬래요, 엄마."

"집에 가는 길에 달걀이 깨지기라도 하면 후회할 텐데. 병아리랑 과자 둘 다 놓치는 거야."

"후회 안 해요. 병아리를 갖고 싶어요."

엄마는 기다란 녹색 종이로 된 20볼리바르짜리 옛 지폐를 펼쳤다. 당시 지폐는 액면가 그대로의 가치를 지녔다. 20볼리바르. 2천만 볼리바르도 아니고, 20볼리바르 푸에르테—원래 볼리바르에 숫자 0을 더한 통화로, 얼마나 가치가 없었는지 무마하기 위해 급기야 발행이 중지된 통화―도 아니었다. 20볼리바르 지폐는 혁명의 아이들이 나타나기 이전에 존재했던 화폐 중에 내가 가장 좋아하던 지폐였다. 당시 20볼리바르면 아침 식사를 서너 번은 사 먹을 수 있었다. 무엇이든 몇 킬로그램은 살 수 있었다. 20볼리바르는 큰돈이었다.

"코코넛 과자 하나 주세요." 불이 입안으로 들어가도록 담배를 거꾸로 물어 피우면서 철판에 아레파를 굽던, 이가 다 빠진 여자에게 엄마가 말했다.

여자가 지폐를 받았다. 오른손을 이마 위로 넘겨 지폐를 옆에 두고는, 아레파를 마저 만들었다. 그러고 나서야 갈색 종이봉투에 코코넛 과자를 넣어주었다. 엄마에게 잔돈을 거슬러주고는 다시 정수리를 만지작거렸다. 축축해진 담배를 꺼내면서 입안에 가득 머금고 있던 연기를 뱉어내더니, 담배를 다시 입에 물었다. 엄마는 등을 돌려 천장을 바라보며 눈을 질끈 감았다.

"버스 타기 전에 달걀을 내려놓으면, 간식으로 먹게 해주마."

"안 놓을 거예요."

“아델라이다, 달걀이랑 코코넛 과자랑 바꾸자니까. 네가 엄청나게 좋아하는 거잖니!”

“꿈도 꾸지 마세요.”

엄마는 과자를 가방에 넣고, 내 손을 잡고 카라카스행 버스를 타러 걸어갔다. 우리 차례가 되어 버스에 오른 후, 엄마는 과자를 꺼내더니 과장스레 말했다.

“음, 너무 맛있어 보인다. 냄새도 좋은걸.”

나는 꼼짝도 안 했다. 과자에 입도 대지 않았고 팔콘 펜션의 닭장 바닥에서 주워 온 달걀을 포기하지도 않았다. 껍데기를 깨고 나오는 병아리를 보고 싶었다.

돌아가는 길 내내 우리는 한마디도 하지 않았다. 엄마는 완전히 지쳐서, 손으로 가방을 붙든 채 잠이 들었다. 그리고 나는 창가석을 차지한 포악한 군주가 되어 도로변의 행상들이 벌인 좌판들을 검열했다. 몽키바나나, 귤, 카사바, 당밀을 범벅한 말린 유카 케이크, 그런가 하면 언제 죽었는지도 모를, 교통사고로 유명을 달리한 이들을 기리기 위해 꽃과 십자가상으로 급조하여 차린 사당들도 있었다. 그 나라에서는 어딜 가든 사방에서 죽은 자들이 따라다녔다.

모든 장소는 도로 위에서, 변두리에서 도심으로 향하는

길 위에서 그려지고 지워진다. 몇 번이고 우리는, 바다에서 산으로 향했다. 사람과 사람을 갈라놓는 수 킬로미터의 거리를 가로질렀다. 사탕수수와 장밋빛나팔나무와 황금능소화가 심긴 골짜기를 건넜다.

그때까지도 작고 희끄무레한 달걀은 내 손에 있었다. 내 몸의 온기와 긴 여정이 어쩌면 생명을 태어나게 할지도 모른다는 기대를 품고, 양손으로 감싸 쥐었다.

엄마는 버스가 카라카스 터미널의 정류소에 도착해서야 잠에서 깼다. 이동 중에 늙어버린 모습이었다. 기계적으로 움직이며 자리에서 몸을 일으키더니 내게 목이 마르냐고, 화장실에 가야 하냐고 물었다. 나는 다 아니라고 대답했다. 엄마는 가방을 들고, 물건들이 다 잘 있나 확인하고는 내게 입을 맞췄다.

우리는 발을 질질 끌면서, 고작 옷 몇 벌이 전부인 변변찮은 짐 가방을 끌면서 버스에서 내려 낡은 택시에 올라탔다. 전조등은 깨지고 문은 움푹 팬, 고물이 다 된 닷지 차였다. 당시에는 '택시'라고 불리지 않고 '리브레'라고 불렸다. 기사가 우리를 건물 앞까지 데려다주었다. 엄마 혼자서 짐을 내렸다. 작은 짐 가방과 자두로 가득 찬 봉지들.

엄마는 구겨진 지폐로 요금을 냈다.

엘리베이터를 기다렸다. 우리는 낡은 아파트의 녹슨 목구멍을 타고 말없이 올라갔다. 집에 들어오자마자, 엄마는 이모들에게 전화해서 잘 도착했다고 알렸다. 나는 달걀에 온 신경을 쏟느라 신발 끈 묶는 것도 잊어버린 터였다. 아주 잠깐, 그날 중 처음으로 달걀을 손에서 놓고, 식탁 위에 올려두었다. 몸을 숙이고 신발 끈을 묶기 시작했다. 막 매듭을 지으려는 순간, 달걀이 무심하게도 툭, 하고 떨어져버렸다. 달걀은 내 왼발 옆에서 깨졌다. 수천 조각으로 깨져버린 베이지색 껍데기.

화강암 바닥으로 흰자가 온통 튀었다. 노른자 안에서, 나는 작은 붉은색 점을 알아볼 수 있었다. 내 손으로 불어넣은 얼마 안 되는 생명은 결국 빛을 보지 못했다. 부엌에서 돌아온 엄마가 참사의 현장을 목격했다. 엉망이 된 달걀과 내 얼굴. 엄마는 가방에서 종이봉투에 담긴 코코넛 과자를 꺼내더니, 역겹다는 듯 보고는 쓰레기통에 던져버렸다.

"지금 온수기 켜둘게. 물이 따뜻해지면 목욕하고 나오렴. 여긴 엄마가 처리하마."

엄마가 난장판을 치웠다. 나는 샤워 부스 안으로 들어갔다. 따뜻한 물이 내 피부에서 긴 버스 여행의 여독을 씻겨내는 동안 재스민 향이 나는 초록색 비누를 온몸에 문질렀다. 집으로 돌아오는 길에 품었던 부질없는 기다림마저 씻겨나갔다.

"산 채로 꿰매야지, 산 채로 꿰매줄게."

바늘이 피부에 닿으면서 따끔따끔하고 아렸다. 아파서 눈물이 쏙 빠졌다.

"산 채로 꿰매야지, 산 채로 꿰매줄게."

"아줌마, 아파요. 아아, 아프다니까요! 인제 그만하세요. 그만!"

"쉿. 아플 거 진즉에 생각했어야지. 마저 끝내게 잠자코 있으렴. 산 채로 꿰매야지, 산 채로 꿰매줄게."

6층 이웃 마리아 아줌마는 간호사가 되기 전, 재봉사가 되는 게 꿈이었다. 아줌마의 어머니는 다른 사람들의 옷을 짓고 예쁘게 수선해주는 일을 했다. 별 볼 일 없는 것들로 아름다운 것들을 만들어내셨지, 아줌마가 소독된 바늘귀에 수술용 실을 넣으면서 말했다.

"그거 아니? 나는 우리 엄마처럼 바느질하고 싶었단다. 엄마는 바짓단을 박는 데도 웨딩드레스를 만들 때처럼 똑같이 정성을 쏟으셨어. 상상이나 되니! 그때는 지금처럼 수선집이 많지 않았지."

"아줌마, 제발요. 아파요!"

"라파스토라 지구의 좁은 골목길들 기억나니? 그 위로 가면…… 기억나니, 안 나니?"

"기억나요. 그런데 아줌마, 아프다니까요!"

"그래, 거기, 거기 어디에 우리 엄마가 수선집을 차리셨거든. 단골손님도 있었는데, 주로 결혼식 하루 전에 드레스를 가봉하러 오는 예비 신부들이었지."

"아줌마, 제발…… 제발요, 그만하세요!"

"쉿. 가만히 있어, 아가. 입 다물고 들어보렴. 신부가 아직 드레스를 입고 있는 상태에서 밑단을 거의 다 박았을 즈음에, 엄마가 이런 말씀을 하시는 거야. '산 채로 꿰매야지, 산 채로 꿰매줄게.' 왜 그러셨는지 아니?"

"아줌마, 그만요."

"쉿, 가만히 좀 있으래도, 재밌는 이야기니까 좀 들어보렴. 우리 엄마는 사람이 옷을 입은 채로 바느질을 하면 그 사람이 죽는다고 말씀하시곤 했어. 너도 알다시피, 시골에서는 다들 그러잖니. 그래서 나도 누군가의 옷을 기워줄 때는 엄마를 따라 하는 거야. '산 채로 꿰매야지, 산 채로 꿰매줄게.' 지금 이것도 나름대로 기우는 작업인 셈이고. 제대로 꿰매겠다고 네 머리통을 떼어낼 수는 없잖니. 안 그래?"

"아줌마, 아프다니까요……."

"이 꽉 물고 참아봐, 이번에는 진짜로 아플 테니까." 그러더니 아줌마는 수술용 바늘을 마지막으로 피부에 찔러 넣었다. "산 채로 꿰매야지, 산 채로 꿰매줄게. 됐다, 자, 이제 머리가 완성됐네. 꼭 새것 같구나!"

살고 싶다면, 깨어 있어야, 경계 태세를 유지하고 있어야 했다. 마리아 아줌마는 자기 집에 머무르라면서, 이모들에게 전화하라면서, 제발 부탁이니 그 상태로 나가지 말라고 하면서 설탕물을 타주었다. 포도당이 뇌를 적시며 정신이 들었지만, 그래도 나가기 전에 문틀을 힘껏 움켜쥐어야 했다.

"얘, 어딜 가려고? 뭐 하는 거니? 여기 있어라."

"괜찮아요."

"괜찮기는. 어딜 가려고?"

"경찰서에요."

"세상에, 경찰서는 무슨 경찰서! 상황만 더 나빠진다, 얘. 오늘 밤은 여기서 자고 내일 이모들께 전화드려. 그리고 여길 떠나거라. 저 사람들이랑은 싸울 생각도 말고. 오쿠마레로 가렴. 멀리 떠나. 내일은 더 올 거야. 그런데 네가 경찰을 부르잖니, 그럼 눈 깜짝할 새 올 거다. 이제 다 저 사람들 손아귀에 있는 거 모르겠니? 얘, 정말 모르는 거야?"

"아줌마, 신세를 어떻게 갚아야 할지 모르겠어요. 방법을 찾아볼게요."

"신세 진 것도 없고 갚아야 할 것도 없어. 대신 하나만 말하자. 너 여기서 못 나간다."

"일을 바로잡아야 해요."

"오늘 밤은 여기서 지내. 어딜 가려거든 내일 마음대로 가고. 머리도 깨졌잖니. 적어도 통증이 지나갈 때까지만이라도 기다리렴. 남는 방이 하나 있으니까, 오늘은 여기서 자고, 내일 네 마음대로 해. 누누이 말하지만, 아무도 저 여자들을 막지 않을 거고 그 대가를 치르는 건 우리라는 점 명심하고. 얘, 이미 진 전쟁이야. 이제 깡패들이며 범죄자들이 더 많이 나타날 거다. 우리는 지금보다 더 큰 두려움 속에 살게 되겠지."

"지금보다 더요?"

"아델라이다, 내 말 잘 들어라, 이제 끝이랄 게 없는 거야. 이 끔찍함의 끝이 어딘지 우리는 보지도 못할 거다. 나가지 말렴."

"아줌마, 전부 다 감사해요……. 하지만 제 마음을 돌리지는 못하실 거예요."

"경찰서에만 가지 마라. 마음대로 해, 그런데 신고는 하지 마."

"안녕히 계세요, 아줌마."

나는 5층까지 계단으로 내려가 굳게 닫힌 아우로라 페랄타네 대문 앞에 멈춰 섰다. 문 아래로 새어 나오는 한 줄기 빛에 그림자나 발걸음이 보이는지 샅샅이 살폈다. 이번에도 역시, 아무것도 보이지 않았다. 나는 하얗게 칠한 나무판자 앞에 꼼짝 않고 서 있었다. 자물쇠에는 강제로 따고 들어간 흔적이 전혀 없었다. 문고리에 손을 대보았더니…… 기적이 일어났다. 억지로 돌릴 필요도 없이, 그저 살짝 힘주어 밀었을 뿐이었다. 나는 재빨리 들어가 조용히 문을 닫았다. 거실 창문이 열려 있었다. 열린 창문으로 소란과 납이 뒤섞인 기분 나쁜 바람이 들어왔다. 우리 집과 꼭 닮은 거실을 둘러보았다. 그때 그녀가 보였다.

아우로라 페랄타는 바닥에 누워 있었다. 두 눈은 뜬 채였고 입술은 보랏빛이었다. 무엇이 더 끔찍한지 알 수 없었다. 머리의 통증인지, 그런 모습의 아우로라를 보는 두려움인지, 아니면 내 속마음이 히스테릭한 비명으로 나타날지 모른다는 공포인지.

"아우로라! 아우로라! 저 옆집 여자예요!" 속삭였다.

맥박이 뛰는지 보려고 그녀의 목에 손가락을 댔다. 차갑게 굳어 있었다. 나는 메스꺼움과 연민을 동시에 느꼈다. 욕지기가 뱀처럼 목구멍을 타고 올라왔다. 나는 우리 집과 똑같은 싱크대로 달려가 씁쓸한 위액을 토해냈다. 거실로 돌아오는데, 다리에 힘이 풀렸다. 멀리서 그녀를 보았다. 아우로라 페랄타는 이제 그 유령 도시를 채우던 수많은 사체 중 하나가 된 채였다.

조리대 위에는 달걀이 풀어진 오목한 그릇이 있었는데, 죽음이 갑자기 찾아왔을 때 그녀는 흰자가 단단해질 때까지 달걀을 휘젓고 있었으리라. 천이 씌워지지 않은 가구들이 있는 거실은 정물화를 연상시켰다. 그 광경을 보자니 생전에는 그녀에게 느껴본 적 없는 동질감이 솟아났다. 생명이 빠져나간 아우로라 페랄타의 몸 앞에서, 나는 30년에 가까운 세월 동안 벽 하나 사이로 우리를 양옆에 데려다 둔 운명의 실이 한데 엮이는 모습을 보았다. 그녀의 집은 우리 집의 뒷면이었다. 같은 지붕 아래에서 우리는 다른 방향으로 살았다. 아우로라 페랄타는 주검이었고, 나, 아델라이다 팔콘은 생존자였다. 보이지 않는 실이 우리를 이어주었다. 산 자와 죽은 자 사이를 이어주는 뜻밖의 탯줄.

나는 그녀의 몸을 덮어줄 만한 것을 서둘러 찾았다. 저승에서부터 나를 바라보는 부릅뜬 눈을 감겨주고 싶었다. 침대보든 수건이든 그녀의 사지가 보이지 않게 가릴 만큼 큰 식탁보든, 무엇이든 찾으려고 서랍을 뒤졌다. 안방 옷장에서 하얀 침대보를 찾아냈다. 몸을 덮어주면서, 그녀와 시선을 마주치지 않으려고 눈을 꼭 감았다. 선 채로, 그녀의 몸을 눈으로 훑었다. 그러고는 주위를 둘러보았다. 가구들이 전부 말해주기를 바라면서. 누가 그녀를 죽였나? 자연사인가? 심장마비였을까? 모든 일이 혼란스럽고 너무 빨리 일어났다. 확실한 사실은 하나뿐이었다. 그녀는 죽었고 나는 살아 있다는 사실. 아우로라 페랄타의 죽음에 관해 궁금해할 사람이 있나? 그녀를 기다리는 사람이 있을까? 그녀를 그리워할 가족이나 친구나 연인이 있을까? 아니면 나처럼, 아무도 부재를 알아차리지 못할 만큼 잊힌 사람이었을까? 탁자 위에는 우편물이 세 통 있었는데, 둘은 뜯어진 채였고 하나는 봉인된 상태였다. 그 옆으로 충전되지 않은 휴대전화와 열쇠 다발이 있었다. 그 열쇠들로 그녀는 문을 잠그지도 못했다. 문을 확 밀어서 닫아버렸지, 열쇠로 잠그지는 않은 덕에 내가 손잡이를 아래로 당기기만 했는데도 들어올 수 있던 것이다. 카라카스 같은 도시에서, 제정신인 사람이라면 열쇠로 문을 잠갔을 것이다. 무슨 압박감을 느꼈기에 그녀는 모든 걸 다 제쳐두고 달걀을 풀기 시작해야 했을까?

보안관과 그 부하들이 그녀를 죽였나? 집 안으로 들어왔다가 죽어 있는 그녀를 보고 나갔나? 왜 이 집이 아니라 우리 집에 쳐들어갔을까? 나는 다시 집 안을 살폈다. 그러나 억지로 침입한 흔적은커녕, 도둑들이 돈이나 보석을 찾겠다고 어질러놓지도 않았다. 모든 게 제자리에 있었다. 물론, 바닥에 죽은 여자가 누워 있다는 사실은 빼고. 그동안 부엌 불이 내내 켜져 있었다. 나는 공포를, 찝찔하고 싸늘한 두려움을 느꼈다. 머무르고 싶은 마음과 떠나고 싶은 마음이 동시에 들어 근질거렸다. 그런데 어디로 떠난단 말인가. 나는 갈 곳이 없었다. 경찰서에 가려던 생각은 접고 피난처에 매달렸다. 생각하자, 생각하자, 생각하자. 생각해, 아델라이다 팔콘.

불과 얼마 전까지 우리 집이던 곳 안에서는 아직 발소리가 들렸는데, 생전에 아우로라 페랄타가 내던 소리보다 더 또렷하게 들렸다. 웬디의 플립플롭 소리, 보안관의 웃음소리, 정복자들의 시끌벅적한 소리를 구별할 수 있었다. "투-툼바-라-카사-마미, 툼바-라-카사-마미, 페로 케 투-툼바-라-카사-마미." 온 집 안이 떠나가라 울려대는 소리. 악몽의 배경음악이 흐르는 가운데 꼭두새벽부터 인터폰이 고집스레 울렸는데, 적어도 20분가량은 멈추지 않았다. 누가 나를 찾는 걸까, 왜 찾는 거지?

미란다 광장은 건물의 이쪽에서 더 잘 보였다. 새로 온 여자 순찰대가 원래 있던 순찰대와 교대했다. 그 여자들은 보안관과 똘마니들보다도 더 덩치가 컸다. 마리아 아줌마의 말이 맞았다. 안에 사람이 있든 없든, 다른 집을 점령하기란 그들에게 일도 아닐 터였다. 광장을 꿰찬 신입 전사들 곁을 조국의 기동부대원 몇 명이 지켰다. 그들에게는 당분간 즐길 소일거리가 있었다. 영원하신 사령관님을 상징하는 플래카드를 태우던 청년들과 싸우는 중이었다.

이윽고 군사경찰 호송대와 무장 괴한들이 모습을 드러냈다. 소란스럽고 살기등등하게 광장에 도착하는 그들을 보았다. 나는 소리 지르고 싶었고, 상대가 너무 많다고 청년들에게 경고하고 싶었지만, 목소리가 나오지 않았다. 이곳저곳 다니던 저격수들은 벌써 사냥감 둘을 해치운 터였다. 비실비실한 청년 한 쌍이 아스팔트 바닥 위에 널브러져 있었다. 그중 한 명은 투우사에게 잘못 찔린 황소처럼 경기를 일으키며 입에서 피를 토했다.

나는 거실로 돌아와서 탁자 위에 뜯어지지 않은 채로 있던 우편물을 집어 들었다. 카라카스의 스페인 영사관에서 보낸 우편물이었다. 역광에 비추어 읽어보려 했지만,

역부족이었다. 그래서 이미 뜯은 우편물을 살펴보았다. 하나는 전기세 고지서였다. 다른 하나는, 역시 스페인 국기 도장이 찍혀 있었는데, 스페인 정부에서 연금 지급을 위해 아우로라의 어머니, 훌리아 페랄타의 생존 증명서를 요청하는 통신문이었다. 내가 알기로 아주머니는 돌아가신 지 적어도 5년은 되었다. 나는 스페인 영사관의 편지와 생존 증명서 요구서를 반으로 접어 바지 주머니에 찔러 넣고, 열쇠를 들어 문을 잠갔다.

아우로라 페랄타는 죽었지만, 나는 아직 살아 있었다.

나는 탄생을 목격한 적이 없다. 임신한 적도 출산한 적도 없다. 갓난아이를 품에 살포시 안아본 적도 없다. 내 울음 말고는, 울음을 달래본 적도 없다. 우리 집안에서는 아이들이 태어나지 않았다. 다만, 나이 들고 쇠잔한 여자들이 왕좌에서 죽어갔다. 화산 발치에서 죽는 사람처럼 무덤 발치에도 군림했다. 그렇다고 엄마와 나의 관계가 모성이 아니었다고 생각한 적은 없다. 엄마와 나 사이에는 순조롭게 관리되고 운영되는 관계, 우리가 함께 꾸린 세상의 균형 안에서 야단스럽지 않게 드러나는 사랑의 형태가 있었다. 엄마가 나를 데리고 아르투로 미첼레나의 그림을 보러 갔던 날까지, 나는 출산에 대해서 아는 바가 눈곱만큼도 없었다. 그저 전투 장면을 그리는 화가라고만 생각했던 그의 작품은 출산이라는 행위가 배 아래 저 깊고 어두운 곳에 의미를 부여하고 막연함을 밝게 비춘다는 사실을 내 앞에 명백하게 증명해 보였다.

〈젊은 엄마〉라는 미첼레나의 그림을 보고, 나는 태어나서 처음으로, 배 속에 아이를 품는다는 건 무엇일까 궁금해졌다. 나는 열두 살이었고 그 그림은 1백 살이 넘었다. 미첼레나가 전성기였던 1889년에 그린 그림이었다. 파리에 살았던 그는, 각종 공식 살롱에서 상을 받은 데다 에펠탑이 출품된 만국박람회에서 메달을 받기도 한 화가였다. 미첼레나는 예술학교 출신 화가였고, 중도적인 세계주의자이자, 살롱 데 르퓌제*를 인정하는 것과는 무척이나 거리가 먼 사람이었지만, 베네수엘라의 발렌시아 골짜기들을 회귀선의 눈부신 빛 아래에서 배운 사람만이 할 수 있는 방식으로 그려내곤 했다. 모든 걸 태우는 눈부신 빛.

* 1863년 프랑스 파리에서 나폴레옹 3세의 주도로, 낙선한 작품들을 모아 연 전시회.

나는 가정의 숨겨진 진실을 발견하기라도 한 듯 캔버스 앞에 꼼짝 않고 서 있었다. 어머니들은 아름다움과 파멸을 동시에 감추고 있다는 사실. 당시 나는 에마 보바리나 안나 카레니나에 대해서는 아는 바가 전혀 없었고, 나중에 내가 읽게 될 불행한 시인들을 몰랐던 것처럼 스스로 목숨을 끊은 불행한 여자들에 대해서도 몰랐다. 나는 아직 미요 베스트리니와 그의《심장에 내리는 명령》을 읽지 않았고, 나를 송두리째 뒤흔든 욜란다 판틴의《집 혹은 늑대》라든가 엘리사 레르네르의《파티용 가죽 가방》에 대해서도 들어본 적 없었다. 테레사 데 라 파라의《이피게네이아》는 읽었지만, 카라카스 출신의 젊은 여자가 글을 쓰도록 부추겼던 권태는 아직 이해하지 못한 채였다. 나는 훗날 인생에 문신처럼 새겨질 그 훌륭한 여자들을 조금도 알지 못했으면서도, 미첼레나의 그림 앞에서 이미 내 안에 살던 여자를 마주했다. 나는 용감하지 않았지만, 용감해지고 싶었다. 나는 아름답지 않았지만, 내 앞의 여자가 뽐내는 것처럼 반질반질하고 부드러운 피부를 갈망했다.

미첼레나의 그림은 나로 하여금 내 곡선에 눈뜨게 해주고, 내 몸에 깃든 파멸을 밝혀주었다. 흔들의자에 기대 누운 그의 젊은 엄마는 〈실 잣는 여인들〉에서 튀어나온 듯한 아름다운 여자로, 전쟁과 허기로 얼룩진 나라의 아기치고는 너무도 크고 뽀얗고 건강한 사내아이를 품에 안고 있었다. 피부에 비친 이파리들의 떨림을 바라보며, 화가의 팔레트가 만들어낸 가짜 그림자들의 의미를 헤아리면서, 여자의 풍만한 몸과 출산에 따르는 느린 쇠퇴를 알게 되었다. 앎이 곧 자신의 무지를 바꾸는 일이라면, 그날 아침 나는 돌에 맞은 것 같은 충격을 받았다. 아침 햇살 아래 빛나는 여자들, 부드러운 향을 풍기는 존재들, 어머니들에게서 뿜어져 나오는 아름다움이 내게 기이한 영향을 미쳤다.

베네수엘라에서 가장 큰 극장인 테레사 카레뇨 극장의 호세 펠릭스 리바스 홀에서 〈피터와 늑대〉를 보고 나온 참이던 엄마와 나는 로스카오보스 공원의 산책로를 따라 걸었다. 카탈루냐 출신 기술자 마라갈이 1950년대의 카라카스를 위해 설계한 프랑스풍의 도심 공원이었다. 자신은 일부가 아니라는 듯, 나라에서 동떨어진 섬 같은 곳. 우리는 프란시스코 나르바에스의 분수 앞에 멈춰 서서, 견고하게 만들어진 님프들, 마리아 리온사 여신상과 비슷하게 돌에 조각된 아메리카 원주민 여자들을 바라보았다. 여신상과 달리, 원주민 여자들은 엄숙해 보였다. 그 조각상들이 새겨진 분수는 나라의 이름을 따서 베네수엘라라고 불렸다. 분수의 커다란 물거울 위로 사탕 껍질이며 색 바랜 감자칩 봉지 따위가 떠다녔다. 나뭇잎과 쓰레기가 빙빙 도는 수프.

"국립미술관이 마음에 들었니?" 엄마가 물었다.

"음……." 나는 엄마가 가방에서 꺼낸 복숭아 맛 종이 팩 주스의 빨대를 힘껏 빨면서 대답했다.

"뭐가 제일 좋았니?" 엄마의 질문을 계속 생각하면서, 나르바에스가 조각한 원주민 여자들의 과장된 가슴에 시선을 고정했다가, 여기저기 흠집으로 가득한 내 하얀 구두를 내려다보았다.

"엄마요."

"어떤 엄마?"

"미첼레나가 그린……."

"어째서? 엄마는 네가 소토의 〈통과 가능〉이나 크루스-디에스의 조각 작품들을 좋아할 줄 알았는데."

"그것들도 괜찮았어요. 그런데 엄마 그림이 제일 좋았어요. 옥상 정원에서 드레스 입고 있는 여자요."

"아, 그럼 그렇지." 엄마가 동의하면서 말했다. "분홍색 드레스 때문이구나?"

"아니에요." 나는 얼마 안 남은 주스로 단어들을 적시면서 잠자코 있었다. "여자가 떨고 있어서 좋은 거예요."

"떨고 있다고?"

"네." 나는 다시 힘껏 빨대를 빨아들였다. "여자가 움직여요. 떨고 있어요. 진짜이기도 하고 진짜가 아니기도 하죠, 이해하시겠어요? 존재하기도 하고 존재하지 않기도 하는…… 왔다가 가는 거예요. 그림이 아니에요. 여자는 살아 있어요."

엄마는 로스카오보스 공원의 연못을 가만히 응시했다. 매미들은 벌써 건기의 굉음을 연습하고 있었고 일요일 아침이 천천히 물러가고 있었다. 당시에는 파손되지 않았던 대리석 산책로는 긴 낮잠을 자고 싶게 만들었다. 엄마는 가방을 뒤져 휴지를 꺼내더니 입을 닦으라며 건네주었다.

"그래서 그 그림이 좋은 거니?"

"음……." 나는 별다른 설명을 덧붙이지 않고 대답했다. "내가 태어났을 때, 우리도 그렇게 보였어요?"

"그렇게라니, 어떻게?"

“그 그림처럼요. 크고, 분홍빛이 돌고. 케이크처럼 그렇게요.”

“그럼, 딸. 우리도 그렇게 보였단다.” 엄마는 얼굴을 살짝 찡그리더니 치마를 털기 시작했다. 엄마가 가방을 닫고 내 손을 잡았다.

님프와 나무들로 가득한 공원의 깊은 고독 안에서, 그 나라의 무언가가 우리를 먹이로 노리기 시작했다.

주차장으로 통하는 출구가 있는지 찬찬히 살폈다. 가장 가까운 쓰레기 버리는 곳이 어디인지 인적이 덜한 거리로 향하는 진입로가 있는지도 살폈다. 주의를 끌지 않고 아우로라 페랄타의 시신을 처리해야 했다. 그녀의 집을 피난처로 삼으려면, 그 어떤 실수도 용납해서는 안 되었다. 경찰에 알린다는 생각은 일찍이 접었다. 경찰이 내 이야기를 믿기보다는 나를 감옥에 보내리라는 게 더 그럴듯했다. 나는 밤 10시까지 기다렸다. 총성이 거리를 휩쓸고 지나갔다. 총탄, 진짜 총탄. 복도는 휑했다. 자기 운명이 두려운 사람들은 집에 틀어박혀 있었다. 세 시간 전, 보안관과 그

일당은 우르다네타 대로에서 벌어진 난투극에 합세하려고 요새를 떠난 터였다. 혁명의 아이들과 그들의 무장 부대가 두건 쓴 반정부 시위대 1백여 명을 학살했다. 시위대는 죽으러 나간 사람들이었다. 배고픔과 분노는 죽기에 충분한 이유였으니까. 그때가 기회였다. 남들의 절망과 혼란이 내게 선사한 기회를 잃을 수는 없었다.

아우로라 페랄타를 복도까지 끌고 가는 일은 생각보다 훨씬 더 어려웠다. 60킬로그램의 몸무게는 1톤이 되어버렸다. 무거움과 뻣뻣함, 그중 무엇이 더 나빴는지 모르겠다. 엘리베이터 버튼을 눌렀다. 철제 들보에 맞닿아 삐걱대는 소리가 났다. 엘리베이터는 그 어느 때보다도 천천히, 낡은 건물의 내장을 거슬러 올라왔다. 문을 열고 보니, 내부가 너무 작았다. 아우로라 페랄타의 시신이 누운 채로 들어갈 턱이 없었다. 아우로라의 사지는 쇠갈고리만큼이나 뻣뻣했다. 그녀의 몸을 구부릴 수도, 자세를 바꿀 수도 없었다. 관자놀이가 지끈거렸고 손이 떨렸다. 코 위에 얹어둔 알코올에 적신 티셔츠에 질식할 것 같았고 비닐장갑 안에서 손가락이 익는 것 같았다. 때때로 그 모든 일을 처리한 사람이 내가 아니었다는 기분이 들곤 한다.

발치에 아우로라의 시신을 늘어뜨리고는 열린 엘리베이터 문 앞에 지친 채 서서, 나갈 방도를 찾으려 머리를 쥐어짰다. 그녀를 끌고 한 층 한 층 계단으로 1층까지 내려가자니 그건 들키기 가장 쉬운 방법이었다. 그렇다고 시체를 옆에 두고 복도에 머무를 수도 없는 노릇이었다. 그 일에 비하면, 헤라클레스의 열두 가지 과업도 심심풀이처럼 보였다. 나는 단 한 가지만 생각했고 그 생각에만 매달렸다. 그 죽은 여자야말로 내 목숨을 붙들어둘 유일한 존재라는 사실. 그녀의 집에 머무를 작정이라면 신중하게 패를 굴려야 했다.

아우로라 페랄타의 시신을 다시 집 안으로 밀어 넣었다. 다리가 문 쪽으로 똑바로 향하게 두려고 몸의 방향을 돌리는 작업은 어려웠고 내가 빙빙 돌고 있다는 느낌을 가중했다. 시신을 처리하려는 첫 번째 시도에 한 시간을 통째로 들였건만 아직도 시작점에서 맴돌고 있었다. 총성, 폭발, 병이 깨지는 소리에 다시 용기를 냈다. 있는 힘껏 숨을 들이마셨다. '생각해, 아델라이다 팔콘.' 절망에서 기지가 피어나는 법이다. 나는 눈을 들어 어두운 집 안을 살폈다. 발코니 옆, 재봉틀이 놓인 탁자가 가장 실현 가능한 방법으로 보였다. 거리에서 사람들이 죽고 죽이는 판에, 5층에서 시체 한 구가 떨어진다 한들 이상할 게 뭐 있겠는가? 하늘에서 시체들이 비처럼 내리길. 은유 말고, 정말 그렇게.

탁자를 발코니 쪽으로 최대한 붙였다. 아우로라 페랄타를 바닥에서 들어 올리는 데 또 30분이 걸렸다. 우선 시체를 의자에 올리고 숨을 고른 다음 탁자 위로 옮겼다. 평평한 표면이 쟁반 역할을 했다. 그녀의 입이 아래로 가도록 뉘었다. 다리가 뻣뻣한 게 꼭 펜치 같았다. 사후 경직이 그녀를 슬픈 곡예사처럼 보이게 했다. 그녀를 밀었다. 젖 먹던 힘까지 끌어모아 힘껏 밀었다. 시체 처리가 아니라 출산 중이기라도 한 듯. "어머니는 믿게 되었다네/자기 딸이 정말로/강풍의 아이를 낳았음을", 엄마는 노래하곤 했다. 내가 한 일도 마찬가지였다. 그것은 출산의 행위였다.

아우로라 페랄타의 허리가 창틀을 넘기자, 무게 때문에 몸이 기울어졌다. 막대기 같은 그녀의 다리가 공중에서 사라지는 모습을 보았다. 생명과 존엄을 빼앗긴 덩어리. 내 잘못이 아니었다. 아델라이다, 네 잘못이 아니야, 라고 발코니 바닥에 웅크린 채 되뇌었다. 혁명의 아이들의 오토바이 소음이 고막을 들쑤셨다. 협박과 고함이 산탄처럼 퍼져나갔다. "저 새끼 죽여, 죽여! 저 개새끼 죽여! 동영상 찍어! 저놈들이 데려간다, 동영상 찍어! 저 새끼 죽여!" 아우로라 페랄타가 인도에 처박히는 소리를 듣지 못했다면, 그것은 그 소란 덕분이었으리라.

밖을 내다보고 싶었지만, 땀과 부끄러움에 범벅이 된 채로 계속 숨어 있었다. 마리아 아줌마가 꿰매준 머리가 아직 아팠다. 열기가 얼굴에 들러붙었다. 역한 것이 목구멍까지 올라오는 게 느껴졌다. 무언가 옹골지고 단단한 것이었다. 사태는 이미 되돌릴 수 없는 지경에 달했다. 이미 벌어진 일을 바로잡으려는 시도는 모두 다음 단계를 위험에 빠뜨리는 일에 불과했다. 내가 그녀를 죽인 건 아니지만, 그렇다고 쓰레기를 먹은 기분으로부터 자유로워지지는 않았다.

나는 단지 집을 원했을 뿐이었다. 머리를 뉠 수 있는 곳. 기력을 회복하고 깨끗한 물로 때를 씻어낼 수 있는 곳. 물이 물의 역할을 하기를. 내 몸 위로 두 번째 피부처럼 켜켜이 쌓여 딱지처럼 앉은 더러움을 녹이고 씻어내기를. 그러기를 바란다면, 서둘러야 했다. 아우로라 페랄타의 시신을 건물 입구에 방치할 수는 없는 일이었다. 누구든 그녀를 알아볼 수 있었다. 입구에서 20미터가량 떨어진 곳에, 화염에 휩싸인 쓰레기통이 보였다. 그곳까지 데려갈 수만 있다면, 그녀에게 얽힌 사연은 흔적도 남지 않으리라. 도시에 죽은 사람이 하나 더 더해지는 것뿐이다. 하나 더. 여행가방이나 쓰레기 더미 안에서는 늘 토막 난 시체가 나오지 않던가? 아무도 알아보지 못하고 찾지도 않는, 얼마나 많은 시체가 돌돌 말린 채 도시를 채웠던가? 사람들은 죽는다. 그게 전부다.

알코올에 적신 티셔츠로 얼굴을 가린 상태로 내려가도 될지 몰랐다. 최루가스를 견디려면 얼굴을 덮어야 했다. 하지만 얼굴을 가리고 내려간다면, 내 모습은 어느 쪽이든 한편이라는 것처럼 보일 터였다. 물론, 패자의 편일 터였다. 시위대 대부분은 최루가스가 구름처럼 피어나는 곳에서 몇 시간이고 버틸 수 있도록 알코올에 적신 티셔츠로 얼굴을 가렸다. 형벌을 받는 이들의 제복, 그런 차림새는 거리를 배회하는 저격수들을 끌어당기는 자석과도 같았다. 나는 나가기 직전에 티셔츠를 낚아채서는 전속력으로 뛰어 내려갔다. 건물 입구에 다다르자마자 불어 닥치는 최루가스에 목이 타들어갔다.

아우로라 페랄타는 아스팔트 바닥에 머리부터 처박혔다. 알아보기조차 힘들었다. 최루가스와 타이어 타는 냄새가 짙은 연막을 형성한 덕분에 숨어서 잽싸게 움직이기 좋았다. 나는 불길 옆에서 같이 타오르던 드럼통 쪽으로 시체를 끌고 갔다. 내 계산보다는 조금 더 멀었다. 가는 길에 휘발유로 가득 찬 유리병을 발견했다. 어느 불쌍한 사람이 미처 던지지 못한, 사제 폭탄이었다. 나는 아우로라 페랄타의 몸 위로 휘발유를 들이부었다. 그러고는 발목을 잡고 힘껏 당겨서 바리케이드까지 끌고 갔다. 그녀의 옷에 불이 붙기 시작했다. 산후안의 모닥불이 4월에 타올랐다.

매년 6월 23일 산후안의 밤*이면 오쿠마레와 초로니에서 부르던 노래 가사가 떠올랐다. 멀리서부터 팔콘 펜션의 현관까지 들려오던 촌스러운 가사였다. "총성이 울리기 전까지, 나는 여길 떠나지 않겠어요. 아아, 마음아……." 마을의 흑인들이 북을 두드리며 노래를 부르면 땀과 아과르디엔테가 빚어내는 증기 속에서 남자 여자 할 것 없이

* 세례자 성 요한 축일 전야제이자 하짓날이기도 해서 여름의 시작을 알리는 축제. 해변에서 모닥불을 피워 뛰어넘으며 악령을 쫓는 풍습이 있다.

골반을 흔들어댔다. 가사를 다 외우는 클라라 이모와 아멜리아 이모는 무미건조하게 노래를 따라 불렀다. 해변에서는 모두 취해서, 팔꿈치를 맞대고, 애벌레처럼 움찔거리면서, 나무로 만든 성상을 해안가까지 흔들흔들 들고 가면서 환락에 겨워 춤을 추었다.

불과 몇 미터 떨어지지 않은 곳에서, 아우로라 페랄타는 불과 총탄 틈에서 소멸하고 있었다. 사람들은 자기들만의 파티, 화약과 죽음과 광기의 두서없는 아수라장 속을 이리저리 뛰어다녔다. 그 나라에서 우리는 춤을 추었고 죽은 자들을 몰아냈다. 우리는 땀으로 죽은 자들을 흘려보냈고, 그들이 악령이라도 되는 듯 쫓아버렸고 소똥이라도 되는 듯 치워버렸다. 싸구려 물건처럼, 죽은 자들은 정화조에서, 쉽게 타는 쓰레기 더미에서 마지막을 맞을 것이다. "총성이 울리기 전까지, 나는 여길 떠나지 않겠어요. 아아, 마음아." 나는 아우로라 페랄타가 홀로 타오르게 내버려두고 냅다 달렸다.

건물 입구에 다다랐을 즈음 무언가에 걸려 넘어졌다. 볼부터 고꾸라졌다. 피부가 아스팔트에 긁히는 게 느껴졌다. 도망가는 사람들이 미끄러지라고 보도에 뿌리던 기름에 미끄러졌나 보다고 생각했다. 그러다 돌연 누가 나를 넘어뜨렸다는 사실을 알아차렸다. 누군가 내가 움직이지 못하도록 무게를 실어 허리를 누르고 있었다.

"가만히 있어! 동작 그만! 뭐 하는 거야, 어? 어딜 가는 거지?"

몸을 돌리려고 했지만, 나를 누르는 몸에서 벗어날 수 없었다. 그렇게 엎드린 상태로, 그의 얼굴을 볼 수도 없었고, 어느 편에 속하는 사람인지 추측할 수도 없었다. 반정부 시위대인지 정부의 똘마니인지. 나는 벗어나려고 애쓰면서 꿈틀거렸다.

"뭐 하는 거냐고?"

그가 어느 편이었든 나를 때릴 생각은 없어 보였다. 적어도 당장은.

"뭐 하느냐고? 나도 너처럼, 내 몸을 지키고, 싸우고 있잖아."

얼굴이 위로 가도록 몸을 움직이는 데 성공했다.

"싸운다고, 당신이? 무엇과 싸우는데? 누구와 싸우는데?"

나를 습격한 남자의 얼굴은 혁명의 아이들이 쓰는 복면

에 가려져 있었다. 해골의 턱뼈가 그려진 검은 복면 뒤에서 그의 두 눈이 나를 보고 있었다. 고기 타는 냄새가 공기 중으로 퍼져나가기 시작했다. 다리로 나를 누르고 팔을 잡으면서, 그는 그저 내가 움직이지 못하게 하고 있었다. 온 힘을 끌어모아 몸을 마구 흔들고, 발길질을 해대고 몸을 쭉 펴자, 팔 하나가 풀려났다. 허공에 주먹질을 해대며 반격을 가했다. 마침내 그의 복면이 내 손톱에 걸렸다. 힘껏 당기자 얼굴이 드러났다. 불평하지도, 저항하지도 않았다. 남자는 꼼짝 않고, 그 순간을 내어주었다. 악당들의 신이 존재한다면, 바로 내 옆에 있었으리라. 나는 그를 한눈에 알아보았다. 아나의 남동생이었다.

"산티아고! 너구나, 맞지?"

대답이 없었다.

"네 누나가 미친 사람처럼 너를 찾고 있어."

"쉿! 조용히 내가 하라는 대로 해! 나를 계속 때리고 발버둥 치라고, 알겠어?" 산티아고는 복면으로 다시 얼굴을 가리더니 내 귀에 대고 말했다. "누나 어디로 데려다주면 돼?"

"네 뒤에 있는 아파트 단지로 데려다주면 돼, 20미터도 안 될 거야."

산티아고가 과장된 몸짓으로, 한 손으로는 최루탄을 흔들며 나를 바닥에서 힘껏 끌어 올리자 아주 가까이서 최루탄이 터졌다. 몇 초 후, 아무도 우리를 볼 수 없었다. 기동부대가 전속력으로 대로를 가로지르며 건물들에 총질을 해대는 동안 우리는 아파트 입구를 향해 뛰었다.

"안녕." 입구에 도착하자 산티아고가 말했다.

그러고는 등을 돌려 거리를 향해 발걸음을 옮겼다.

나는 산티아고에게 몸을 던져 목에 팔을 두르고 잡아끌려 했다. 산티아고는 나를 손으로 쳐서 밀어냈다.

"집에 들어가. 총 맞고 싶으면 마음대로 해, 하지만 나는 죽기 싫어. 내가 누나 머리통을 날려버리지 않은 걸 저놈들이 알면, 누나가 아니라 나를 쏴버릴 거라고."

또 다른 총성이 터지는 바람에 우리는 바닥에 엎드렸다.

"제발 내 말 좀 들어봐. 네 누나가 너를 찾고 있어. 아나한테 전화해. 네가 안 하면, 내가 할 거야!"

"누나한테 전화하면, 우리는 다 끝장날 거야. 우리 누나도, 나도, 누나까지도. 그러니까……."

산티아고는 말을 끝맺지 못했다. 한 소년이 우리 발치에서 쓰러졌다. 많아봐야 열일곱 살은 됐을까. 최루탄을 맞고 그 반동에 나가떨어진 모양인데, 가슴팍이 다 너덜너덜했다. 소년의 바로 뒤로, 손에 소총을 든 진압경찰이 나타났다. 산티아고는 주먹으로 내 배를 가격하더니, 머리카락을 잡고 인형 흔들듯 흔들었다.

"개는 트럭으로 보내. 빨리, 빨리, 빨리, 시동 걸고, 게을러터진 새끼야, 출발해! 볼리바르 사령관님께 데려가!" 경찰이 산티아고에게 명령했다.

바닥에 웅크린 채, 숨이 안 쉬어지고 배는 꽉 조여왔지만, 검은 옷을 입은 경찰이 우리를 지나쳐 곧장 자신의 희생양에게로 향하는 모습은 볼 수 있었다. 남자는 쭈그리고 앉더니, 아스팔트 바닥에 널브러진 소년의 주머니를 뒤지기 시작했다. 죽은 자들을 묻어주는 대신, 그들은 죽은 자들에게서 훔쳤다.

하지만 결국, 내가 뭐라고 그 군인을 재단할 수 있겠는가.

악의 아이들, 이모들은 산후안의 밤에 부르는 노래를 따라 부르며 말하곤 했다.

"총성이 울리기 전까지, 나는 여길 떠나지 않겠어요. 아아, 마음아!"

건물 현관에 이르기까지 나는 내가 어디 있는지도 몰랐다. 열쇠도 제대로 꽂지 못할 지경이었다. 산티아고가 아직 혁명의 아이들이 쓰는 복면으로 얼굴을 가리고 있었기에, 우리가 누군가를 뒤쫓는 중인지, 도망가는 중인지 알기란 쉽지 않았다. 그 복면이 암시하는 위협 덕분에 누군가에게 우리는 보이지 않는 사람들이었지만, 동시에 다른 누군가에게는 공격을 당할 수 있는 처지에 놓인 셈이었다. 몇 달 전만 해도, 정부와 관련된 옷차림은 충분한 경고가 되는 까닭에 감히 접근하는 사람도 없이 어디든 갈 수 있었다. 하지만 상황이 변했다. 이제 뜻이 통하는 사람끼리 모여 정부의 개를 공격하고 처형하는 데 아무도 눈 하나 깜빡이지 않았다. 사령관이 우리에게 물려준 증오의 일부를 돌려주고 싶어 하는 이들에게, 산티아고, 그러니까 무기 없는 사형 집행인인 그는 쉬운 희생양이었다. 마침내 우리는 아파트 안으로 들어갔다. 산티아고는 복면을 벗고 말없이 가구며 벽을 둘러보았다. 핼쑥한 얼굴에 눈에는 광기가 서린 그 애를 보자니, 두려움보다는 안타까움이 앞섰다. 산티아고는 갈피를 잡지 못하고 제자리를 빙빙 돌았다. 엉망이 된 거실을 거닐었다. 말할 때는 더듬거렸다. 나를 때린 건 우리 목숨을 살리기 위해서였다고, 그가 말했다. 자기가 그곳에 있던 건 그리고 그런 일을 했던 건, 왜냐하면…….

스스로 만들어내는 줄임표 앞에서 맴돌면서, 산티아고는 다시 이야기를 이어갔다. 나를 때린 건 우리 목숨을 살리기 위해서였다고. 그건 악몽이었다고, 그가 복면을 만지작거리며 말했다. 석 달 후면. 경찰이. 무장 게릴라 부대가.

"말했잖아. 가라고, 건물 안으로 들어가라고. 씨발, 나를 왜 따라온 거야? 이제 누나도 여기까지 온 거야, 여기까지! 알아들어?" 산티아고가 손가락으로 머리 꼭대기를 가리키며 말했다.

산티아고는 틀렸다. 오물은 이미 우리 머리 훨씬 위까지 차올랐다. 오물이 우리를 묻어버렸다. 그도, 나도, 다른 사람들도. 우리는 이제 국가가 아니었다. 우리는 정화조였다.

"목소리 낮춰줄래? 너한테 그렇게 맞은 걸 생각하면, 히스테릭하게 소리 질러야 할 사람은 나야."

"누나는 몰라서……."

"알아, 안다고, 네 말 알아들었어. 네가 나를 안 때렸으면, 네 불알이 잘려 나갈 판이었다고. 하지만 지금은 내 규칙을 따라야 해. 옆집이 여자들 몇 명한테 점령당했어. 너도 알겠지만, 그 여자들은 총부리로 우리 옆구리를 찌르거나 발길질로 내쫓고도 남을 사람들이야. 여기 있는 동안은 최대한 말을 줄이고, 말을 해야 할 때면 이쪽에서 말해. 불을 켜도 안 되고 문도 열어주면 안 돼. 누가 문을 두드려도 내다보지 말고."

"그런데 이 집은……?"

"아니야, 산티아고, 이건 우리 집이 아니야. 설명하자면 길어. 그런데 너도 마찬가지야. 네 누나는 네가 죽은 줄 알아. 네 소식을 하나도 모른다고. 너를 죽이지 말아 달라고 저놈들한테 아직도 돈을 부치는데 너는 어쩜 전화 한 통도 없니. 저 범죄자들이랑 뭘 하고 있던 거야? 우리는 네가 감옥에 갇힌 줄 알았어. 학교에서 끌려 나가는 걸 모두가 봤잖아."

산티아고는 복면을 손에 든 채, 거실 중앙에 멈춰 섰다. 나는 목소리를 낮추고, 벽으로 달려가 귀를 갖다 댔다. 보안관도 그 똘마니들도 아직 돌아오지 않았다. 전부 끝장난 건 아니었다. 적어도 그 여자들이 아무것도 못 들었을 테니 며칠 더 숨어 지내며 사태를 해결해볼 수 있었다. 등을 돌리자, 극심한 피로가 덮쳤다. 아우로라 페랄타를 발코니에서 밀어버릴 때보다 더 큰 피로를 느꼈다.

산티아고가 나를 바라봤다. 총기 없이 멍한 두 눈, 나만큼이나 정신이 나간 모습이었다. 그 애는 마치 아주 오래전에 먼 곳에서 실종된 사람이라도 된다는 양 나를 빤히 바라보았다. 산티아고를 알고 나서 처음으로, 그 애의 안에서 패배와 비슷한 무언가를 보았다. 경제학을 공부하던 청년, 모든 걸 알고 모든 걸 할 수 있던 청년이 증발해버렸다. 산티아고는 늙은 남자처럼 보였다. 구겨진 얼굴, 이전 상처의 딱지가 가득 앉은 피부. 너무 말라서 뼈에 그나마 붙어 있는 근육 위로 혈관이 보일 지경이었다. 남루한 청바지와 가슴팍에 사령관의 눈이 그려진 빨간색 티셔츠를 입고 있었다.

"산티아고, 아무 말도 안 할 작정이야?"

산티아고는 손을 이마로 가져가더니 기름과 먼지로 얼룩진 더러운 머리카락을 쥐어뜯었다.

"누나, 나 배고파."

나는 부엌으로 가서 거의 빈 봉지에 남아 있던 식빵 두세 조각과 찬장 깊숙이서 찾은 크래커 몇 조각, 아우로라 페랄타가 전자레인지 위에 올려두었던 참치 통조림 세 캔을 가지고 돌아왔다. 산티아고는 힘껏 씹었다. 어금니로 크래커를 가루로 만들었고 참치 통조림의 기름을 들이마셨다. 나는 냉장고에 있던 맥주 한 캔을 땄다. 그야말로 천상의 맛이었다.

"바나나도 있어, 먹고 싶으면 먹어." 내가 들은 대답이라곤 산티아고가 마구 밀어 넣은 빵이 목구멍으로 넘어가는 소리뿐이었다.

산티아고는 껍질을 벗기자마자 바나나 두 개를 순식간에 먹어치우더니, 남은 맥주를 몽땅 털어 넣고는 주머니에서 꼬깃꼬깃한 담뱃갑을 꺼냈다.

"피워도 돼?" 거의 겁에 질린 듯 물었다.

"무슨 상관이야. 집 안이고 밖이고 쓰레기 냄새가 진동하는데. 마음대로 해."

"누나는 안 피워?"

"끊었어, 그래도 마지막 두 모금은 남겨줘."

산티아고는 엄지와 검지 끝으로 필터를 잡고 담배를 태웠다. 얼마간 피우고 나서야 나머지를 내게 넘겨주었다. 코에서 두 개의 연기 기둥을 뿜어내면서 담배를 건넸다.

"'무덤'에 끌려갔을 때, 창문은커녕 환기도 안 되는 감방에서 꼬박 한 달을 지냈어. 처음에는 혼자였어. 그러다 나중에는 같은 학교 학생 둘을 더 데려오더라. 두 시간마다 볼리바르 국가정보원에서 한 명씩 나왔어. 행진하는 사람들을 체포하는 군사정보부 놈들 말이야. 놈은 우리 중 하나를 골라서 등을 떠밀며 복도로 내몰았지. 그러고는 한 시간 후에, 맞아서 다 으스러진 몸에 불알은 젤리처럼 흐물흐물해진 채로 돌려보냈어."

나는 내 손만 뚫어지게 내려다봤다. 도저히 산티아고의 얼굴을 볼 수 없었다.

"놈들은 우리가 서로 아는 사이인지 조직으로 움직였던 건지 관심도 없었어. 그저 우리를 팰 뿐이었지. 몇 번이고. 좆만 한 새끼, 너는 우리 손에 죽을 거야, 우리한테 따먹힐 거고, 네 가족도 끝장내버릴 거야, 개새끼야. 누가 시킨 짓이야? 그러더니 셋 중에 가장 어린 친구의 엉덩이에 파이프를 쑤셔 넣었어. 나한테는 총신을 쑤셔 넣었고. 놈들은 즐기면서 총신을 휘저었어. 너무 자세하게 말해서 미안해."

나는 대답하지도, 움직이지도 않았다. 고개를 들지 않으려고 애썼다. 이런 얘기를 나한테 처음으로 하는 걸까?

"이틀 동안 우리는 각자 네 번씩 고문당했어. 고문이 끝나면 우리를 얼추 일으켜 세우고는 휴대전화로 사진을 찍은 다음 다시 문을 닫았어. 놈들은 언제나 치밀하게 몸만 팼지, 얼굴에는 멍조차 남기지 않았어. 우리가 학대당하지 않는다고 보여주기 위한 거였지. 우리 누나가 받아 본 사진들도 그런 사진들일 거야."

나는 고개를 끄덕였다.

"사진의 대가로 누나한테서 돈을 뜯어 갔어?"

다시 고개를 끄덕였다.

"무슨 약속을 했는데?"

"너를 굶기지 않겠다는 약속."

"그게 다야?"

"그리고 네가 살아 있다는 증거."

나는 다시 입을 다물었다.

"'무덤'에 대해서 끔찍한 이야기가 많이 돌아."

"전부 사실이야. 우리 옷을 발가벗기고는 하얀 방에 집어넣었지. 철창이 난 유일한 방이었어. 에어컨, 그게 놈들이 제일 좋아하던 고문이었어. 놈들이 온도를 최대치로 낮추면 우리는 열에 시달렸지. 시간, 배고픔, 온도, 그 모든 개념을 잃어버렸어. 처음에는 소리를 지르기도 했어, 그것도 엄청. 변호사를 요구하는 거로 시작해서 물을 구걸하기에 이르렀지. 그러면 놈들은 국물이 담긴 잔을 가져왔는데 맛이 꼭 변기 물 같더라. 구타는 사람을 지치게 하고, 탈수를 일으키고, 입이 바싹 마르면서 쩍쩍 붙게 해. 놈들이 때리는 이유는 우리를 고갈시키고, 부숴버리기 위해서야. 두려움은 인간을 명석하게 만들지만, 구타는 짐승으로 만들지. 첫 주에 놈들은 우리를 따로따로 불러내서 때렸어. 그 다음 주에는, 세 명을 한방에 같이 몰아넣더라. 바지를 벗기고 춤을 추게 했지. 그러고는 서로 불알을 만지게 했어. 그 지경에 이르러서는, 이미 반쯤 정신이 나가 버린 탓에 우리가 무슨 짓을 하는 건지도 모를 정도였어. 우리 누나 얘기를 꺼내는 게 제일 참기 어렵더라고."

"뭐라고 했는데?"

"누나가 어디 사는지 안다고. 가서 따먹을 거라고. 죽여 버릴 거라고. 누나도 죽이고 훌리오도 죽일 거라고. 놈들은 누나와 매형의 이름까지 알았어. 애원하고 용서를 빌어봐야 소용없는 짓이었어. 얼마 있다가 다시 때렸으니까. 여자들도 있었어. 나랑 같은 날 체포된 경제학부 동기들이었는데, 그중 몇 명은 이전에 시위에 참여해본 적도 없는 애들이야. 행진을 주도하는 건 뒤에서 행렬을 따르는 것과는 다르다고 경고했지만, 걔들은 신경 쓰지 않았어."

"여자들도 때렸니?"

"모조리 강간했지. 놈들이 '냉동고'로 우리를 데려갔을 때 여자애들이 비명을 지르는 게 들렸어. 다른 감방, 그러니까 하얀 방 안에 있으면 밖에서 무슨 일이 일어나는지 전혀 알 수 없었어. 빛도 없이 고립되어 있었으니까. 우리는 곧 이성을 잃기 시작했지. 인간이던 시절을 잊게 만드는 것, 그게 놈들이 원하던 바였어. 한 달 후 '무덤'에서 나온 우리는 어느 사무실로 보내졌어. 눈가리개를 한 채로 도착했지. 앞에는 도장 찍힌 서류가 있었는데, 대여섯 가지 범죄로 우리를 기소하는 내용이었어. 반역죄, 선동죄, 방화 및 기물 파손죄, 테러죄……. 그날 체포된 사람 중 대다수는 폭력을 쓴 적이 없었어. 함께 수감된 사람 중에는 시위의 주력부대에 속하지 않은 사람도 많았어. 행렬에서 빠져나와 집에 가려던 사람들을 체포한 거야. 놈들은 우리가 흩어질 때까지 기다린 거야, 더 쉽게 잡아가려고."

"산티아고, 누가 너희한테 뒤집어씌운 거야?"

"나도 몰라. 검사든, 변호사든, 판사든, 놈들이 우리 진술을 받아낼 때 현장에 함께할 사람을 불러달라고 했어. 아무런 답도 없었고 아무도 나타나지 않았지. 놈들 말로는, 그게 군사재판의 예심 과정이라더라. '이제 알겠지, 헛짓거리하면 네놈들 꼴 나는 거야.' 초록색 제복을 입은 남자가 말했어. 이튿날 놈들은 우리를 따로따로 다른 장소로 보냈어. 나는 남부의 엘도라도 교도소로 이송됐고. 나는 정말로, 볼리바르 국가정보원 놈들이 그리워질 거라고는 상상도 못 했어. 이제 휴대전화로 우리 사진을 찍는 사람들도 없었지. 얼마나 많이 잡아들였는지 그 사람들 가족을 등쳐먹는 거로 충분했을 거야. 이제 우리는 그 정도 가치도 없게 된 거야. 혹시 우리 누나가 아직도 돈을 보내는지 알아?"

"확실히는 모르겠어. 우리 엄마 상태가 많이 안 좋아지기 시작하면서 연락이 다 끊겼거든. 병원 다니랴 엄마 간호하랴 정신이 없었네." 산티아고의 눈이 휘둥그레 커졌다. "응, 엄마가 돌아가셨어."

"몰랐어. 하긴, 어떻게 알았겠어……." 산티아고는 너덜너덜한 담뱃갑을 꺼내더니, 마지막 담배를 꺼내 탁자 위에 올려놓았다.

"돌아가신 지 몇 주 됐어."

"대체 누가 살아 있는 거야, 누나? 전부 개판이 된 후로, 안 죽은 사람이 있기라도 한 거야?"

산티아고가 의자에서 일어났다.

"어디 가?"

"화장실. 오줌 못 눈 지 백 년은 됐어."

나는 천장을 바라보며 뾰족한 수가 없을까 고민했다. 아나한테 전화해서 동생을 찾았다고 알려줘야 했다. 그래야 했나? 가능하긴 했나? 식탁 위를 손으로 쓸어보았다. 내가 한 번도 앉아서 밥을 먹어본 적 없는 그 식탁 위에서 돌연, 아직 편집되지 않은 영화처럼, 내 인생이 스쳐 지나갔다. 동생에게 무슨 일이 있었는지 아나가 아무것도 모르는 편이 훨씬 나았다. 아무 도움도 되지 않을 테니까. 자포자기해서는 미쳐버리고 말 터였다. 모르는 게 약이야, 나는 냉정을 유지하고 용기를 쥐어짜내려고 스스로 되뇌었다. 아나는 하나뿐인 친구였다. 내가 아는 사실을 숨길 수는 없었고, 산티아고를 찾았다는 사실도 숨길 수 없기는 마찬가지였다.

나는 전화기를 들 준비가 되어, 의자에서 일어났다. 산티아고가 변기 물을 내리는 소리가 들리자 다시 자리에 앉았다.

아나와 나는 인문학부 1학년 때 친구가 되었다. 몇몇 교양 수업이 겹친 까닭에 엘리베이터에서 마주치곤 했다. 아나는 자기소개를 하면서 대뜸, 그녀만 할 수 있는 방식으로, 수업 중에 내가 끼어드는 게 얼마나 거슬렸는지 말했다. 내가 부사를 너무 많이 사용하고 공무원처럼 말한다고 지적했다. 꼬장꼬장하기로는 그 동생에 그 누나였는데, 성가시게 굴다가 결국에는 다정한 면모를 보이는 유의 사람이었다. 아나 덕분에 말끝마다 부사를 붙이는 버릇을 고친 건 사실이지만, 그렇다고 그녀가 고압적으로 행동했다는 사실이 없던 일이 되는 것은 아니다.

같은 궤도를 돌던 우리는 결국 가까워졌다. 대학교 시간표, 겹치는 교과목들……. 그런데 이토록 오랜 세월을 친구로 지낸 이유를 묻는다면, 그 이유를 아주 잘 설명할 수는 없을 것 같다. 연인이나 부부 사이를 설명하는 것과 마찬가지다. 달리 선택지도 많지 않은 데다, 동반자가 거슬리지 않는다면, 그러면 된 것이다. 우리는 둘 다 통나무처럼 무뚝뚝하고 엄격했다. 문학도 대부분이 그랬던 것처럼, 베네수엘라 문학을 새로 쓰겠다는 사명감도 없었다. 우리는 편집 일에 종사했다. 깨끗함과 정확함, 그럼 그만이었다.

"너는 어때?" 언젠가 학교 카페에서 아나가 물었다.

"내가 뭐?"

"너도 공모전 같은 데다 소설 원고 보내고 그러니?"

"관심 없어."

"나도." 아나가 입으로 뿍 소리를 내면서 대답했고, 우리는 폭소를 터뜨렸다.

이제는 폐간한 신문사에서 우리는 교열자로 첫 일을 시작했다. 사태가 어떻게 변해가는지, 화폐 가치가 어떻게 하락하는지, 시위며 분쟁이 처음에는 혁명군의 아수라장 속에서, 나중에는 체제의 폭력 속에서 어떻게 진압되는지를 두 눈으로 목격했다. 우리는 사령관의 전성기를 목격했고, 이후 사령관의 후계자들, 그러니까 혁명의 아이들과 조국의 기동부대의 원형이라고 할 수 있는 이들이 서서히

치고 올라오는 모습을 보았다. 우리는 나라가 괴기한 양상으로 변해가는 모습을 보았다. 그 후에는 개인사가 우리를 단단히 붙여주었다. 10년, 아니 12년을 친구로 지내는 동안 삶은 비슷한 상황들로 우리를 이어주었다. 나는 몇 가지는 확실히 말할 수 있을 정도로 아나를 안다. 내 친구를 잠 못 들게 하는 문제는 딱 두 가지였다. 남편을 여의고부터 알츠하이머 증세를 보이기 시작한 어머니, 그리고 자기보다 열 살 어린, 하나뿐인 남동생, 산티아고.

산티아고에 대한 내 가장 선명한 기억은 아나와 훌리오의 결혼식에 기인한다. 산티아고는 열다섯 살이었다. 귀찮음과 오만함이 섞인 태도로 교회 안을 걸어 다니던 그 애는 카라카스에서 가장 비싼 학교의 최우등생이었다. 아나는 동생을 교육시킨다고 매달 어마어마한 돈을 들이부었는데, 마치 그 돈이 보이지 않는 저금통에 넣는 동전이라는 듯, 일종의 판돈이라는 이상한 생각에 사로잡힌 채였다. "걔는 정말 똑똑해," 아나가 늘 하는 말이었다. 산티아고는 똑똑했지만, 건방지기도 했다. 그 애가 그렇게 되기까지 아나도 꽤나 거든 셈이었다. 산티아고는 대학 입학시험에서 상위 열 번째에 들었다. 경제와 회계를 동시에 전공했다. 국가가 스스로 목숨을 끊지만 않았어도, 저 애는 아마 중앙은행 관리자가 됐을 거야, 아나가 말하곤 했다. 산티아고에게는 시간이 주어지지 않았다. 그들이 먼저 잡아가버렸다.

청바지에 손을 문질러 닦으며, 산티아고가 화장실에서 돌아왔다. 나를 마주 보고 앉더니, 꺼내두었던 담배를 들고 구겨진 부분을 펴기 시작했다.

"어느 날 '무장투쟁의 계승자들' 게릴라 부대가 엘도라도 교도소에 나타났어. 잡혀 들어온 학생들을 안뜰에 불러들이더라. 우리는 이미 햇볕에 바싹 익은 데다 탈수 상태였는데, 복면을 쓴 남자 여덟 명이 이런 티셔츠랑 가면이 가득 담긴 봉투를 들고 왔어." 산티아고가 탁자 위의 해골 가면을 가리켰다. "거기서 나가고 싶다면, 그놈들을 따라가야 했어. 아무도 어디로 가는지 물어보지 않았지. 어디든 우리가 있던 곳보다는 나았을 테니까."

"학생들이 진짜 감옥에 갇힌 줄은 몰랐어."

"다 똑같았어. 엘도라도 교도소로 보내는 건 이제 돈이 안 되는 사람들을 처리하는 방법이었지. 우리를 거기로 보낸다는 건 죽으라는 뜻이었어, 이해하겠어? 살고 싶다면, 절대 눈을 감아서는 안 됐지. 죽지 않으면, 강간당하는 곳이었으니까. 수감자들은 신참들에게 녹슨 쇠꼬챙이를 금값에 팔았어. 공격과 자기방어, 그 두 가지는 할 줄 알아야 했어."

나는 산티아고의 말을 끊으려고 했다.

"누나, 마저 말하게 해줘." 산티아고는 라이터로 담배에 불을 붙였다. "그 안에서 태어나지 않은 사람, 살기 위해 남의 목을 치는 법을 배우며 자라지 않은 사람은 온전한 상태로 못 나갔지. 그날 그 안뜰에 있던 우리 모두가 그런 사람들이었고." 산티아고가 굵은 연기 기둥을 뿜어내며 말했다. "나는 두 번 생각하지 않고 그날 당장 출발하는 부대와 함께 가겠다고 지원했어. 놈들은 우리 신분증을 돌려줄 생각이 없었지. 신분증은 곧장 게릴라 요원들에게로 전해졌어. 우리 이름이 하나하나 불렸어. 우리 몰골과 신분증 사진을 대조하고는 번호를 배정해줬어. 나는 25번이었지. 마음에 들었어, 내년에 스물다섯 살이 되잖아."

나는 잠자코 있었다. 꽤 오래전부터, 미래를 생각하지 않는 편이 낫다고 생각했던 까닭이다.

"왜 그래? 그때까지 못 살까 봐?"

"내가 하지도 않은 말 지어내지 마."

불편한 침묵이 이어졌다. 몇 초간 이어진 침묵을 깨고, 산티아고가 이야기를 계속했다.

"우리는 국경 당국 소유의 버스에 올랐어. 눈은 가려지고, 손목은 쇠줄에 묶인 채 밤새 이동했어. 의자 위로 몸이 들썩거렸지만, 그래도 잤어. 몇 주 만에 처음으로 잔 거야."

"어디로 데려갔니?"

"버스에서 내리게 하고는 눈가리개를 벗기니까, 산이 많은 열대우림이 보였어. 처음에는 남부에 도착한 줄 알았어, 볼리바르나 아마소나스인가 했지. 그런데 지휘관들이 하는 말을 듣고, 카라카스와 과레나스 사이의 중앙 산맥이란 걸 알았어. 거기서 놈들은 보름 동안 우리를 잡아뒀어. 모든 게 임시변통이었고 누구와도 대화할 수 없었지. 우리는 기본적인 것들을 배웠어. 때리기. 총 쏘기. 그리고 집단의 규칙에 대해 대략 설명을 들었는데, 다른 집단과 만났을 때 그들의 명령에 복종하지 않도록 지휘 계통에 대해서도 배웠지. 기초를 배우고 난 다음에는, 걸핏하면 교도소에 찾아와서 장광설을 늘어놓던 작자에게 다시 불려 갔어. 도망치거나 혀를 잘못 놀리는 놈은 목이 날아갈 거라는 거야. 우리가 잘 알아듣도록, 가장 최근 작전 수행 때 도망치려던 녀석을 본보기로 삼았어. 놈은 손가락을 튕겨서 소년을 불렀어. 소년은 몸을 벌벌 떨면서 앞으로 나갔지. 남자가 소년의 머리채를 잡아 무릎을 꿇렸어, 안뜰 한가운데, 우리가 보는 앞에. 불쌍한 녀석은 울면서, 죽이지 말아 달라고 애원하면서, 두 손은 끈으로 묶인 채 바닥에서 꿈틀거렸어. 남자는 다시, 소년의 머리채를 잡고 일으켰어. 칼을 꺼내서는 천천히 휘두르면서, 우리 눈앞에 들이댔지. 그런 다음 소년의 목을 쳐버렸어. '이게 바로 작전을 밀고하거나 도망칠 생각 하는 놈들의 최후다'라면서."

"매일 밤 놈들이 벌이는 짓이 무장 작전이란 거야?"

"뭐든지 작전이라고 불러. 약탈이고 시위 진압이고 계획 침투고 전부 다. 그런 짓을 벌이려면 사람이 필요하니까 우리를 소집한 거야. 우리는 정부를 위해 움직이는 게 아니야, 다만 정부의 보호를 받는 거지. 우리의 성과는 우두머리들의 손아귀로 들어가는 거야. 범죄자, 군인, 게릴라를 다 합쳐놓은 작자들이지. '무덤'을 관리하던 놈들과는 차원이 달라.”

산티아고의 이야기가 점점 끝나갔다.

“내가 오늘 이 복면을 쓰고 뭘 하고 있었는지, 이제 이해하겠지?”

산티아고는 다 피운 담배를 응시하다가 나를 바라봤다.

“이번에는 못 남겼네, 미안해.” 그가 일그러진 미소를 지어 보이며 말했다. 다시 머리카락을 매만지더니 고개를 들었다.

“맥주 남은 거 정말 하나도 없어?”

나는 고개를 저었다. 상처가 다시 따끔거렸다.

“그럼 이제 뭐 할지 알겠다.”

“뭐 할 건데?”

“잘 거야.”

아우로라 페랄타 테이헤이로. 생년월일: 1972년 5월 15일. 출생 시각: 오후 3시 30분. 장소: 라프린세사 종합 병원, 살라망카 지구, 마드리드. 부: 파비안 페랄타 베이가, 루고, 갈리시아 출생. 모: 훌리아 페랄타 테이헤이로, 루고, 갈리시아 출생. 국적: 스페인. 신청 사유: 여권 및 스페인 왕국 신분증 발급. 증명서 복사본 옆에는 영사관 도장이 찍힌 편지, 필요 서류 목록, 수속 날짜가 적힌 용지와 영사관 전화번호가 있었다. 약속 날짜는 아직 2주가 남아 있었다. 5월 5일, 엄마가 돌아가신 지 한 달이 되는 날이었다.

깨끗한 수건과 담요를 식탁 위에 올려두고는, 안방으로

돌아가 문을 잠갔다. 옷장 첫 번째 서랍에서 빨간색 바인더를 발견했다. 바인더 안에는 아우로라의 어머니, 훌리아 페랄타 아주머니의 출생증명서가 있었다. 아주머니는 1954년 7월, 루고의 해안가 마을인 비베이로에서 태어났다. 출생증명서의 원본과 복사본이 카라카스에서 발행된 사망진단서와 나란히 놓여 있었다.

아주머니는 프란시스코와 내가 국경으로 첫 출장을 떠나기 하루 전에 돌아가셨다. 나는 여행을 많이 하지 않았는데, 첫 여행이 당시 일하던 신문사 일로 간 출장이었다. 교열자로 계약하고 들어갔지만, 시간이 지나면서 훨씬 더 많은 업무를 보게 되었다. 사진 캡션을 수정하기 위해 레이아웃을 인쇄하거나 자막 뉴스를 다시 만드는가 하면, 기자들이 시간이 없어 확인하지 못한 자료들의 사실 확인을 위해 전화를 돌려야 했다. 그렇게 적은 돈을 받고 그렇게 많은 일을 처리할 수 있는 사람은 없었다. 나는 콜롬비아 게릴라 단체의 활동에 대한 독점 취재를 가장 많이 따오던 정치부 기자 프란시스코의 거의 모든 기사를 편집했다. 그러니 상사들의 눈에는 내가 국경 출장에 따라가기에 가장 적합한 사람으로 보인 것이다. 나는 프란시스코의 취재

일정이 지속되는 기간만큼 국경에 머물러야 했다. 상사들에게 물어보기도 했지만, 별다른 세부 사항을 알려주기는커녕 빨리 결정하라고 독촉만 할 뿐이었다. 나는 가겠다고 했다.

짐을 싸러 집에 도착했을 때, 엄마는 아주머니의 장례식에 갈 채비를 하고 있었다.

"국경에 간다니 무슨 소리니? 미쳤구나? 일촉즉발인 곳을. 훌리아 아주머니 빈소에 같이 안 갈 거니?"

"엄마, 못 가요. 제 몫까지 인사 전해주세요, 부탁해요."

엄마는 검은 옷을 입고 있었다. 시골 사람처럼 보이게 해서 엄마가 절대 입지 않는 색이었다. 물론, 엄마가 시골 출신인 건 맞지만, 검은 상복이 그 사실을 다시금 일깨웠고, 여태 유전자 안에 흐르다가 갑자기 모습을 드러낸 것처럼 피부에 들러붙었다.

"엄마, 집에 오자마자 그 옷 벗어요." 나가면서 엄마에게 말했다.

거실에 가만히 서서 원피스를 내려다보던 엄마는 남몰래 내 말이 옳다고 인정하는 듯했다. 표정 없이 무미건조한 엄마의 얼굴은 슬픔이 사는 섬 같았다. 그런 말을 던진 걸 후회했다. 엄마 뺨에 입을 맞추고 집에서 나갔다.

나는 불안한 마음으로 도착했다. 프란시스코는 포르투 카페에서 나를 기다리고 있었다. 짙은 콧수염을 기른 푼찰 출신의 남자가 운영하던 카페는 신문사 바로 옆이라 기자들이 자주 드나들던 곳이었다. 그곳에서는 상사들 빼고 온갖 기자를 볼 수 있었다.

프란시스코는 나보다 먼저 도착했다. 의욕 없이 커피를 마시고 있었다. 우리는 별다른 이야기를 나누지 않았다. 그는 내가 출장에 왜 따라가는지 이해하지 못하는 듯했고, 나는 그가 풍기는 스타 리포터 분위기에 짓눌렸다. 겁이 났다. 하지만 우리 둘은 그곳에 있었고, 사실은 가만히 내버려두었음 하는데 대화를 이어가야 하는, 낯선 사람들끼리의 지긋지긋한 관습을 거부하며 시간을 죽이고 있었다.

우리를 베네수엘라의 다른 끝단으로 가게 만든 기삿거리는 민감한 사항이었다. 국가 엘리트—그런 게 존재하던 시절에—출신의 거물급 기업인 납치 사건이었다. 납치범들은 국경에서 1백 킬로미터 떨어진 메타강 유역에서 그를 풀어줄 예정이었다. 기업인의 가족은 사령관 대통령 정부의 개입을 최소화하면서 스스로 협상을 이끌어왔다. 정부는 그 무렵부터 벌써 콜롬비아 해방군과 긴밀한 관계를 유지하면서 오리노코강을 지나 유럽으로 향하는 마약 운반선을 눈감아준 대가로 통행료를 챙겼는가 하면, 무장 협력과 충성의 대가로 처벌을 피할 수 있는 길을 마련해주기까지 했다.

프란시스코에게는 인질 석방 작전에 참여하는 연락병들과 동행할 수 있는 통행 허가증이 있었다. 내 임무는 우발 사건에 대처할 준비 태세를 갖추고 국경의 다른 쪽에서 대기하는 것이었다. 우발 사건이란 국가방위군 주둔지에서 교환할 수 있는 휘발유 바우처나 현금을 구하는 일부터 준비되는 즉시 기사와 사진을 보낼 수 있도록 예비 노트북과 스캐너 사용을 담당하는 일까지 포함됐다.

"국경에 가본 적이 있나?"

"없습니다."

"그렇군……."

"무슨 말씀이 하고 싶으세요?"

"튀지 않게 해. 사람들이랑 너무 많이 이야기 나누지 말고. 제일 중요한 건, 무슨 일을 하러 왔는지, 왜 왔는지는 말할 생각도 하지 말 것."

"낯선 사람들과 말하지 않는 편이 좋다는 걸 알려주셔서 감사합니다. 이번 출장에 따라오기까지 그런 생각은 한 번도 해본 적이 없는데 말이에요."

"나한테 고마워할 거야." 프란시스코가 눈썹을 치켜세우며 말했다.

"그럼요."

나는 에스프레소를 주문했다.

"포장으로."

"아니요, 머그잔에 주세요."

포르투갈 출신의 카페 주인 안토니오는 혼란스럽다는 얼굴이었다.

"저 대신 주문하지 마시고, 저 대신 생각하지도 말아 주시면 감사하겠습니다."

"마음대로 해, 그런데 서둘러야 할 거야. 11시 전에 나가야 하니까. 밖에서 기다린다."

우리는 육로로 여덟 시간을 달려 콜롬비아 국경과 가장 가까운 마을에 도착했다. 프란시스코는 별로 말이 없었다. 그가 처음으로 꺼낸 말은 전에 어느 신문사에서 일했냐는 질문이었다. 두 번째는 자기도 나처럼, 저널리즘을 공부하지 않았다는 말이었다. 그리고 세 번째는 왜 가장 훌륭한 기자들은 대학에 발도 들이지 않았는지를 설명하는 말이었다. 내 짐작이 틀리지 않았다. 그는 얼간이였다.

카라카스 밖에서 2주를 보냈다. 그 시간 동안 나는 현실이 언제나 확신을 깨부순다는 사실을 깨달았다. 두 가지로 미루어 보아 알 수 있었다. 정부는 우리 상상을 뛰어넘는 방해 공작 능력을 보여주었고, 또 프란시스코가 완전히 개자식은 아니었기 때문이다. 첫 번째는 예측 가능했지만, 두 번째는 아니었다. 그보다 더 엄격하고 냉철한 저널리스트는 분명 있을 것이다. 어쩌면 더 나은 사진기자도 있을지도 모른다. 하지만 그때까지 나는 프란시스코 같은 사람은 본 적이 없었다. 그는 만능이었다. 사진부터 기사까지. 언제나 극한까지 밀고 나갔다. 이야기를 정확하게 전했고, 늘 다른 사람보다 먼저였다.

마을을 떠난 후, 콜롬비아에서 30킬로미터 떨어진 곳에서부터는, 내가 나머지 일정을 조율해야 했다. 프란시스코는 내가 여정 내내 읽던 책을 빌려달라고 했다.

"시는 한 번에 읽히지 않아요, 그러니까 그냥 가져가세요." 내가 말했다.

그는 고맙다고 하고 떠났다.

우리는 매일 전화로 이야기했다. 그가 자기 기사를 불러주면 내가 받아 적는 식이었다. 그가 불러준 기사 열네 편의 제목을 내가 전부 바꿔 다는 바람에 통화 횟수도 늘었다. 나를 혼내는 전화도 있었고 다음 통화 시간을 정하기 위한 전화도 있었다.

"5시쯤 전화할게. 그리고 부탁인데, 제목 바꾸기 전에 먼저 물어봐. 너무 길다 싶으면, 먼저 이야기해줬으면 좋겠군."

"길이는 다 완벽해요."

"그럼 왜 바꾸는 거지?"

"모호해서요. 힐 데 비에드마의 시를 읽으시면, 제가 빌려드린 책 말이에요, 명확함의 중요성을 이해하실 거예요."

비야비센시오 캠프에서 열흘을 숨어 지낸 후에도, 구조 작전에서 사령관 대통령의 의도가 무엇인지 분명히 이해하지 못했으면서도, 프란시스코는 지침을 계속 따랐다. 우리는 정부를 믿는 수밖에 없었지만, 무언가 삐걱거렸다. 인질 석방일이 보름이나 늦춰졌다. 그 후에는 이틀 더 늦쳐졌고, 한 달이 다 되도록 아무런 소식도 없었다. 국가가 마비되었다. 베네수엘라에서 가장 힘 있는 자본가의 후손이 살아서 돌아오기를 모두가 기다리고 있었다.

우리는 우선 인질이 석방되고 나면, 정부가 중재자 역할을 한 공로를 뽐낼 발판이 당연히 마련되어 있으리라고 믿었지만, 결말은 달랐다. 프란시스코는 자신의 엄청난 특종에 반하는 기사를 써야 했다. 그는 모든 감정을 배제하고 엄격하게 임무를 완수했다.

프란시스코의 기사는 납치된 기업인의 생명 없는 몸이 담긴 사진 한 장이 다였다. 국경 수비대 주둔지에서 2킬로미터 떨어진 곳에 콜롬비아 게릴라군이 내다 버린 시체는, 피가 말라붙은 황마 자루에 돌돌 말려 있었다. 죽은 지 며칠은 지난 상태였다. 희생자의 가족은 시신을 수습하겠다고 그곳까지 간 셈이었다. 몸값으로 바친 4백만 달러는 민족해방을 도모하는 게릴라 세력의 주머니로 고스란히 들어갔다.

카라카스로 돌아온 다음 날 나는 힐 데 비에드마의 일기 선집을 들고 신문사 사진부를 찾았다.

"제목을 바꾼 데 대한 사과라고 생각하세요." 내가 말했다.

"그럴 필요 없는데. 바꾼 제목이 낫더군, 그것도 꽤나. 바로 말하진 못했지만, 이제라도 말하네."

2주 후, 프란시스코가 내 책상 앞에 나타났다.

"다음 주에 메타강에 가는데 자네가 같이 가줬으면 해."

"저번처럼 긴 일정인가요?"

"아니. 닷새면 돼. 스캐너도 그렇게 많이 챙겨 갈 필요 없고 매일 보도를 내보낼 필요도 없지만, 자네가 와준다면 더 편할 것 같아."

"확실해요?"

"쓰레기 같은 제목을 뽑아 보내지 않으리란 것만큼은 확실하지. 국장님도 문제없다고 하셨네. 국장님이 데리고 있는 최고의 편집자를 내가 빼앗아 간다는 건 분명히 하셨지만……."

"그렇군요."

"뭐, 부담 갖지는 말고. 가고 싶지 않다고 해도 괜찮으니까. 다른 사람을 찾으면 돼."

"언제 출발하세요?"

"다음 주 화요일. 토요일에 돌아올 거야."

"괜찮네요. 갈게요."

"혹시 부탁 좀 할 수 있을까……?"

"무슨 부탁을요?"

"이동 중에 읽을 책을 여유 있게 가져와줬으면 해."

"책은 언제나 여유 있게 가지고 다니는걸요. 선배가 읽을 만한, 그림이 들어간 책을 찾아볼게요."

프란시스코가 미소 지었다. 그의 미소를 보는 건 처음이었다. 그는 마흔여섯이었고 나는 거의 서른이었다. 우리는 3년을 함께했다. 그에게 남아 있던 살날만큼의 기간이었다.

나는 훌리아 페랄타 아주머니의 사망진단서가 억지로 찍힌 단체 사진이라도 되는 양, 모두 다닥다닥 붙은 채 무표정한 얼굴로 유일한 진실을 비추는 카메라 플래시를 응시하고 있는 사진이라도 된다는 양 이리저리 뜯어봤다. 사람들은 꼴까닥 죽고, 병들거나 살해당한다. 사람들은 잘못된 장소에 발을 들인다. 사람들은 허공을 날거나 계단에서 미끄러진다. 사람들은 죽는다. 그것이 자기 탓이든 남에 의한 죽음이든. 어찌 됐든 죽기 마련이다. 그리고 그 사실만이 중요하다는 것이 유일한 진실이다.

아주머니가 세상을 떠난 해, 나는 영원히 머무를 작정으로 내 삶에 들어온 유일한 사람을 만났다.

열 살의 나이에 이미 과부가 된 적 있는 나는, 프란시스코 살라사르 솔라노와의 결혼을 일주일 앞두고, 스물아홉에 다시 과부가 되었다. 콜롬비아 게릴라군은 '이베로아메리카 언론의 자유상'을 탄 사진의 대가로 기자의 목숨을 거두어들였다. 문제의 사진은 몇 달 전부터 석방할 계획이었던 기업인을 죽이라고 명령한 게 사실 우리 정부였다는 정보를 흘린 제보자가 있다는 사실을 알게 된 게릴라군이 그를 처리한 모습을 담은 사진이었다. 그 불쌍한 남자와 마찬가지로, 프란시스코 역시 콜롬비아 넥타이 형에 처해졌다. 게릴라군이 밀고자들을 죽이는 방식이었다. 그들은 프란시스코의 목을 가르고 구멍으로 혀를 끄집어냈다.

프란시스코를 만났을 때, 엄마는 머리부터 발끝까지 그를 관찰했다. 큰 키가 살렸네, 하고 엄마는 말했다. 그건 사실이었다. 거의 2미터에 달하는 키에, 기하학적인 비율의 몸은 무거웠다. 처음으로 사랑을 나누었을 때, 나는 갈비뼈가 부러진 줄 알았다. 실제로 부러진 건 아니었지만,

거의 부러질 뻔했다. 엄마는 그를 마음에 들어 하지 않았다. 그 사람에 관해서라면 나쁜 이야기만 나왔다. 깔끔하게 면도되지 않은 턱수염, 열다섯 살의 나이 차이, 이전 결혼에서 끌고 온 자식 둘까지.

"너도 성인이니까, 알아서 하겠지." 그와 함께 살겠다고 말하자 엄마가 대답했다. "그 사람 집으로 들어가니? 그건 그 사람 집이지, 네 집이 아니란다. 자식들도 네 자식들이 아니라 그 사람 자식들이야. 남의 새끼들 키워주며 뒤치다꺼리할 생각은 말아라."

엄마한테 말한 적도 없었고 엄마도 물어본 적 없었다. 엄마는 이미 알았다. 그 사람을 위해서라면 나는 세상 끝까지도 가리란 사실을. 지나친 사랑의 맛이 틀림없을 아니스 술에 한껏 취해서 참호로 달려가는 군인들처럼. 우리가 지나온 경계 중 하나를 고르라면, 나는 그의 피부를 택하겠다. 그는 손바닥과 손가락 끝으로 내 사진을 찍곤 했다. 우리가 사랑하는 방식에는 말이 끼어들 자리가 없었다. 작별을 고할 때조차도, 그는 말이 없었다.

내가 그의 처형 소식을 들은 건 처형이 있은 지 이틀 후, 방송국에서 암살 소식을 자막 뉴스로 내보낼 때였다. "'이

베로아메리카 언론의 자유상' 수상자, 프란시스코 살라사르 솔라노, 아마소나스 근방 푸에르토카레뇨에서 몇 킬로미터 떨어지지 않은 메타강 유역에서 난도질된 채 참수당하다."

역겨운 스틱스강*.

프란시스코의 정보원 중 하나가 그를 찔러 넣었다. 게릴라군이 죽인 밀고자는 아니었고, 더 순진한, 다른 정보원이었다. 프란시스코가 자기 인생 최고의 사진, 처형당한 밀고자의 사진을 찍은 공터로 그를 데려가준 소년이었다. 밀고자는 손에 잘린 머리를 들고 입에 고환과 음경을 물고 있었다. 그것이 국경에서 밀고자들을 죽이는 방식이었다. 인간은 다음 날이면 누군가에 의해 뉴스거리가 되어 신문 가판대에 등장하는 네발짐승이 되었다. 석판, 아니 부러진 목뼈에 새겨진 열한 번째 계명: 말하지 말지어다. 프란시스코는 그렇게 묘지에 도착했다. 우리의 결혼식 날 매기로 했으나 매지 못한 넥타이를 매고서.

장례식에는 엄마가 함께 가주었다. 엄마는 말이 없었다.

* 그리스 신화에서 지상과 저승의 경계를 가르는 강.

그리고 그렇게, 침묵 속에, 우리는 집으로 돌아갔다. 우리는 죽은 사람들을 사랑했다. 며칠 후 메타강에서 발생한 사건의 증인이 나타났다. 어린 소년이었다. 게릴라군은 아이들을 메신저로 이용했다. 소년은 국군 사령부 주둔지에 가서는, 지휘관을 찾았다. 그리고 그곳에서, 군검찰들 앞에서, 지시받은 대로 처형 장면을 횡설수설 늘어놓았다. 그들은 자기가 본 일을 이해하지 못할 만큼 어린 아이들을 보냈다. 그리하여 아이들의 새맑은 목소리에 죽음의 짙은 얼룩이 스며들도록.

빨간색 링 바인더 안에는, 은행 계좌 세 곳과 관련된 서류가 투명한 속지 여러 겹으로 둘둘 말린 채 판지로 분리되어 있었다. 둘은 베네수엘라, 하나는 스페인 은행 계좌였다. 각 계좌의 거래 내역과 예치 상태를 보자니 훌리아 페랄타 아주머니의 연금이 어디로 갔는지 분명했다. 베네수엘라 계좌에는 한 달을 버티기도 어려울 정도의 금액이 들어 있었다. 스페인 계좌에는, 초라함과는 거리가 먼 액수가 들어 있었다. 총 4만 유로였다.

나는 정신을 차리고, 비밀번호며 입출금 명세서며 통장의 흔적을 좇으며 철저히 조사했다. 아우로라 페랄타는 인터넷에서 다운로드한 거래명세서를 인쇄해서 형광펜으로 밑줄까지 그은 후 날짜순으로 보관했다. 퇴직연금 명목으로 매달 스페인 정부에서 8백 유로, 장애 수당으로 4백 유로가 더 입금되었다. 모두 훌리아 페랄타 아주머니 앞으로 들어오는 돈이었다. 장애? 무슨 장애? 그런데 왜? 아주머니에게서 눈에 띄는 점을 본 기억은 없었다. 나는 무언가 더 찾을 수 있을까 싶어서 서랍장을 다 뒤졌다. 아우로라 페랄타는 분명 유로를 현금으로 지니고 있었으리라는 생각이 들었다. 이제 볼리바르로는 아무런 값도 치르지 못했다. 고만고만한 납치범들조차도 인질의 몸값을 외화로 요구하는 지경이었다. 집 안 어딘가에 현금이 있을 터였다. 하지만, 대체 어디에?

옷장 꼭대기 선반, 성탄 구유와 각종 크리스마스 장식이 담긴 상자 뒤에서, 래커를 칠한 무거운 앨범과 신문 기사 스크랩—몇 해 전 발생한 테러 사건 기사들과 아우로라의 아버지 파비안 페랄타 베이가 씨의 부고 몇 장—으로 가득한 조금 더 작은 앨범에 가려진 나무 상자 하나를 발견했다. 그녀는 1948년 3월, 비베이로 호적 등기소에서 발행된 아버지의 출생증명서도 보관하고 있었다. 다른 속지에는 가족관계등록부 한 장이 담겨 있었다. 훌리아 아주머니와 파비안 씨는 1971년 6월, 두 사람이 태어난 루고의 마을 비베이로에서 결혼식을 올렸다. 둘의 결혼 생활은 2년도 채 가지 못했다. 파비안 페랄타 씨의 사망진단서는 1973년 12월 20일에 발행되었다.

앨범에 보관된 신문 스크랩은 전부 1973년 12월 21일에 발간된 같은 기사들을 모은 것으로, 루이스 카레로 블랑코 당시 스페인 총리가 타고 있던, 거의 1천8백 킬로그램이 넘는 닷지 3700GT 자동차 폭파 사건을 다루고 있었다. 폭탄은 총리를 마드리드의 공중으로 날려 보냈다. 블랑코 총리가 미사를 드리고 나온 산호르헤 성당 인근, 파비안 페랄타 씨가 일하던 제과 공장도 직격탄을 맞았다. 바스크 분리주의 단체 ETA가 프랑코 총통의 뒤를 이은 블랑코 총리에게 던진 폭탄의 충격파로 인해 파비안 페랄타 씨가 사망했다. 그의 죽음이 귀퉁이에 언급된 기사는 아우로라 페랄타의 스크랩북 맨 앞, 부고 세 편에 이어 꽂혀 있었다. 그 까닭에 아주머니는 평생 과부였던 것처럼 늘 어두운 모습이었고, 아우로라도 자연히 어머니의 분위기를 물려받은 것이다. 파비안 페랄타 씨의 죽음은 한순간에 모녀를 늙게 했고, 그 모습이 평생 지속했다.

아주머니는 늘 무릎까지 오는 원피스를 고수했다. 지나치게 엄격한 옷에 원래 나이보다 늙어 보였고 발목과 구분되지 않는 통통한 다리가 부각되었다. 아주머니의 딸은 그런 미적 감각을 흡수하다시피 했다. 어릴 적에도 흐리멍덩한 아이였던 그녀는, 커서도 별다른 개성이 없는 어른이 되었다. 그녀는 영원히 경계에 머무르는 사람인 듯한 인상을 주었다. 베네수엘라 사람도 스페인 사람도 아닌, 예쁘지도 못나지도 않은, 젊지도 늙지도 않은 사람. 어느 곳에도 속하지 않는 사람의 운명이었다. 아우로라 페랄타는 어느 장소에 너무 일찍 태어나고 다음 장소에는 너무 늦게 도착하는 이들의 저주에 시달렸다.

검은 래커를 칠한 앨범에는 사진이 여러 장 꽂혀 있었다. 첫 번째 사진은 파비안 씨와 훌리아 아주머니의 결혼 사진이었다. 간소한 예식이다. 신랑과 신부는 스테인드글라스로 장식된 성당의 제단 위에 오른 모습이다가, 하객들이 웃는 얼굴로 잔을 들고 앉아 있는 식탁 앞에 선 모습이다. 다른 사진에는 아주머니의 수수한 웨딩드레스가 담겼다. 7부 소매에, 앞가슴이 파이지 않고, 무거운 치맛자락에 주름 두 개가 잡힌 드레스는 흡사 식탁보 같다. 정장 차림을 한 파비안 씨는 닭모가지 같은 목에 넥타이를 질끈 동여맨 모습이다. 둘은 웃기는커녕, 카메라도 바라보지 않는다.

결혼사진 아래로 다른 사진들이 뒤따랐는데, 거의 모든 사진에 손 글씨로 설명이 적혀 있었다. "신혼여행, 포르투갈, 1971년." "파비안의 생일, 마드리드, 1971년 8월." 식기 세트 앞에 서 있는 젊은 부부가 담긴 사진 속, 아주머니가 입은 드레스에 불러오기 시작한 배가 돋보인다. "크리스마스, 1971년." 다른 사진은 음식을 잔뜩 차려놓은 식탁 앞에 앉은 한 무리의 사람들을 보여준다. "파비안, 파키타, 훌리아, 할머니 할아버지와 함께한 크리스마스이브 저녁 식사, 1971년 크리스마스."

사진들을 보자니, 페랄타 부부는 루고에 자주 가지 않은 듯했다. 비베이로에서 찍힌 사진들이 별로 없었다. 1972년 2월에 찍힌 사진 한 장에는 조개 스튜 냄비를 앞에 두고 빙긋 웃는 파비안 씨의 모습이 담겨 있다. 신혼 때 사진으로는 두 장이 더 있다. 페랄타 부부는 평소보다 우아하게 차려입었다. 허리를 꼿꼿이 세운 파비안 씨는 아기를 안고 있는 아내의 어깨에 팔을 두르고 있다. 아래에는 간략한 설명이 뒤따랐다. "1개월이 된 아우로라, 1972년 6월." 그 바로 아래, 같은 날짜에 찍힌 사진 속 세 가족은 산호르헤 성당 바깥에 서 있다. "아우로라의 세례식, 마드리드, 1972년 6월." 성당의 주랑 현관 앞에서 찍힌 사진이 하나 더 있는데, 아기는 금발 여인의 품 안에 안긴 채다. 다른 사진들 속에서는 볼 수 없던 아름다움이 돋보이는 인물이다. "아우로라와 파키타." 이탤릭체로 정성 들여 쓴 글귀였다.

다른 사진 세 장은 비베이로에서 보낸 그해 여름에 찍힌 사진들이다. 해변에서 찍힌 아우로라와 파비안, 야외 댄스 파티장 한가운데서 정어리가 담긴 접시를 손에 든 파비안, 그리고 다시 등장한 금발 여인 파키타. 이번에는 웨딩드레스를 입고 별로 특별할 것 없어 보이는 남자의 손을 잡고서 웃고 있는 모습이다. 세 장 중 그 사진에만 설명이 달려 있다. "파키타와 호세의 약혼식, 1972년 여름." 그 밖에도 "아우로라의 첫걸음" 시리즈와 정원 잔디에 누워 있는 파비안 씨의 사진 몇 장이 있다. "과다라마에서 파비안과 파키타."

돌연 무언가 변한다. 1973년의 사진들은 전부 같은 구도로 찍혔지만, 파비안 씨가 없다. 아주머니는 거의 늘 검은 옷을 입은 채 아우로라를 품에 안고 있다. 다른 사진이 몇 장 더 있다. 반쯤 비운 접시들 주위로 모여 앉아 웃고 있는 사람들 사진, 훌리아 아주머니는 웃지 않는다. "마드리드, 1974년." 그 무렵의 단체 사진에는 거의 늘 파키타가 등장한다. 아주머니나 파비안 씨의 여동생이겠거니 짐작했다. 지역 전통의상을 입고서 여자아이를 품에 안고 있는 사진도 있다. "파키타와 마리아 호세, 1978년." 아주머니의 사진도 한 장 있다. 다른 사진들과는 어딘가 달라 보였다. 앨범 속 다른 사진들과는 달리 엄숙한 분위기를 풍긴다. 아주머니는 회색 치마와 풀을 먹인 하얀 앞치마를 두른 식당 종업원 차림이다. 하나로 묶어 올린 머리는 망으로 고정했다. 아주머니 옆으로, 같은 옷차림을 한 여자 일곱 명이 보인다. "팰리스 호텔 새 직원들 환영식, 마드리드, 1974년."

날짜 하나만 적혀 있을 뿐 백지다 싶은 판지 한 장으로 사진들이 갈렸다. 판지 다음으로는 베네수엘라에서 찍힌 사진들이다. 그 사진들 속 조금 더 살이 붙었고 검은 옷을 벗은 아주머니는, 라스아카시아스 공원의 울창한 나무들

틈에 서 있다. 로스카오보스 공원에서의 사진 세 장이 더 있다. 그리고 엘파라이소의 원주민 여인상 앞에서 찍은 사진, 베네수엘라 광장에 설치된 알레한드로 오테로의 철제 구조물 앞에서 찍은 사진. 오늘날 그 구조물에는 얇은 금속판 하나 남아 있지 않다. 사람들이 전부 훔쳐 간 탓이다. 그리고 다른 사진: 어마어마한 크기를 자랑하는 파에야 앞에 서 있는 아주머니. 아우로라의 어머니는 환하게 미소 짓는다. 그때까지 본 아주머니의 사진 중 처음으로 자연스러워 보이는 사진이었다. 오른손에는 거대한 나무 수저를 들고 있다. 아주머니 옆에는 1960년에서 1964년까지 공화국의 대통령을 지낸 민주주의의 아버지, 로물로 베탕쿠르가 함께 있다. 사진 아래에는 손 글씨로 설명이 덧붙었다. "로물로 대통령의 생신, 카라카스, 1980년." 앨범에는 그 밖에도 여러 순간이 담겨 있었다.

아주머니와 아우로라가 1980년, 라플로리다 성당의 문 앞에서 포즈를 취하고 있는 사진도 있다. 앨범의 마지막 장에는, 판지 재질의 모서리 스티커 네 개로 고정해 만든 공간에 파키타가 보낸 엽서 몇 장이 꽂혀 있다. 파키타는 아주머니가 돌아가신 해까지 엽서를 계속 보냈다.

돈을 찾겠다고 서랍장을 뒤지다가 얼떨결에, 나와 벽 하나를 사이에 두고 수년을 살던 여자들의 잊힌 일대기를 알게 된 것이었다.

아직 들여다보지 않았던 나무 상자 안에는 편지들이 담긴 봉투가 있었다. 1974년에서 1976년 사이의 편지들은 거의 다 백상지에 쓰인 것이었다. 아주머니가 파키타에게 보내려던 편지들이었다. 첫 번째 편지에서 아주머니는 1974년 가을, 마드리드에서 카라카스로의 여정과 도착 후 눈앞에 펼쳐진 믿을 수 없는 베네수엘라의 풍경을 묘사한다. "바퀴벌레들이 무게가 5백 그램은 나가겠어. 동네에 나무가 많아. 괜찮은 가격에 집을 구했어. 크고 작은 앵무새들이 아침마다 우리 집 발코니로 먹이를 먹으러 와." 집에 관한 이야기 말고도 거의 모든 이야기가 일상에 관한 것이었는데, 아주머니는 사람들이 일자리를 얻고 연중 내내 햇볕이 내리쬐던 나라를 주의 깊게 관찰했다. 당시 베네수엘라는, 유럽 이민자들이 아직 일자리를 구할 수 있던 곳이었다.

아주머니의 묘사는 과일의 색깔이며 향기라든가, 거리와 고속도로의 너비 따위의 것들로 넘치도록 자세했다.

"여기 집들은 스페인 집들보다 크고 다들 집에 가전제품이 있어. 나도 믹서기를 하나 샀어. 그걸로 가스파초를 리터로 몇 통은 만들어서는, 오전 간식 시간에 마시려고 냉장고에 넣어뒀어. 여기서는 그 시간을 점심시간이라고 부르지만." 훌리아 아주머니가 가장 많이 반복해서 말하던 내용은 사야 할 물건이며 기계가 얼마나 많은지, 하는 이야기였다. 아주머니가 말한 물건들은 우리 엄마도 시어스 백화점의 전자제품 카탈로그에서 눈여겨보던 것들이었는데, 시어스 백화점은 우리가 토요일마다 베요몬테 지역의 크레마 파라이소라는 아이스크림 가게에서 아이스크림을 먹은 후 오후 시간을 보내던 곳이었다.

베네수엘라에 도착한 지 한 달째 되는 1974년 12월, 두 번째 편지에서 훌리아 아주머니는 파키타에게 엘파라이소 지구에 있는 '숙녀들을 위한' 대학교 기숙사의 수녀님들과 연락이 닿았고, 그곳에서 팰리스 호텔 주방장이 써준 추천서를 받아줬다고 말한다. "후스타 수녀원장님은 꼭 네가 말한 대로더라. 아주 친절하시고 자비로우셔. 10년이 지났는데도 갈리시아 억양을 하나도 안 잃어버리셨더라고. 그분 말씀으로는, 나만 괜찮으면, 학생 식당의 주방을 맡아보라셔."

다음 편지를 읽으려던 참에, 보안관과 그 똘마니들이 야단법석을 피우며 돌아오는 소리가 들렸다. 그들은 문을 쾅 닫고는 스피커로 지난 며칠 내내 끊이지 않던 레게톤을 틀었다. "투-투-투-툼바-라 카사 마미, 페로 케 투-툼바-라 카사 마미." 대체 어떤 인간이 '무덤*'이라는 뜻도 있는 단어로 저런 시끌벅적한 멜로디를 만들 수 있는 거지? "투-툼바.**" 벽에 귀를 바싹 붙였다. 사람들이 더 온 것 같았다. 배로 커진 여자들의 목소리가 노래 위로 쾅쾅 울렸다. 나는 나무 상자와 앨범을 원래 자리로 돌려다 놓았다. 원래대로 정리해두려고 했는데, 지금 생각해보니 어처구니없는 행동으로 느껴진다. 물건을 건드렸는지 누가 보고 확인한단 말인가? 나는 아우로라와 훌리아 아주머니가 언제든 돌아와서 자기들 물건을 내놓으라고 하기라도 할 것처럼 행동했다.

* 가사에 등장하는 '툼바(tumba)'는 동사 '툼바르(tumbar, 쓰러뜨리다)'의 활용형이지만, 명사 '툼바'는 무덤이란 뜻이다.

** 의미 없이 늘린 가사이지만, 글자만 놓고 보면 '네 무덤(tu tumba)'이라는 뜻으로도 읽힌다.

나는 빨간색 링 바인더를 숨길 만한 장소를 물색했다. 보안관과 그 부하들이 존재감을 드러내는 방식만으로도 실제로는 그들에게 없는 권력을 부여하는 것만 같았다. 나는 두려웠던 나머지, 그들에게 벽을 통과하는 능력이 있어서 내가 무슨 행동을 하는지 안 하는지를 전부 다 볼 수 있으리라는 생각마저 들었다. 그야말로 겁에 질린 것이다. 한 지붕 아래에는 사실상 알지도 못하는 남자가 자고 있었다. 산티아고는 누구든 될 수 있었다. 피해자, 살인자, 밀고자. 내 방이 아닌 그 침실에서 나는 완전히 혼자라는 사실을 깨달았다. 무슨 일이든 해야 했다. 그것도 빨리. 미백색의 벽을 찬찬히 훑다가 무리요의 〈성모잉태화〉 모조품에 시선이 꽂혔다. 팔콘 펜션의 안방에 이모들이 걸어둔 것과 똑같은 그림이었다. 벽 쪽으로 다가가 그림을 떼어냈다. 그림을 뒤집자, 테이프로 붙어 있던 봉투가 내 발치에 떨어졌다. 봉투 안에는 20유로와 50유로짜리 지폐가 가득 들어 있었다.

투르메로와 팔로네그로 사이, 라엔크루시하다에 우뚝 솟아 있는 녹슨 곡물 사일로에는 세 글자가 적혀 있었다. PAN, '국가 식료품'의 준말로, 베네수엘라 최초의 맥주 양조업자 협동조합이 만든 옥수숫가루 상표였다. 아레파, 아야카*, 카차파**, 아야키타, 옥수수빵을 만드는 데 쓰이는 옥수숫가루는 수십 년 동안 베네수엘라를 먹여 살렸고, 가루를 만드는 데 쓰이는 옥수수는 오쿠마레데라코스타에

* 각종 고기와 양념으로 속을 채운 옥수숫가루 반죽을 바나나 잎에 싸서 잘 묶은 후 쪄 먹는 음식. 주로 크리스마스에 먹는다.

** 치즈와 고기 등을 넣어 먹는 옥수수빵으로 크레페와 비슷하다.

도착하기 2백 킬로미터쯤 전에서도 보이던, 레마벤카 공장에 저장되었다. 그 공장은 우리 엄마의 고향인 아라과주의 곡물 창고였다. 럼과 사탕수수 외에 아라과주에서 가장 중요한 생산물이었던 옥수숫가루는 새빨갛고 두툼한 입술, 커다란 링 귀걸이, 물방울무늬 두건으로 꾸민 여자가 그려진 노란 종이 팩에 담겨 상품화되었다. 과장이 아니라, 그 그림은 브라질 가수이자 배우 카르멩 미란다의 시골 버전이자 베네수엘라 버전이었다. 노래 '사우스 아메리칸 웨이(South american way)'로 20세기 폭스 스튜디오까지 입성한 그녀는 베네수엘라 모든 가정의 식탁에까지 자리를 잡았다.

혁명의 아이들에 의해 촉발된 2차 식량난과 물자난에 완전히 자취를 감추고 사치품이 되기 전까지, PAN 옥수숫가루는 수많은 베네수엘라 국민의 배를 불려주었다. 가공된 옥수숫가루에 깃든 진정한 민주주의. 가진 게 넘치는 사람이나 하나도 없는 사람이나 똑같은 옥수숫가루를 먹고 자랐고 우리의 추억도 그 가루로 구워졌다.

옥수숫가루를 공장에서 가공하겠다는 발상은 독일의 맥주 공장이 폭음과 전쟁에 번갈아가며 시달리던 나라의 고통을 홉으로 누그러뜨린 데서 따왔다. 그리고 그렇게 가공되어 나온 옥수숫가루는 농장과 공장 지대의 태양이 내리쬐는 안뜰에서 자태를 뽐내던, 나무로 만든 두꺼운 절구에 절굿공이를 내리치며 옥수수를 빻던, 이른바 절굿공이라 불리던 여자들을 해방했다. 그 노동에서 절구의 노래가 탄생했으니, 땀과 내리치기로 이루어진 기도, 거칠고 향기로운 절구질에 따라오는 멜로디였다. 옥수수 껍질을 두들겨 패고 또 패서 가루로 만들던 불행한 여자들. 그렇게 만들어진 옥수숫가루는 장작 오븐에서 초라한 빵을 구워냈고, 아직 말라리아에 시달리던 나라의 주린 배를 채웠다. 그때부터 절구의 노래는 베네수엘라의 심장박동 같은 것이 되었다.

절구를 내리찧을 때는 거의 늘 여자 둘이 짝을 지었고 가락을 살려 대화를 주고받았다. 그렇게 진실을 고백하는 듯한 노래들이 탄생했다. 달콤하게 꽉 들어찬 열매를 주렁주렁 매단 나무들과 태양처럼, 비극이란 곧 우리에게 주어진 운명이라는 진실. 절구의 노래는 나무절구에 자신들의 고통을 짓이기던 거친 여자들의 인생사며 걱정거리들을 담은 노래였고, 라엔크루시하다를 지날 때면 그 노랫말 중

어느 구절들이 떠오르곤 했다.

"아델라이다, 딸, 일어나렴. 레마벤카 공장에 거의 다 와 간다."

엄마가 알려줄 필요도 없이, 내 가슴은 벌써 보리와 곡물이 풍기는 강력한 냄새를 알아차렸다. 맥주와 빵의 향기에 나는 행복해졌다. 그러면 나는 오쿠마레의 할머니들에게서 배운 노랫말을 따라 부르기 시작했다.

"절구를 힘껏 내리치자……, 아이고, 아이고."

"절구가 두 동강 나도록", 엄마가 아주 작은 목소리로 노랫말을 받았다.

"너도 쌍년 너네 엄마도 쌍년……."

"그 부분은 말고, 아델라이다. 그 부분은 부르지 마!"

"너네 할머니도 쌍년 너네 이모도 쌍년, 아이고, 아이고……." 나는 웃으면서 이어 불렀다.

"그만해, 딸. 아멜리아 이모가 가르쳐준 부분을 불러보렴. '하도 절구질을 했더니, 아이고, 아이고, 이제 머리가 아프네, 아이고, 아이고, 새끼 돼지 살찌우고 나이트가운 한 벌 사겠다고, 아이고, 아이고…….'"

마을의 흑인 여자들은 시장의 한껏 달아오른 철판 앞에

서 아래파를 빛으면서 박자에 맞추어 노래했다. 모든 문장은 단음의 숨찬 소리, '아이고, 아이고'로 끝났다. 고된 노동의 탄식 소리였다.

저기 저 언덕 위로,
아이고, 아이고,
신혼부부 한 쌍 지나가네,
아이고, 아이고,
당나귀 입술이 바이올린 모가지와 결혼했네,
아이고, 아이고.
네 남편 때문에 이러는 거면,
아이고, 아이고,
떠나가기 전에 어서 잡아,
아이고, 아이고,
아직 드레스 한 벌 안 해줬으니,
아이고, 아이고.

머리에 두건을 두른 여자들은 담배 연기를 내뿜으면서 노래했다. 탄식처럼, 연기를 내뿜었다. 하도 잦은 출산 탓에 만신창이가 되어버린 가랑이에서 나온 자식새끼들을 먹이기 위한 두 팔만을 세상이 허락해준 여자들의 탄식이었다. 산전수전 다 겪은 여자들, 딱딱한 빵 같은 심장을 지닌 여자들, 화롯불과 철판의 열기와 태양에 무두질된 피부의 여자들. 제 슬픔으로 빚은 달콤한 아니스 술을 아레파에 뿌리던 여자들.

저기 사탄의 얼굴이 가는구나,
아이고, 아이고,
악마의 심장을 지닌 이여,
아이고, 아이고,
수많은 거짓말로 시커메진 혀,
아이고, 아이고.
나는 결혼한 남자는 싫다네,
아이고, 아이고,
고약한 고름 냄새를 풍기거든,
아이고, 아이고,
나는 잘 익은 파인애플 냄새를 풍기는 총각이 좋다네.

모든 노동에는 노래가 있었다. 석유에 이끌려 도시로 상경한 시골 사람들의, 이제는 멸종해버린 풍습이다. 그들은 세상 안에 그들의 자리를 마련해주던 노동요, 그러니까 젖 짜기, 물 대기, 절구 찧기, 아레파 굽기의 노래를 뒤로하고 떠났다. 그중에서도 가장 슬픈 노래는 사탕수수 즙을 짤 때 부르는, 압착의 노래였다. 나는 아라과의 골짜기에서부터 오쿠마레까지 트럭에 실려 오는 길에 하나씩 떨어지는, 그 달콤하고 건조한 막대기를 주워 와서는 팔콘펜션의 식탁 아래에 숨어 빨아 먹곤 했다. 사탕수수를 먹었다는 사실을 엄마가 알기라도 한다면, 나는 끝장이었다. 흙 묻은 줄기에 들어 있는 진한 포도당은 럼이 거친 마을 남자들의 두뇌를 약하게 하는 것처럼 위장을 약하게 했다. 영혼이 취한 것처럼 배변 활동을 일으켰다. 우리 피와 가슴 속 모든 것이 비워져나가는 정화 의식이었다.

절구의 노래는 여자들의 음악이었다. 가진 게 아무것도 없기에 아무것도 기대하지 않는 여자들, 길고 긴 노동 시간을 견디는 어머니들과 과부들의 침묵이 빚어낸 노래였다.

어제 네년이 머리를 긁적이며 지나가는 모습을 봤지,

아이고, 아이고,

친구에게 말했지, 저기 저 뻔뻔한 년이 간다,

아이고, 아이고.

뻔뻔한 년이라고 부르지 마,

아이고, 아이고,

나는 아주 정직한 년이거든,

아이고, 아이고,

그러는 너, 네가 뭔데 와서 나를 욕해,

아이고, 아이고.

너도 쌍년 너네 엄마도 쌍년,

아이고, 아이고.

너네 할머니도 쌍년 너네 이모도 쌍년,

아이고, 아이고.

온 가족이 쌍년인데 너라고 다를까,

아이고, 아이고.

막돼먹은 년은 생각하지,

아이고, 아이고,

자기는 다 누릴 자격이 있다고,

아이고, 아이고,

그녀은 바람 불면 후들거리는 판잣집에 산다네,

아이고, 아이고.

아멜리아 이모, 그러니까 뚱뚱한 이모가 부엌에서 박장대소하면서, 엄마가 알면 큰일 나니까 절대 말하지 말라고 단단히 일러두면서 나한테 불러준 노래다. 나는 철판 앞에서서 노래하던 덩치 큰 흑인 여자들처럼 강인한 팔과 허벅다리도 없이, 왜소하고 슬픈 앵무새처럼 이모를 따라 했다. 그것은 흡사 불붙은 들판이 우는 방식과도 같았다.

나는 창문을 열고 나무 한 그루 없는 거리를 내다보며, 자욱한 죽음의 연기 속에서 옥수수빵 냄새를 느껴보려 했다. 눈을 감고 어느 일생의 뼈만 남은 잔해를 힘껏 들이마셨다. 삶이란 이미 지나간 것이었다. 우리가 한 일과 하지 않은 일이었다. 막 부풀어 오르기 직전의 빵처럼 반으로 갈라진 우리가 올라가 있는 쟁반이었다.

"문까지 잠그고 자다니 나를 그렇게 못 믿는 거야?"

"잘 잤니, 산티아고. 그래, 나도 잘 잤어, 물어봐줘서 고마워. 참, 목소리 좀 낮춰. 내가 여기 있다는 사실을 옆집 침입자들이 늦게 알수록 좋으니까. 아, 식탁 위에 둔 수건은 네 거니까 가져가 쓰고."

나는 다시 발코니로 나갔다. 연기가 피어오르는 바리케이드는 아직 그 자리에 있었다. 아무도 쓰레기통들을 옆으로 치우거나 인도에서 떨어져 나온 시멘트 조각, 깨진 유리병, 막대기 따위가 그대로 널려 있는 광장을 청소할 생각조차 하지 않았다.

아우로라 페랄타는 이제 아우로라 페랄타가 아니었다. 내가 그녀를 버리고 온 곳에는 이제 다 타버린 잿더미만 있을 뿐이었다.

'다 잘돼가고 있어.' 나는 속으로 생각했다.

바깥 공기와 접촉하자 전원이 꺼져버리기라도 한 것처럼, 나는 평소보다 오래 창문 밖을 내다보았다. 아스팔트 도로에는 핏자국과 깨진 유리가 널려 있었다. 위쪽에서, 라칼 지구 방향으로 판테온 대로를 타고 내려가는 혁명의 아이들의 기동부대가 보였다. 서른 명쯤이었다. 그들은 지그재그 모양으로 나아갔다. 확성기에 대고 늘 똑같은 레퍼토리를 고래고래 외쳤다.

"무사히 통과하지 못하리라! 돌아오지 못하리라! 혁명은 살아남으리라!"

그렇고말고, 다른 사람의 주검 위에 살아남겠지.

"무슨 생각을 그렇게 해?" 산티아고가 나를 몽상에서 끄집어냈다.

"네가 여기서 떠날 수 있는 가장 빠른 방법." 나는 시선도 들지 않고 대답했다.

사찰을 도는 지휘관처럼 빨리 처리하려고 하는 산티아

고의 태도도 그렇지만, 직접적이고 공격적으로 물어보는 방식이 거슬렸다.

"숨어 지낼 만한 곳을 찾아, 여기서는 못 지내." 내가 이어서 말했다.

"못 찾아."

"찾을 수 있어. 찾을 거고. 당장은 아니더라도, 그래도 찾아야 해. 누나한테 전화해, 친구한테 하든지, 나야 모르지……."

"갈 곳이 없어."

"나도 마찬가지야. 저 아래 길을 건너고 있는 아주머니도 마찬가지고. 이 도시에 갇힌 채 미쳐버린 수천 명의 사람도 마찬가지야. 학교 친구네서 며칠은 재워주겠지."

"아, 당연하지, 맞네, 누나. 분명 다들 엘리코이데 교도소에서 나왔을 거야. 아니, 아니, 잠깐! 더 좋은 생각이 있어! 네그로 프리메로 분대장한테 가는 거야. 내가 방향을 잘못 들어서 길을 잃는 바람에 어제 복귀하지 못한 거란 소리를 들으면 아주 좋아하겠지."

산티아고는 담배를 찾으려고 주머니를 뒤졌다. 주머니는 텅 비어 있었다.

"뭐, 당연히, 다들 내가 아주 똑똑하고 입이 무거운 청년이라고 아니까, 내가 어디다 입이라도 벙끗했으리라고는 의심도 안 할 거야. 게릴라 부대에서는 무슨 상황인지 이해할 테니까 분대장들이 내 대갈통을 날려버리지 못하게 앞에서 중재해주겠지."

산티아고는 이를 갈았다. 그러더니 똘똘한 커피색 눈으로 나를 바라보았는데, 그 모습이 꼭 내가 알던, 꾸중 들은 가톨릭 학교 소년 같았다. 나무에서 망고를 딸 때 쓰는 막대처럼 길쭉하고 날씬한 몸, 선이 굵은 아래턱과 턱뼈, 섬세하고 거만한 표정, 몸은 성인이 되었지만 정신은 아직 다 자라지 못한 소년. 산티아고가 아나의 동생이라는 사실은 그 애가 내 동생이기도 하다는 뜻이었다. 그래서 내게 그 애의 뺨을 때릴 도덕적 권한이 있다고 느껴졌지만 그러지 않은 것은 그 애가 이미 다른 사람들에게 충분히 맞았기 때문이리라.

"산티아고, 비꼬는 건 그만둬. 누울 자리 봐가며 발을 뻗어야지."

"지금 나를 가르치겠다는 거야? 그러는 누나는? 누나는 떳떳해? 무슨 일인지 왜 말 안 하는 건데? 이 집 누나 집 아니고, 누나네 가족 집도 아니잖아. 여기는 책도 한 권 없는 데다 누나는 컵이 어디 있는지도 잘 모르잖아. 그 아수라장 한복판에서 뭘 하고 있던 거야? 누나가 저항운동이나 시가전에 나갈 사람은 아니잖아. 무슨 일이 있던 거야? 왜 그렇게 미친년처럼 뛰었던 거야? 뭘 찾던 거지? 뭘 없앤 거지? 누나 표정이, 그 난리 통 중에서도 똑똑히 보이더라. 내가 누나를 먼저 찾은 게 다행인 줄 알아. 다른 놈이었다면 진짜로 죽사발을 만들었을 테니까, 아니면 쏴버렸겠지."

"쉿. 목소리 낮춰! 네가 원해서 한 일이야. 여태 살아온 걸 보면, 내 몸 하나 정도는 내가 지킬 수 있다는 사실이 증명되고도 남았어, 너보다 나은 셈이지. 너한테 설명할 생각 없어. 내가 애도 아닌데 일일이 대답할 필요는 없잖니, 우쭐거리는 애송이한테는 말할 것도 없지. 네가 갈 곳이 없다는 것도, 지옥을 겪고 왔다는 것도 알겠어. 다 이해해. 하지만 너도 알아야 할 게 하나 있어, 너는 우리가 머리 꼭대기까지 오물을 뒤집어쓰고 있다고 했지. 그렇다면 자기 똥은 자기가 치워야겠지. 우선 네 누나네로 가, 빨리 갈수록 좋을 거야. 이틀은 여기 머무르게 해줄게. 좀 자야

할 테니까, 자고 조용히 생각을 정리할 시간을 주는 거야. 그다음에는 떠나. 하늘이 자식을 내려준 적도 없는데 네가 내 첫 번째 자식이 될 일은 없을 거야, 알아들었지?"

함께 보낸 시간 중에 산티아고에게서 그런 놀람과 혼란이 섞인 표정은 본 적이 없었다. 산티아고는 눈을 바닥에 내리깔고 가슴 위로 팔짱을 꼈다.

"알아들었지?" 내가 다시 말했다.

길어진 침묵이 끝내 공기를 죄어왔다.

"알아들었어, 누나. 알아들었다고."

"좋아, 그럼 나는 부엌에 가야겠어. 이젠 내가 배가 고프네."

나는 아우로라 페랄타의 찬장을 열었다. 유리 장과 선반, 포크와 나이프 따위를 넣는 미끄럼식 서랍장이 딸린 오래된 찬장이었다. 한쪽은 수프 그릇, 다른 쪽은 납작한 접시가 쌓인 그릇장에서 까르투하 식기 세트를 발견했는데 우리 것보다 가짓수가 많았다. 우리 집에는 없던 커다란 접시들은 확실히 고급 사기그릇으로 보였고 수프 그릇, 커피 잔, 쟁반 따위가 예스러운 선반 위에 놓인 모습이 연회의 한 장면 같았다. 나는 접시 하나를 집어 들고 조심스레 들여다보았다. 내가 집에서 보았던 접시들보다 더 꼼꼼히 세공된 것처럼 보인 나머지, 엄마가 귀중한 물건이라고 여기며 간직했던 식기 세트가 진품인지 의심하기에 이르렀다. 우리 팔콘가 사람들이 아마데오 1세 스페인 국왕이 왕실에서 쓰던 그릇에 음식을 먹는다는 사실을 완전히 믿은 적은 없지만, 그 그릇들을 보니 진짜 까르투하 그릇은 페랄타 모녀 집에 있는 것들이지 우리 집에 있던 것들이 아니라는 생각이 들었다.

나는 사람이고 싶었고 그런 접시와 포크와 나이프를 사용해서 사람처럼 먹고 싶었다. 상황이 나를 하이에나로 만들어버렸을지언정, 아직 짐승처럼 행동하지 않을 권리가 있었다. 썩은 고기라도 포크와 나이프로 썰어 먹을 수는 있는 거니까.

다른 서랍장들도 열어보았다. 통조림 여러 캔, 밀가루, 파스타, 생수병이 있었다. 커피, 설탕, 분유, 리베라델두에로 포도주도 세 병 있었다. 올리브유에 절인 피망이며 올리브 말고도, 일주일은 거뜬히 버틸 만큼의 참치 통조림이 있었다. 빵조차 구하지 못하는 도시에서는 보기 드문, 그야말로 스페인 가정의 식단이었다.

냉장고 안에는 달걀 여섯 개, 반쯤 먹은 구아바 잼 한 병, 발라 먹는 치즈 한 통이 있었다. 상태가 좋은 양파와 토마토도 몇 개 있었고, 냉동고에는 스티로폼 접시 위에 고기 여섯 덩이가 따로따로 보관되어 있었다. 여태 쌓인 허기를 달래줄, 피가 살짝 밴 풍부한 육즙의 스테이크를 먹고 싶은 충동이 제어할 수 없을 정도로 올라왔다. 이틀 동안 아무것도 먹지 못해 기력이 쇠하기 시작했던 터였다. 그러다 보안관과 부하들 생각이 났고, 고기 냄새를 맡자마자 반응하리라는 데 생각이 미쳤다. 정부가 추종자들에게 배급하는 식량 상자며 꾸러미를 받았을 테니, 그 여자들이 배를 주릴 일은 없겠지만.

거실을 들여다보니, 산티아고는 여전히 그 자리에 있었다.

"됐고, 밥 먹자. 맥주는 없지만 포도주가 있어."

산티아고는 등을 돌린 채였다. 창문으로 들어오는 빛에 윤곽이 뚜렷이 드러났다. 유령 같았다. 고개는 숙이고 어깨는 축 처진 모습이었다.

나는 다시 부엌으로 들어갔다. 토마토와 참치 통조림 하나, 삶을 달걀 둘을 꺼냈다. 어느 서랍에선가 하얀 식탁보

한 묶음을 발견했는데, 아마도 훌리아 페랄타 아주머니의 옛 식당에서 쓰던 것이리라. 나는 휴전을 선언하듯, 하얀 식탁보 한 장을 식탁 위에 펼쳤다. 짝이 맞지 않는 잔 세트에서 포도주 잔 두 개를 꺼내고 리베라 한 병을 땄다. 여전히 제 신발만 내려다보고 있는 산티아고에게 다가갔다. 그러자 몸을 일으켜 식탁으로 향했다. 나는 잔에 포도주를 따르고 자리에 앉았다. 산티아고가 단숨에 잔을 비우더니, 사그라리오 아주머니, 그러니까 자기 어머니에 관해 물었다.

"혹시 엄마 상태가 나빠졌는지 알아?"

"몇 주 전까지만 해도 그대로셨어, 우리의 것도 당신의 것도 아닌 세상에 계신 거지." 내가 말하자, 산티아고가 한숨을 내쉬었다. "좋은 쪽으로 생각해. 적어도 어머니는 이 난리를 모르시잖아. 네가 없다는 사실을 완전히 이해하지는 못하셔."

"나를 기억 못 하시는 거야?"

"산티아고, 너희 어머니는 이제 아나도 못 알아보셔. 약도 없으니 치매 증상이 악화할 수밖에 없지."

"우리 누나는 어떻게 엄마를 돌보고 있는 거야?"

"나도 그게 궁금해. 요 몇 달 동안 아나가 미치지 않았다면 그저 불도저처럼 밀고 나가기 때문일 거야. 여기서는 뒷걸음칠 수 없으니까. 빨리 움직이거나 주저앉거나 둘 중 하나야."

산티아고는 가만히 잔을 내려다봤다. 우리 엄마가 어쩌다 돌아가셨는지 물었다. 암이었다고 말하자 미간을 찌푸렸다.

"항암 치료는 어떻게 받으신 거야? 약이 없을 텐데. 아무것도 없잖아."

"항암제는 암시장에서 구했어. 사면서도 내가 산 약품이 맞는 건지 확실하지 않은 때가 많았고."

"엿 같네." 산티아고는 식탁보에서 손가락 하나 떼지 않고 말했다.

"이 모든 것 중에 뭐가? 암, 정부, 물자난, 국가 중에 뭐가?"

"아무도 누나를 도와주지 않았다는 사실이."

"엄마랑 나는 머리 싸매고 고민하지 않고 살아가는 데 익숙했어."

나는 부엌으로 가서 토마토와 참치를 두 접시에 정성껏 옮겨 담았다. 사실상 갇힌 상황에서 음식과 물을 어떻게 조달하면 좋을지 자문했다. 산티아고는 사람들 눈에 띄면 안 되고, 나는 나갈 수 있긴 하지만, 그 애를 아파트에 혼자 둘 생각은 추호도 없었다. 우선 처음부터 끝까지 상황을 재검토해야 했다. 아직 처리해야 할 일이 많았다. 보안관과 부하들 역시 문제였다. 침묵을 지키는 전략은 아파트를 습격하라고 자리를 깔아주는 것보다도 나빴다.

생각에 빠져 있던 나를 산티아고가 확 끌어냈다.

"누나, 그거 알아? 누나가 젊었을 때가 기억나지 않아."

그 말에 정신이 번쩍 들었다. 나는 삶은 달걀 하나를 들고 껍데기를 벗기기 시작했다.

"지금 나한테 늙었다고 하는 거야?"

"아니, 그냥……." 산티아고는 무언가 말하려는 듯 말을 질질 끌었다. "우리 누나랑 같이 대학 다니던 시절의 누나가 기억 안 나. 우리 누나 결혼식 이후로만 기억이 나네. 왜 그런지는 모르겠어. 우리 누나가 누나 얘기를 매일같이 했는데 말이야."

"그리고 네 얘기를 했지, 산티아고. 아나는 너를 무슨 천재라고 여겨서 온갖 지원을 아끼지 않았어. 언젠가는 감사할 줄 알기를 바란다."

"우리 누나 결혼식에 누나랑 같이 온 그 사진가 말이야……, 놈들이 왜 그런 식으로 죽인 거야?"

표현이 서툴게 들렸지만, 맞는 말이었다. '그런 식으로.' 목구멍을 갈라 그 틈으로 혀를 빼낸 방식으로. 대답하기가 어려웠다.

"정부가 잘못했다는 뉘앙스의 기사를 쓴 그 사람을 용서하지 않은 거지."

"내가 왜 이런 걸 묻는지 모르겠어. 미안해."

초인종이 울렸다. 산티아고가 나무 대문 쪽을 바라보았다. 나는 검지를 입술로 가져갔다. 아무 말도 하지 마. 아무 짓도 하지 마. 움직이지도 마. 나는 부서진 달걀 껍데기를 식탁보에 뭉개며 만지작거렸다. 초인종이 한 번 더 울렸다. 그 소리가 우리 머릿속에서는 몇 년을 지속했다. 카라카스 같은 도시에서 누군가 초인종을 누른다는 건, 장담컨대, 결코 좋은 소식이 아니었고 우리가 처한 상황에서는 더욱 아니었다.

입도 벙끗하지 않은 지 10분이 지났다. 복도에서 발소리가 들렸다. 문구멍에 눈을 가져다 댔다. 평상복을 입은 남자 셋이 보였다. 제복이라고 할 법한 옷, 그러니까 혁명의 아이들이 입는 빨간 티셔츠나 볼리바르 국가정보원이 입는 검은 조끼는 아니었다. 국가방위군이 입는 올리브색 군복도 아니었다. 그래도 어딘지 범죄자의 분위기를 풍겼다. 그중 하나, 3인조의 대장처럼 보이는 남자가 대문 앞에 멈춰 섰다. "이 집이 아니야, 하이로. 다른 집이야." 다른 남자 하나가 말했다. "넌 닥쳐, 병신아." 대장처럼 보이는 남자가 욕설을 퍼붓고는 우리 집이었던 아파트 쪽으로 몸을 틀었다.

남자가 초인종을 누르는 소리가 식당 벽을 타고 넘어와 우리에게까지 들렸다. 나는 무서웠다. 산티아고가 문제였다. 산티아고도 그 사실을 알았다.

문을 열어주러 나가는 여자가 슬리퍼를 질질 끄는 소리가 들리자 더 무서워졌다. 무슨 목적의 방문일까? 무슨 의미일까? 그들이 빈집이라고 생각하는 이 집도 쳐들어올 작정인가? 산티아고 때문에 온 건가? 복도가 어두워서 또렷하게 볼 수 없었다. 문에 양손을 붙인 채, 나는 기차를 멈추겠다고 애쓰는 기분이 들었다. 혁명군이라는 기관차를 몸으로 막고 서 있는 듯했다. 발전을 저해하는 적이 탈선해서 우리를 향해 달려오고 있었다.

산티아고가 문 쪽으로 다가왔다. 손을 모으면서 자기도 보게 해달라고 했다. 산티아고의 목을 치러 올 만한 사람들의 인상착의를 알 수 있는 사람이 있다면 그건 그 애 본인이었으므로, 옆으로 비켜서 기다렸다. 보안관이 문간에 나오더니 방문객들을 안으로 들였다. 레게톤을 끄더니 대장처럼 보이는 남자가 데려온 다른 남자 둘과 함께, 자기가 부리는 맹수들을 아래로 보냈다. 나는 안방으로 갔다. 곧이어 산티아고가 들어왔다. 그들이 무슨 말을 하는지 같이 들을 수 있도록 자리를 내주었다. 대화는 질질 끌지 않고 직선적이었다. 남자의 말로 미루어 보아, 보안관과 그 부하들이 벌이는 짓거리를 위에서 알고 있다는 내용을 이해할 수 있었다. 그리고 그들 마음에 조금도 들지 않는다는 사실도. 보안관의 영역에도 한계가 있는 듯 보였고 남자는 그런 사실을 아주 분명하게 전하러 온 것이었다. 혁명군 내에는 계층과 계급과 할당분이 있었고 보안관은 선을 넘기 시작한 참이었다.

"아주 분명히 해두지." 방문객이 보안관에게 말했다. "자네 형제가 식품부에서 일하는 거 알아. 생산 및 공급 지역 위원회에서 배급하는 식량 꾸러미를 자네가 추가로 챙기는 것도 알지. 식량을 되팔면서 자네 배가 터질 지경인데, 더 나쁜 게 뭔지 아나. 이익을 나누지 않는다는 거야. 바람직하지 않은 일이지."

보안관은 대답이 없었고, 그녀가 무슨 표정을 지었는지는 모르지만 어쨌든 우리에게는 보이지 않았다.

"이것 봐, 내 말 듣고 있는 거야?" 남자가 빠르게 말했다. "자네가 동포들의 식량을 권력자들한테 판다는 거, 다들 안다고. 전부 여기에 보관하는 것도 알지. 그러면 안 돼. 사령관님께서는 당신의 유산을 지키려는 사람을 원하시지, 자기 배를 채우려는 사람을 원하시는 게 아니야. 이 나라에서 한 사람의 것은 곧 모두의 것이라고."

"이건 제 겁니다. 제가 먼저 점찍었으니까요." 마침내 보안관이 대답했다.

"저런, 자네 것이 아니야. 머릿속에 잘 새겨두라고. 우리는 사령관님의 명성을 이용해먹는 사람들을 좋아하지 않아. 자네는 아주 이기적으로 나오는군. 두 번 말 않겠네. 위원회에서 배급한 식량 상자를 전부 우리에게 넘기면 우리도 자네를 내버려두겠네, 그러지 않으면 전쟁 시작이지."

산티아고와 나는 벽에 몸을 바싹 붙인 채 서로를 바라보았다. 보안관에게서 허세가 달아나버렸다.

"제가 나쁜 짓을 하는 게 아니라굽쇼, 다들 그럽디다." 보안관의 어조에 힘이 없었다.

"상자 넘길 거야, 말 거야?" 남자가 소리 질렀다.

보안관은 대답하지 않았다.

"두 번 말 안 해. 이 짓거리로 계속 재미를 본다는 게 내 귀에 들어오면, 그땐 숨을 시간도 없을 줄 알아. 머리통에 잘 새겨둬, 두 번째 경고는 없으니까!"

더 길고 숨 막히는 침묵이 이어졌다. 문이 열리고 방문객이 문을 쾅 닫는 소리가 나고서야 비로소 침묵이 깨졌다. 몇 분 후 여자들이 올라왔다. 보안관은 고함을 지르며 부하들을 맞았다.

"이 염병할 것들 다 챙겨, 우린 내일 당장 떠난다! 너! 너는 꿍쳐둔 꾸러미들 전부 꺼내서 팔아버려! 분배해야 할 것들은 오늘 당장 처리하고!"

"너무 많은데요." 여자 하나가 말했다.

"알아서 처리해. 내가 준 목록은 어디다 두고? 찾아서 얼마나 있는지 확인해. 오늘 밤에 일이 터질 거야, 그러니까 그 전에 이 빌어먹을 것들 다 밖으로 빼돌린다. 알아들었지? 뭐 해, 서둘러!"

"그런데 위원회에서 받은 음식들은 전달해야 할 텐데요, 팔면 안 되잖아요." 여자가 다시 말대꾸했다.

"나도 알아, 멍청아. 그 종이 이리 줘봐." 보안관이 읽기 시작했다. "라모나 페레스, 이 친구한테는 식량 꾸러미 주고. 일 처리 깔끔하고 괜찮은 혁명가야. 후안 가리도인지 뭔지, 이 친구한테도 주고. 시위에 나가는 친구야. 도밍고 마르카노, 이 새끼는 안 돼. 이 개새끼한테는 물도 주지마."

"하지만 전부 다 전달하라고 명령받았는뎁쇼."

"신경 안 써, 애송아. 신경 안 쓴다고. 배급하지 않는 것들은 팔기로 한다. 알아들었나? 뭘 꾸물거려. 이 사달 난 거 내가 해결하는 동안 얼른 움직여!"

"보안관님." 다른 부하가 말했다. "혁명군에게서 받은 식량인뎁쇼. 사령관님의 결정을 보안관님 마음대로 바꾸시면 안 되지 않습니까."

"여기서는 내가 사령관이야."

아무도 감히 입을 열지 못했다.

산티아고와 나는 여자들이 슬리퍼를 질질 끌며 짐을 옮기는 소리를 들었고, 그 소란은 30분간 계속됐다. 여자들이 떠나자, 보안관이 물건들을 부수기 시작했다. 하나씩 하나씩. 뭘 망가뜨리고 있을까? 이미 다 부숴버린 마당에 더 산산조각 낼 게 남아 있기라도 했나? 바닥에 내리꽂히는 물건 하나하나는 서류들과 엄마의 유품을 빼내 오려던 내 비밀스러운 희망에 가해지는 망치질과도 같았다. 나는 소리 지르지 않으려고 두 손으로 입을 틀어막았다. 산티아고가 내 팔을 잡아끌며 거실로 데려가려고 했지만, 홱 하고 뿌리쳤다. 침대에 대고 발길질 시늉을 했다. 소리를 낼까 무서워 진짜로 찰 수도 없었다. 그들은 내게서 전부 앗아 갔다. 소리 지를 권리까지도.

그날 오후 나는 손에 쇠갈고리가 달려 있었으면 했다. 치명적인 풍차처럼, 팔 한 번 휘두르는 것으로 다 죽여버릴 수 있게. 어찌나 세게 악물었는지 깨져버린 어금니를, 화강암 바닥 위에 조각조각 뱉어냈다. 부러진 이로, 저주를 퍼부었다. 나를 추방한 국가에, 이제 더는 구성원이 아니었음에도 여전히 내가 속해 있던 국가에. 내 안에서 증오가 자라났다. 증오는 점점 단단해지더니, 내 배 속에 못처럼 자리 잡았다.

산티아고는 포도주병을 들고 방으로 돌아왔다. 그러더니 벌컥벌컥 길게 들이마셨다. 산티아고가 내게 병을 건네자 나도 그를 따라 했다. 우리는 새로 생겨난 유대감에 한마음이 되어, 말없이 포도주를 들이켰다.

"아직도 내가 그놈들 중 하나라고 생각해? 말해봐, 내가 그런 짓까지 할 수 있을 걸로 보여?"

나는 그의 손에서 병을 낚아채 마지막 한 방울까지 비웠다.

"산티아고, 나는 지쳤고 무서워."

산티아고가 고개를 끄덕였다.

"나도 그래, 누나."

우리는 무서웠다.

우리가 감당할 수 있는 만큼보다 훨씬 더.

총소리에 잠이 깼다. 지난밤처럼, 산탄이 터지고 여기저기서 폭발이 일어났다. 내가 어디에 있는 건지 알아차리기까지 시간이 조금 걸렸다. 신발이 없었다. 나는 이불에 칭칭 감싸인 채 베개에 파묻혀 있었다. 방문은 닫혀 있었다. 나는 일어나 옷장으로 달려갔다. 마지막 서랍을 열었다. 신분증과 돈이 침구에 싸인 채, 그대로 무사했다. 거울을 봤다. 푸석푸석해서는 퉁퉁 부은 모습이었다. 한 마리 두꺼비가 된 나는 거실로 나갔다.

산티아고가 정리와 청소까지 모두 마친 후였다.

"떠났어."

"알아." 나는 눈을 비비며 대답했다.

"들어가자. 문을 부수지 않고 들어갈 방법을 알아."

"네 생각에는……?" 말도 안 되는 희망의 빛 한 줄기가 내 마음을 밝혔다.

"아니, 누나. 놈들은 다시 올 거야. 그 남자가 하는 말 못 들었어? 되찾고 싶은 게 있으면, 지금이 기회야. 아주 개판을 쳐놨으니 아무도 우리가 들어갔다는 사실을 눈치 못 챌 거야. 그리고 눈치챈다고 한들, 장담컨대, 그게 누나일 거라고는 꿈에도 생각 못 할걸."

산티아고의 논리가 그럴듯하게 들렸다. 우리는 사방을 둘러보며 복도로 나갔다. 산티아고는 고기 써는 칼과 옷걸이를 들고 나갔다. 칼날로 잠금장치를 누르고 그 틈으로 옷걸이를 집어넣어 자물쇠를 열었다. 문이 스르르 열렸다.

집 안에는 똥 냄새가 지독했고 가구의 반은 사라졌다. 엄마의 옷과 수첩이 담겨 있던 상자들은 헤집어진 채 방 여기저기에 흩어져 있었다. 보안관이 죄다 망가뜨려놓았다. 내 컴퓨터, 식탁, 변기 뚜껑, 세면대. 전등이란 전등에서 전구를 모조리 빼냈고 내키는 곳 아무 데나 똥을 싸두었다. 내가 자란 집이 똥통으로 변해버렸다.

나는 검은 비닐봉지를 하나 들고 유일하게 살아남은 그릇 둘, 엄마의 졸업 사진 한 장과 팔콘 펜션에서 이모들이랑 찍은 사진 두 장을 그 안에 넣었다. 산티아고는 문밖을 감시하고 있었다.

내 옷장을 열었다. 티셔츠 한 장 남지 않았다. 신발장 아래 숨겨둔 작은 서류함에서 집문서와 법률 문서를 꺼냈다. 내 여권과 엄마의 사망진단서. 책상 위에는 반쯤 탄 양초들이 그득했고 내 원고가 있던 자리에는 참수된 성상이 몇 개 놓여 있었다. 숨을 들이쉬자 끈적끈적하고 기름진 변소 냄새가 훅 들어왔다. 나는 쌓여 있는 상자 더미 앞에 멈춰 섰다. 밀봉된 상자들에는 상자를 받아야 할 사람들의 이름이 붙어 있었다. 엘 윌리(네그로 프리메로 최전방), 베트사이다(바리오 아덴트로 최전방), 유스나비 아길라르(라피에드리타 혁명단)……. 제멋대로 만들어낸 이름들, 영어 단어를 섞어 만든 천박하고 터무니없는 그 이름들로 그들은 세련된 버전의 자기 자신을 만들어내고자 했다. 그 가엾은 인간들에게는 커피 1그램도, 배급받은 식량 상자에 담긴 쌀 한 봉지조차도 돌아가지 않을 터였다. 그들을 구제했던 혁명군은 가능한 모든 수단을 동원하여 그들에게서 탈탈 털어 갔다. 가장 기본적인 최초의 약탈, 그러니까 존엄을 빼앗긴 후에는 보안관의 약탈이 이어졌다. 보안관은 그들에게서 식량 꾸러미를 훔쳐서는 암시장에 내다 팔며 자선으로 둔갑한 뇌물로 두 배 혹은 세 배를 벌어들였다. 약탈당한 게 나뿐이 아니라는 사실을 알게 되자 마음이 놓였다. 이 쓰레기와 도둑질의 제국 안에서는 서로가 서로에게서 훔친다는 사실에 기뻤다.

서재는 텅 비어 있었다. 내 책들로 대체 무슨 짓을 했을까? 책이 많이 모자랐다. 《진창의 아이들》, 《녹색의 집》, 《가족의 궁지》, 《먼지에게 물어봐》를 어디로 가져갔을까? 화장실에 가자마자 그들이 책들로 무슨 짓을 했는지 알 수 있었다. 에우헤니오 몬테호와 비센테 헤르바시 총서는 화장실 휴지가 되어 배관을 막아버리는 데 쓰였다. 나는 깨진 어금니를 혀로 핥으며, 침묵 속에 되뇌었다. '지금은 아니야, 아델라이다.'

울어봐야 아무짝에도 쓸모없었다.

물건들을 주워 담은 검은 봉지를 보고 집 안을 다시 한 번 훑어보았다. 그 집에 걸맞던 이 세상 마지막 거주자들은 엄마와 나였다. 우리 엄마와 우리 집, 이제는 둘 다 죽어버렸다. 국가도 죽어버렸다.

우리는 아무 말 없이 나왔고, 아우로라 페랄타네 집에 들어가 문을 닫기 전까지는 계속 입을 다물고 있을 작정이었다.

산티아고가 싱크대 밑에서 찾은 공구 상자를 들고 나타났다. 나사못 몇 개와 작은 쇠막대기로 빗장을 더 튼튼하게 만들고 걸쇠를 두 개 더 달았다.

"이걸로 아무도 막지는 못하겠지만, 그래도 없는 것보단 낫지. 그 여자들이 안 돌아오면 누나네 집에 다시 들어갈 작정이야?" 산티아고가 나무에 나사를 단단히 조이며 물었다.

나는 몇 초간 조용히 있었다.

"여기 오래 있을 생각은 아니야, 15일은 넘기지 않으려고 해."

"2주를 더 버티겠다고?"

"응, 버틸 거야." 나는 단칼에 대답했다.

내 안에서 타들어가고 있는 게 정확히 무엇인지 알 수 없었다. 불쾌함인지, 앞으로 무얼 해야 할지 모른다는 두려움인지, 아니면 내 계획이 무엇이든지 간에 산티아고가 끼어들리라는 의심인지 몰랐다. 어쩌면 세 가지 모두가 한데 합쳐져 마음에 그늘을 드리우는 것인지도 몰랐다. 그동안 산티아고는 드라이버로 나사를 조이고 풀면서 문에 걸쇠를 더 달고 있었다.

"이 정도로 해두면 들어오려는 사람이 마음을 고쳐먹을 순 있겠지만, 그렇다고 누나가 안전하다는 건 아니야. 여기서 나가야 해."

밖에서는 최루탄이 터지고 있었다. 최루가스가 다시 대기에 흠뻑 스며들었다. 그마저도 이제 익숙해지고 있었다. 이제 며칠 전처럼 메스껍지 않았다. 거리의 고함은 점점 더 커졌다. 나는 커튼 뒤에 숨어 밖을 내다보았다. 한 무리의 소년들이 나무판자를 방패 삼아 국가방위군의 저지선을 뚫으려 하고 있었다. 병력을 증강한 국가방위군은 이제 그 수가 훨씬 많았다. 그들은 근거리에서 시위대에게 최루탄을 쏘아댔다.

산티아고가 내 옆으로 왔다.

"나는 내일 떠날 거야. 누나도 그래야 할 거고."

산티아고의 어조가 낯설고, 무뚝뚝하게까지 들렸다.

"오늘 밤은 어젯밤보다 끔찍할 거야." 내가 말했다. "나는 방에 들어갈래."

나는 파괴의 흔적을 남기면서 걷는 기분으로 복도를 지났다. 내 물건들이 담긴 검은 봉지를 열어 침대 위에 펼쳤다. 집문서를 집어 들었는데, 읽기가 어려웠다. 자연광이 벌써 서서히 희미해지고 있었지만, 전구 하나도 켜고 싶지 않았다. 적어도 그 여자들이 돌아오지 않으리라는 확신이 들기 전까지는. 아니, 그 이후에도 마찬가지일 터였다. 더는 아무 일도 일어나지 않으리라고, 새로운 깡패들이 들이닥치지 않으리라고 누가 보장할 수 있을까? 어느 모퉁이에서 누군가 내 목을 베어버리지 않으리라고, 나를 납치하는 일은 없으리라고 누가 확신할 수 있을까? 아무것도 이전처럼 돌아갈 수는 없을 터였다. 그리고 내가 두 번째 총알을 피할 수 있으리라고 기대할 수는 없었다.

아우로라 페랄타의 죽음이 내 앞길에 마련해준 으뜸 패로 무언가 해야 했다. 어쩌면, 안 될 건 없으니까, 내가 아우로라 페랄타가 되어볼 수도 있었다. 시도는 해볼 만했다.

어둠에 싸인 그 방에서, 나는 결정을 내렸다. 후퇴는 없었다.

바닥에 앉아서, 눈을 감고 총성을 세기 시작했다. 하나, 둘, 셋, 넷. 이따금, 누가 기관총을 쏘기라도 하는 듯 다섯 혹은 여섯 번까지 들리기도 했다. 총격이 거세졌다. 최루탄도 마찬가지였다. 지난날보다 진압 수위가 훨씬 심각했다. 조국의 기동부대는 건물들을 향해 돌진했다. 그들이 지나간 자리에는 깨진 유리창이 남았다. 호송대의 엔진 소리는 끝이 보이지 않는 전쟁의 배경음이었다. 그때, 우리 건물 입구에서 소란스러운 소리가 들려왔다.

커튼 뒤에 몸을 숨긴 채, 발코니를 내다보았다. 국가방위군 대원 예닐곱 명이 산탄총으로 공동 현관문을 내리치고 있었다.

"열어! 염병할 문 열어! 그 안에 있는 거 다 알고 왔으니까!"

몸을 돌려 산티아고를 바라보았다. 산티아고는 손에 공구 상자를 들고 어정쩡한 자세로 방문 앞에 서 있던 참이었다. 그 애가 턱짓으로 신호를 보냈다. 우리는 건물 주차장 쪽으로 난 부엌 창문까지 뛰었다. 유리창을 통해 내다보니, 가면으로 얼굴을 가린 방위군 대원 열 명이 지나가는 게 보였다. 이웃들은 집 안에서 소리를 질러댔다. 1층에서 무슨 일인가 벌어지고 있었다.

"여긴 아무도 없소!" 남자 목소리가 대답했다.

"아니, 청년, 여기 아무도 없다니까!" 건물 2층 창문에서 다른 사람들이 외치는 소리가 들렸다.

"문 열어, 씨발 놈아, 당장 안 열면 쏜다!" 국가정보원 요원이 대꾸했는데, 검은 조끼와 국방색 바지 제복을 보고 알 수 있었다. "집에 테러리스트들 숨겨주고 있는 거 다 알아!"

우리는 놈들이 발버둥 치며 저항하는 젊은 여자의 머리채를 붙잡고 끌고 가는 모습을 보았다.

"내 이름은 마리아 페르난다 페레스, 저들이 나를 체포합니다! 나는 아무 짓도 안 했습니다! 내 이름은 마리아 페르난다 페레스, 저들이 나를 체포합니다! 나는 무죄입니다! 나는 아무 짓도 안 했습니다! 그저 시위할 뿐입니다! 내 이름은 마리아 페르난다 페레스, 저들이 나를 체포합니다! 나를 잡아가고 있어요! 나를 잡아갑니다!"

"닥쳐, 썅년아! 테러리스트! 버러지 같은 년!" 군인이 여자의 배를 발끝으로 걷어차며 말했다.

그러고는 젊은 남자 넷까지 난폭하게 끌어냈다. 한바탕 폭격이 일어나는 동안 몸을 피하도록 1층 이웃이 숨겨주고 있던 시위자들이었다. 군인들이 시위자들에게 수갑을 채워 데려갔다. 저항할 때마다 그들은 바닥으로 고꾸라졌고 다시금 배를 걷어차였다.

"청년들을 풀어줘라!" 위층 이웃들이 소리쳤다.

"평화 시위를 하는 중이라고!"

"그저 애들일 뿐이잖소! 청년들을 놔주시오!"

"살인자들! 개새끼들!"

"동영상 찍어, 동영상 찍어, 동영상 찍어!"

마지막으로 잡혀 나온 사람은 1층 이웃 훌리안으로, 수

갑을 찬 채 맨발을 질질 끌며 걸었다. 군인들은 작은 마체테로 툭툭 치며 훌리안을 앞으로 몰았다. 그는 반바지에 민소매 티셔츠 차림이었다.

"너도 테러리스트나 마찬가지야, 자식아, 너도 한통속이라고. 우리가 네놈을 감옥에 처넣으면 거기서 몇 년은 못 나올 거야. 알겠냐?"

군인들은 시위자들을 국가방위군의 트럭 철창에 집어넣었다. 산티아고와 나는 아무 말도 하지 않았다. 소리도 지르지 않았다. 우리는 홈통 끝에 달린 이무기 석상처럼 보였다.

"내일 당장 떠날 거야, 누나. 내일 당장." 산티아고가 되뇌었다.

트럭이 언덕 아래로 멀어져가는 모습을 지켜보았다. 탄환과 연기 구름 사이로 사라질 때까지 눈으로 좇았다. 서두를 것 없다고, 필요하다면 며칠 더 머물러도 좋다고 산티아고에게 말하고 싶었다. 몸을 돌렸을 때, 산티아고는 이미 없었다. 나는 그 모든 소란으로부터 숨으려고 안방으로 돌아갔다. 그날 본 것으로부터, 그리고 그 전날, 그 전 전날 본 것으로부터. 머리가 아프기 시작했고, 매일 온종일 경계 태세로 지내느라 온몸이 벌을 받는 듯 느껴졌다.

나는 방문을 열어두었다. 산티아고가 내게서 훔칠 작정이었다면, 진즉에 훔치고도 남았으리라. 침대 위에 고이 놓인 여권이며 서류들이 쓸모없는 물건 같다는 생각이 들었다. 진짜 세상은 길 위에서 벌어지고 있었고 터무니없는 힘으로 우리를 짓눌렀다. 다른 사람들이 감옥에 끌려가거나 죽어나가는 동안 침묵을 지키고 그저 바라보는 것이 일상이 되어버렸다. 우리는 아직 살아 있었다. 동상처럼 뻣뻣했을지언정, 살아 있었다.

무릎을 끌어안고 바닥에 앉았다. 감시당하는 기분이었다. 어쩌면 미쳐가고 있었는지도 모른다. 티셔츠에 인쇄되어 있거나 도시의 담벼락에 붙어 있는 사령관의 눈이 곧장 나를 응시하고 있었다. 나는 무릎에 이마를 기대고 나를 투명 인간으로 만들어달라고, 아무도 내가 무슨 생각을 하는지 무얼 느끼는지 알 수 없게 투명 망토를 내려달라고 신에게 기도했다.

문간에서 산티아고를 보았을 때, 나는 기절초풍하는 줄 알았다.

"누나, 괜찮아. 나야."

산티아고라는 걸 알았다. 당연히 그 애라는 걸 알았다. 하지만 몸이 말을 듣지 않았다. 식은땀이 온 피부를 뒤덮었고 떨림은 경련으로 변했다. 심장이 통제 불능으로 마구 뛰었고, 가슴이 아프기 시작했고, 호흡이 완전히 흐트러졌다. 나는 물에 빠진 사람처럼 신음을 내뱉기 시작했다. 그럴수록, 더 겁이 났다. '소리를 내면 안 돼.' 몇 번이고 되뇌었다.

산티아고가 내 어깨를 잡고 집 안에서 최루가스 냄새가 못 견딜 정도로 심하지는 않은 유일한 장소인 부엌으로 데려갔다.

"이걸로 숨 쉬어봐."

산티아고가 빵 냄새가 나는 낡은 종이봉투를 건넸다.

"코랑 입에 봉투를 바짝 갖다 대. 숨을 들이쉬고, 더 천천히. 호흡해."

압박감이 잦아들기 시작했다. 공포가 느슨해지면서 새로운 기분, 수치와 부끄러움이 뒤이어 생겨났다. 가슴 떨림은 멈췄고 통증은 공허함으로 변했다. 산티아고는 미동도 없이 나를 바라보았다. 인접한 건물에서 번쩍이는 빛이 그 애의 탁한 눈에 비쳤다. 동공에서 강이 보였다. 나는 다시 검지를 입술에 가져다 댔다. "쉿. 쉿. 쉿." 산티아고가 거울처럼 내 손짓을 따라 했다. 우리는 거실로 나갔다. 나는 그 애의 어깨에 기댄 채, 눈먼 사람처럼 부축을 받으며 갔다.

소파 등받이에 등을 붙이면서 허리를 펴고 앉았더니, 돌연 폐가 열리고 혈관에 다시 산소가 돌면서 정신이 돌아오는 게 느껴졌다. 산티아고가 머리를 지압해주었다. 머리털을 치워가며 손끝으로 머리뼈 아래를 눌렀는데, 목부터 어깨까지 지그시 누르며 원을 그리면서 내려갔다. 나는 입술에 대고 있던 검지를 내렸다. 우리는 오랫동안 서로를 바라보았다. 서로의 존재를 확인하기라도 한다는 양 서로의 얼굴을 만졌다. 그 죽어가는 나라에서 아직 아무도 우리를 죽이지 않았다는 사실을 확인하려고 서로를 더듬었다.

눈을 떴을 때는 낮이었다. 산티아고는 이미 가고 없었다. 약속했던 대로, 떠나버렸다.

그 이후로 나는 그 애를 한 번도 보지 못했다.

중개인은 실리적인 남자였다. 요점만 말했고 내가 왜 그 서류들을 원하는지는 별 관심도 없어 보였다. 한편, 아우로라 페랄타의 이름으로 발행되는 여권과 신분증을 발급받으려면 6백 유로를 내야 했다. 다른 상황이었더라면 그보다는 덜 들었을 터였다.

"빨리 받으려면 더 내야죠." 남자가 말했다.

커피를 마시겠느냐고 물었다. 그가 고개를 저었다. 내가 건넨 서류에서 눈 한번 안 떼고, 증명사진과 백지에 쓰인 아우로라 페랄타의 서명을 훑었다. 그녀의 신분증에 종이를 대고 내가 따라 그린 것이었다.

"정말 아무것도 안 마셔도 괜찮으시겠어요?"

남자는 다시 고개를 저었다. 우리가 만난 카페의 진열대에는 딱히 살 만한 게 없었다. 초콜릿 전문점인데 초콜릿도, 우유도, 빵도, 케이크도 없었다. 텅 빈 냉장고, 파리, 혁명의 아이들이 쿠바에서 수입해 온 공산주의 상표로 얼마 못 가 공급이 중단된 코펠리아 아이스크림 로고가 그려진 냉장고에 쌓여 있는 탄산음료뿐이었다. 나는 아무것도 안 시키기는 뭣해서, 생수 한 병을 주문했다. 중개인은 작은 공책을 꺼내더니 무언가를 적었다. 그러고는 공책을 덮고 잘 보이게 두었다.

"화장실에 가서 이 안에 2백 유로를 넣으세요." 그가 입술로 공책을 가리키며 아주 작은 소리로 말했다. "길에서 헤어질 때 돌려주시면 됩니다."

나는 위층 화장실로 갔다. 출구와 가장 가까운 칸에 들어갔다. 소변을 보면서 반으로 접은 50유로짜리 지폐 넉 장을 모눈종이 공책에 끼워 넣었다. 공책을 가방에 넣고, 손을 씻은 후 자신만만하게 걸어 나갔다. 중개인이 길에서 나를 기다리고 있었다. 그에게 공책을 건넸다. 우리는 통행인으로 붐비는 시각, 혁명 광장의 중앙에서 헤어졌다.

일요일마다 엄마가 나를 데리고 가던 그 광장의 한복판에 나는 꼼짝 않고 서 있었다. 꼭대기에 종탑이 달린 가짜 석고 벽으로 하찮은 꼬락서니를 무마하려는, 주랑 현관도 없는 처량한 대성당을 올려다봤다. 광장을 둘러싸고 있던 모든 것은 이름이 바뀌었거나 사라졌다. 아직 버티고 서 있는, 1백 살은 먹었을 나무 몇 그루가 국가보다 더 질기고 장수하는 듯 보였다. 카라보보 전투의 애국지사 부대처럼 차려입은 군인들 한 무리가 시몬 볼리바르 동상에 경례하고 있었다. 성긴 천으로 잘라 만든 군복은 제복이라기보다는 분장 의상에 가까워 보였다. 나는 설교사와 전도사들 틈을 헤치고 앞으로 나갔다. 빨간 티셔츠를 입은 사람들이 무리 지어 모이는 구역, 라에스키나칼리엔테를 따라 올라갔다. 지지자들은 그곳에서 메가폰을 들고 영원하신 사령관님의 위업을 떠들어댔다. 모두 새 국기를 들고 있었다. 정부가 여덟 번째 별을 더해서 만든 국기였는데, 별은 정부가 지어낸, 되찾은 주(州)를 상징했다. 추종자들이 벌이는 무질서한 혼란 가운데, 라틴아메리카의 해방자—그를 그렇게 불렀던 건 어쩌면 라틴아메리카 특유의 군사 독재자적 면모 때문인지도 모를 일이다—, 시몬 볼리바르의 거대한 초상화 두 점이 군국주의적이고 장례식 분위기를 풍기는 장면을 연출했다. 인쇄소에서 바로 뽑아 온 것이라 할 만큼 포스터는 새것이었다. 모든 국민이 보고 자란 독립 영웅의 이미지를 대체하기 위해, 혁명군이 배급하고 모든 공공기관에 걸게 한 새 포스터 중 일부였다.

시몬 볼리바르의 새로운 외관에는 우리가 여태 알고 있던 원래 외모와 다른 변화가 있었다. 볼리바르의 피부색은 더 짙어졌고 19세기 백인 크리오요의 것이라고는 결코 상상할 수 없을 특징들이 더해졌다. 민족 영웅의 잔해 발굴과 유전자 분석 작업, 그러니까 혁명군의 지시하에 펼쳐진 정치적이라기보다는 시간(屍姦)적인 의식에 가까웠던, 국가 영묘에서 볼리바르의 잔해를 파헤치는 과정에서 조국의 아버지의 DNA에 물라토라는 새로운 뿌리가 더해진 듯 보였다. 볼리바르는 이제 페르난도 7세에 맞서 무장하고 몸을 던진 스페인 사람의 후손이라기보다 네그로 프리메로*와 더 비슷해 보였다. 조국의 아이들이 뜯어 고친 과거에는 엉터리 같은 구석이 있었다. 우르다네타 대로 방향으로 걸으면서 나는 그 모든 걸 뒤로하기 직전이라는 확신이 들었다. 경멸과 두려움이 뒤섞인 감정이 나를 내 나라로부터 떼어놓았다. 《증거 모으기》의 토마스 베른하르트처럼, 나는 내가 태어난 장소를 증오하기 시작했다. 내가 사는 곳은 빈이 아니라, 아수라장의 한복판이었다.

"아아, 마음아!"

* 본명은 페드로 카메호(Pedro Camejo)로, 베네수엘라 독립전쟁 중 1821년 카라보보 전투에서 전사한 장교. 시몬 볼리바르의 군대에서 유일한 흑인 장교이자 항상 전방에서 싸웠기 때문에 'Negro Primero(최초의 흑인)'이라는 별명이 붙었다.

아우로라 페랄타가 되는 과정은 이미 시작되었고, 그녀 행세를 하는 첫 단계는 성공적으로 통과했다고까지 말할 수 있었다. 나는 내 사이즈보다 세 치수는 더 큰 그녀의 옷을 입고 스페인 영사관에 방문했다. 내 옷은 예전 우리 집 옷장에 있었다. 42사이즈의 원피스와 바지 말고는 입을 옷이 하나도 없었다. 너무 일찍 나이 들어버린 여자의 잿빛 옷차림에 익숙해지는 데 며칠은 걸렸다. 나는 그야말로 재앙 같은 외모의 변화를 들여다보며 거울 앞에서 여러 시간을 보냈다. 날마다 반복하는 자기 암시에도 뚜렷한 발전은커녕, 완전한 파괴만 보일 뿐이었다.

아우로라 페랄타의 커다란 검정 원피스를 입고 전자여권에 들어갈 사진을 찍기 위해 영사관의 작은 디지털카메라 앞에 섰을 때, 나는 미소를 지어야 할지 신분증 사진들이 으레 그렇듯 변비에 시달리는 듯한 표정을 지어야 할지 몰랐다. 결국에는 불행하고 기만적인 표정이 나왔고, 그렇게 찍힌 사진이 들어간 여권이 내 손에 들려 있었다.

영사관 문을 나서면서 유럽연합-스페인이라는 단어가 황금빛 글자로 각인된 그 작은 수첩을 열어보았다. 내 얼굴은 이제 내가 속하지 않은 영토와 연령에, 타인의 것이기에 상상할 수 없는 기쁨과 불행의 역사에 속해 있었다. 나는 내가 전혀 알지 못했던 삶, 아우로라 페랄타의 인생에 당장 뛰어들어야 했다. 베네수엘라에서 탈출하게 해줄 신분증을 받기 위한 차례를 기다리느라 문 앞에 길게 줄 선 스페인 사람들의 자식과 손주들을 보며, 불행 중 다행이라는 기분이 들었다. 나는 그 여자가 아니었고 완전하게 그 여자가 될 일도 결코 없을 터였다. 검과 벽 중에서 고르라면, 언제나 검을 택할 수 있는 법이다. 그 여권은 내 무기, 부정하게 손에 넣은 엘시드의 검이었다.

후회할 때가 아니야, 나 자신에게 말했다. 지나간 일은 지나간 일일 뿐이야.

내 의무는 살아남는 것이었다.

산티아고가 떠난 후로, 죄다 나빠지기만 했다. 보안관과 부하들은 더 강해져서 돌아왔다. 색색의 레깅스에 몸을 쑤셔 넣은 다른 여자들 열 명을 더 데리고 나타났다. 모두가 먹지 못해 죽어가는 곳에서 그들의 몸집은 어처구니없을 정도로 비대했다. 그들 중 다섯은 1층의 빈 상점들을 점령했는데, 그것 역시 식민 작전의 일부였다. 점령당한 상점 중 한 곳에는 '해방을 도모하는 여성들 최전방'이라고 쓰인, 급조한 벽보가 붙은 본부를 차렸다. 나머지 다섯은 보안관의 명령을 따라 움직였다. 이제는 식량 상자를 쌓아두는 창고가 되어버린 예전 우리 집에서 온종일 부산스럽게 돌아다녔다.

보안관은 그녀의 사업을 망치려고 했던 남자와의 싸움에서 이긴 게 틀림없었는데, 사업은 이제 규제받는 생필품이 거래되는 암시장에서 번창하고 있었다. 보안관에게 상황은 호의적으로 돌아갔다. 온종일 사람들이 드나들었다. 그들은 음식이 담긴 봉지며 꾸러미들, 화장지가 넘치도록 담긴 거대한 상자들을 질질 끌고 다녔다. 어떤 물건을 시중에서 구하기 어렵다면, 그 여자들이 가지고 있었다. 그들은 식품 공급이 부족해지자 절반은 텅 빈 가게들의 선반을 숨기려는 의도로 혁명군이 설치한 직거래 장터, 민중 시장에서 팔리던 금액의 두세 배를 받았다. 그 여자들은 사슬의 중심이었고, 암시장의 주주였다.

보안관이 우리 건물을 선택한 것은 민중 시장이 있는 구역과 가까운 동시에 주변의 다른 가게들과 경쟁할 수 있기 때문이었다. 다른 가게들에는 물건이 조달되지 않았고, 혁명의 아이들은 가게 주인들이 사재기를 한다고 덮어씌웠다. 혁명군의 지원을 받지 못하는 배고픈 중산층이 거주하는 사막에서, 보안관은 선택권을 빼앗긴 고객층을 넓혀나갔다. 고위관리직들이 자본주의에 일조하던 투기의 법칙에 따라, 보안관과 그녀를 비롯한 다른 이들 역시 제 주머니를 채워나갔다.

여자들이 예전 우리 집에서 자는 일은 드물었다. 그들은 집을 재고를 정리하는 용도로 사용했다. 밤중 그들의 부재는 내게 최소한의 평화를 내주었다. 나는 모든 일을 밤 10시 이후에 처리했다. 샤워하기, 부엌에서 간단한 음식 차려 먹기, 물건 움직이기, 조금은 더 편하게 걷기 따위의 일들. 하지만 절대 불만은 켜지 않았다. 이웃들은 그들에게 맞서 싸우려고 했다. 가장 먼저 긴급 작전을 도모한 것은 펜트하우스의 글로리아였다. 글로리아는 공동의 방어 전략을 계획해야 한다며 집집이 돌면서 이웃들을 소집했다. 아우로라 페랄타네 집 초인종은 두 번 울렸다. 어둠 속에서, 마치 관 속에 있는 것처럼, 나는 미동조차 하지 않았다. 하루는 그녀가 이웃 두어 명에게 아우로라의 행방을 묻는 소리가 들렸다. 내 행방까지도 물었다. 아무도 대답하지 않았다. 아무도 나나 아우로라의 행방을 몰랐고 알고 싶어 하지도 않았다.

사방의 벽에 갇힌 채, 나는 내가 앞으로 되어야 할 여자의 일생을 조사하고 연구하는 데 시간을 바쳤다. 훌리아 아주머니의 사진 앨범들과 편지들을 살펴본 후 가장 먼저 한 일은 아우로라의 휴대전화를 충전한 것이었다. 음성메시지 세 통이 흘러나왔다. 전부 마리아 호세에게서 온 메시지였는데, 아우로라에게 여러 번 이메일을 보내기도 한 사람이었다. 나는 답장을 보내지 못했던 이유—폭동, 정전, 원활하지 못한 인터넷—를 설명하며 서둘러 답장했다.

나는 아우로라 페랄타의 말투를 따라 하며 일인칭으로 썼다. 즉시 답장이 왔다. "언제 오니?" "여권이 준비되는 대로"라고 입력했다. 진짜 아우로라 페랄타의 간결하고 사무적인 문장으로 미루어 볼 때 그 정도면 충분한 대답인 듯했다.

그녀의 낡은 컴퓨터는 검색 데이터뿐만 아니라 비밀번호까지 자동완성으로 설정되어 있었다. 덕분에 별 어려움 없이 모든 정보에 접근할 수 있었다. 나는 은행 계좌들과 이메일 사서함에 집중했다. 우선 유로가 들어 있는 계좌의 전자서명이 맞는지 확인했다. 은행에서 우편 봉투에 담아 보낸 네 자리 숫자였다. 아우로라는 이메일 계정의 비밀번호, 이메일 주소, 전화번호, 집 주소 따위의 나머지 정보들과 함께 봉투를 보관하고 있었다. 네 자리 숫자는 여전히 효력이 있었다. 휴대전화가 완전히 충전되고, 은행에서 문자메시지로 보낸 보안 코드를 받고 난 후, 그녀의 이름으로 발행되긴 했지만 여전히 어머니와 공동명의로 되어 있는 계좌에 연결된 신용카드로 소액을 송금할 수 있었다. 나는 허술하게 처리하고 싶지 않았다. 모든 게 제자리에 있는지 확실히 하고자 했다.

두 번째 단계가 가장 어려웠다. 아우로라 페랄타와 그녀의 스페인 가족 사이의 관계를 회복하는 일이었다. 사서함 속 모든 이메일은 그녀의 사촌 마리아 호세 로드리게스 페랄타로부터 온 것이었다.

내가 전체적인 그림을 끼워 맞추는 데 애를 먹은 것은 어쩌면, 서로 잘 아는 사람들끼리는 모든 걸 당연하게 여기기 때문인지도 몰랐다. 마리아 호세는 파키타, 그러니까 내가 70년대 사진들 속에서 처음 본 후로 자세히 조사하기 시작한 여자의 딸이었다. 오늘날 프란시스카* 페랄타는 여든한 살이 되었고, 그녀의 딸이 아우로라에게 쓴 내용에 따르면, 아우로라를 베네수엘라에서 빼내려고 추진

* '파키타'는 '프란시스카'를 줄여 부르는 이름이다.

한 장본인이었다. 그것은 그녀가 자신의 올케 훌리아 아주머니와의 오랜 빚을 청산하는 방식이기도 했다.

나는 아주머니가 파키타에게 쓴 편지들을 읽었다. 남편을 여읜 아주머니에게 대서양을 건너가라고 설득한 것도 그녀였다. 둘은 적어도 첫 8년 동안은 매주 편지를 주고받았다. 서신 교환은 점점 뜸해졌지만, 아주머니가 시댁에 매달 부치던 5백 볼리바르, 그러니까 6천8백 페세타는 한 번도 빠뜨린 적 없었다. 파키타는 어린 아우로라가 어떻게 자라는지 궁금해했고 언젠가 여름에 스페인에 놀러 오라고 당부했다. "일이 바쁜 건 알지만, 아우로라라도 보내. 다들 언니랑 아우로라를 보고 싶어 하는 데다, 마리아 호세와 둘이 함께 시간을 보내면 좋을 거야. 둘이 나이 차이도 별로 안 나니까."

내가 이해한 바에 따르면, 페랄타 모녀가 스페인을 떠나온 후 다시 방문한 건 딱 한 번이었다. 때는 1983년, 아직 떠나온 곳의 기억이 생생할 때였다. 아주머니는 새 나라에 정착해가는 과정에서 큰 변화를 일구어냈다. 도착하자마자 구한 요리사 일부터 시작해 자기만의 작은 술집 겸 식당을 차리기까지 한 것이다. 이민자들이 초창기에 여는 술

집들이 다 그렇듯, 카사 페랄타는 특이한 곳이었다. 식당처럼 운영될 때도 있었는가 하면 카페나 술집처럼 운영될 때도 있었다. 포도주 한 잔을 시킬 때마다, 아니 탄산음료 한 잔을 시켜도 아주머니가 작은 카나페를 함께 내어주었던 기억이 난다. 음식도 푸짐했다. 문어, 우에보스 로토스*, 아로스 칼도소**, 파에야 등의 스페인 음식이 거의 매일같이 식당을 찾던 이들의 허기와 향수를 달래주었다. 시간이 흐르며, 아주머니는 메뉴에 베네수엘라 요리도 더했다. 고기와 치즈로 속을 채워서 튀겨낸 옥수수 엠파나다, 그리고 주방 도우미를 고용한 후로는 아레파도 개시했다. 메뉴의 변화는 주중에 아침과 점심을 먹으러 식당을 찾던 근처 관공서 공무원들의 입맛까지 사로잡았다.

사람들이 '스페인 여자'라고 부르던 아주머니는 이제 훌리아 여사로 불렸다. 카사 페랄타는 번성했다. 맛있다고 소문이 나면서 더 큰 주문도 받게 됐다. 첫영성체 파티

* '망가진 달걀'이란 뜻으로, 감자튀김 위에 하몬과 달걀 프라이를 올린 스페인 음식이다.

** 파에야와 비슷한 스페인의 쌀 요리이지만, 파에야와 달리 국물이 있는 게 특징이다.

를 위한 메뉴로 시작해서 선거 유세를 다니던 사회민주주의자들을 위해 해산물이 들어간 쌀 요리며 파에야를 준비하기에 이르렀다. 아주머니가 두 세대에 걸쳐, 민주주의의 정치 지도자들을 먹였다고 할 수 있을 것이다. 민주주의 정당은 연이어 선거에서 이겼고, 총 20년 가까이 되는 민주 정부 기간 동안 스페인 여자는 카라카스에서 자신의 자리를 지켰다.

아주머니는 꽤 유명해졌다. 식당에는 주방에서 환하게 웃고 있는 아주머니 모습이 실린 기사가 유리 액자에 끼워진 채 걸렸다. '아데코를 위해 요리하는 스페인 여자.' 아데코는 최초로 보편선거, 무상교육, 석유 국유화를 공표한 중도좌파 정치인들을 부르는 말이었다. 사령관의 정치적 길을 닦아준 두 번의 쿠데타 시도와 혁명의 아이들 운동으로 사회민주주의가 땅에 묻힐 때까지, 훌리아 아주머니는 민주주의와 관련된 기념행사에서 요리를 맡았다. 민주주의가 존재했던 동안은.

엄마는 일요일마다 카사 페랄타에서 점심 먹기를 좋아했다. 엄마에게 그곳은 제대로 된—좋은 취향과 품위가 보장될 때 엄마가 쓰던 형용사—장소였다. 우리는 언제나 혼자 오던 안토니오 아저씨를 우리 식탁으로 불러 함께 밥을 먹었다. 일곱 남매 중 막내로, 카나리아제도의 라스팔마스 출신인 아저씨는 카라카스 최초의 도서 유통업체를 세운 사람이었다. 나는 아저씨와 엄마가 나누는 이야기를 듣는 게 좋았다. 아저씨는 50년대 말에 카라카스에 도착했다. 구역의 신문 가판대들에 대중 과학잡지와 야구카드를 팔러 다니기 위해 사바나그란데 대로에서 열심히 페달을 굴려야 했다고 한다. 나중에는 소형 트럭을 장만해서 도로 위를 달리며 중앙 산맥의 다른 도시들에 신간을 팔러 다니기 시작했다. 아저씨 소유의 서점을 열 때까지. 아저씨는 로물로 가예고스의 소설 이름처럼 서점 이름을 '카나이마'라고 지었다.

아우로라 페랄타는 음료 주문을 받으면서 또 손님들의 식탁 위에 빵이 담긴 바구니를 놓으면서 식당 안을 분주히 돌아다녔다. 그런가 하면 자기 어머니가 김이 펄펄 나는 조개 스튜 냄비를 들고 주방을 드나드는 동안 전식을 내오기도 했다. 아우로라는 카운터 구석에서 뾰로통한 얼굴로 유리잔을 광내고 틀에서 케이크를 빼내던 못생긴 여자애였다.

베네수엘라에서 청소년으로 자라면서도, 주위의 허물없고 유쾌한 태도를 흡수하지는 못했다. 모든 재미와 즐거움에 영향을 받지 않는다는 듯 초연하게, 특유의 칙칙함에 파묻혀 있었다. 그녀의 일대기는 끝나지 않은 사건들과 공백들로 가득했다.

아우로라가 되는 일은 시작도 전에 진 싸움이나 마찬가지였다. 앞으로, 나는 이제 서른여덟이 아니라 마흔일곱 살이었고, 문학과 언어를 전공한 출판 편집자가 아니라 관광학과 비서학 학위—성적표에 따르면, 지극히 평범한 성적의 학위—를 지닌 요리사처럼 보여야 했다. 그건 일종의 사회적 지위 하락을 의미했다.

그 집안 여자들을 만날 때 어떤 표정을 지어야 할까? 마리아 호세는 내게 출발 날짜를 당기라고 누누이 말하던 참이었다. 그러고는, 내가 마드리드에 익숙해지고 정착하는 동안 자기 집에서 지낼 것이며 거절은 거절한다고 단단히 못 박았다. 마리아 호세의 어머니 파키타는 감격에 겨워했다. 나를 보고 싶어 했다. "세월이 얼마나 흘렀는지, 아우로라……"라고 마리아 호세는 썼다. 용기를 끌어모으기 위해, 나는 아우로라 페랄타가 스페인을 방문하지 않았던 긴 세월이 내 다른 외모를 설명할 수 있으리라고 생각했다. 게다가 이름과 장소들을 기억하지 못한다는 점도 이해될 수 있을 터였다. 하지만 그들이 진짜 아우로라의 사진을 본 적이 있을지도 모른다는 사실에 불안했고, 급하게 억지로 머리에 욱여넣은 기억들은 더 큰 걱정이었다. 기억들이 한데 뒤섞일 터였다. 실패할 가능성이 너무 컸다.

다른 사람이 되는 문제 말고도 다른 어려움이 있었다. 나 자신의 행방불명에 대해서는 어떻게 이야기를 꾸며낼 것인가. 일하던 출판사로부터 온 이메일이 사서함을 가득 채우고 있었다. 처음에는 내가 어떻게 지내는지, 또 새 원고를 맡을 준비가 됐는지 알고 싶어 하는 내용이었다. 베네수엘라에서 책을 편집하고 파는 행위란 점점 더 터무니없고 감당할 수 없는 일이 되어간다는 사실이 내게 유리하게 작용했다. 하지만 소강상태는 짧았다. 편집장이 내게 메일을 보냈다. 내 침묵에 불안해했던 그녀는 거절의 의미로 받아들여도 되겠냐고 물었다. 나는 별다른 설명 없이 급하게 사라지는 편이 낫겠다고 판단했고, 잠시 베네수엘라를 떠난다는 결정을 통보하는 간결한 메일을 작성했다. 국가적 상황뿐만 아니라 아델라이다 팔콘의 개인적 상황까지도 편집장을 설득하기에 충분해 보였다.

"어머니의 죽음을 받아들일 시간이 필요합니다. 모든 죽음을요"라고 입력했다.

마침내, 지난번과는 다르지만 역시나 황량한 카페에서 다시 만난 중개인에게서 가짜 베네수엘라 신분증을 건네받았다. 내가 아우로라 페랄타로서 베네수엘라를 떠나는 데 필요한 서류들이었다. 그날 오후, 인터넷으로 마드리드행 항공편을 예매했다. 전국을 덮친 시위들로 인해 국제선이 급격하게 감축 운항하지만 않았더라면, 그 주에 당장 떠날 수도 있었다. 나는 아우로라 페랄타의 신용카드로 결제했다. 비교적 큰 금액이었다. 결제가 문제없이 완료되는 것을 보고, 안도의 한숨을 내쉬었다. 돈만 있으면 무엇이든 간단하고 빨랐다. 돈이 있으면 돈을 원하는 이들의 표적이 되었지만, 없는 것은 훨씬 더 끔찍했다. 그리고 대다수가 그렇게 살았다. 끝없는 파산 속에서.

묘비명의 여덟 글자와 화병을 도둑맞았다. 도둑들은 아델라이다 팔콘의 무덤에서 '영면에 드시옵소서'라는 말을 완전히 떼어 갔다. '편히'라는 글자는 아무도 갚지 않을 빚처럼 덩그러니 남아 있었다. 엄마의 성씨와 엄마가 태어나고 내가 유년의 일부를 보낸 마을의 자음 글자도 없었다. 이모들의 펜션 간판에 붙어 있던 팔콘의 'f'자처럼, 놈들은 글자들이 빛을 잃고 더듬거리게 될 때까지 하나하나 떼어 갔다. 잃기로 말할 것 같으면, 우리는 이름까지도 잃어버렸다. 이모들, 엄마와 나. 우리 팔콘가 여자들은 죽어가는 세상의 여왕들이었다.

내 수치심이 뿜어내는 열기에 하얀 카네이션이 말라버리지 않도록, 다른 비석에 놓여 있던 빈 화병을 가져와야 했다. 엄마가 돌아가신 지 한 달째였다. 나는 더 이상 내가 아니었지만, 엄마 앞에서는 이전의 나이고 싶었다. 엄마를 얼마나 사랑했는지 말하고 싶었다. 우리 엄마처럼, 나 역시 죽은 것이나 마찬가지였다. 엄마는 땅 아래에. 나는 땅 위에. 그날 엄마 묘를 찾은 건 그런 이유에서였다. 바람에게 말을 걸며, 우리의 세상을 하나로 단단히 붙여두려고.

엄마 묘 앞에서 얼마나 오랜 시간을 보냈는지는 모르지만, 그날의 대화가 우리가 나눈 가장 긴 대화라는 사실만큼은 안다. 비록 이제 단어조차 남지 않았고, 다만 약간의 잔디만을 공유할 뿐이었을지라도, 그곳은 세상의 이편에서 서로가 가장 가까이 있을 수 있는 장소였다. 세상이 돌아가고자 할 때 죽음은 빠르게 지나간다. 그리고 엄마, 우리의 세상은, 에우헤니오 몬테호의 시 속 지구처럼 우리가 서로 만나게 하려고 돌지 않았어요. 그러지 않았어요, 엄마. 우리의 세상은 뒤집어져서는 다른 사람들 위로 내려앉았어요. 산 자와 죽은 자를 짓뭉갰고 몸짓 한 번으로 그들을 하나로 묶어버렸어요. 집, 그러니까 우리 집 물건은 하나도 안 남았어요. 내가 지켜내지 못했어요. 또, 엄마도 알겠지만, 다른 변화들도 있어요. 내 이름은 이제 엄마랑 같은 이름이 아니고, 나는 곧 여길 떠날 거예요. 이해해주기를 바라지는 않아요. 다만 내 말을 들어주면 좋겠어요. 내 말 들려요? 엄마, 거기 있어요? 내가 여기 온 건, 당연하게 생각했지만 사실은 그렇지 않았던 것들, 지금도 당연하지 않은 것들을 이야기하고 싶어서예요. 아버지가 우리에게는 죽은 사람이나 다름없었다는 사실에 한 번도 마음 쓰인 적 없다고 말하고 싶어서 왔어요. 엄마의 이름으로 충분했으니까. 엄마의 이름이야말로 나를 감싸줄 수 있는 유일하고도 튼튼한 집이었어요. 아델라이다 팔콘, 엄마와 같은 이름으로 불린다는 건 나를 보호하는 방식이었어요. 저속함으로부터, 무지로부터, 우둔함으로부터.

어릴 적부터 나는 고향(아름답고 매력적이지만, 결국엔 작고 숨 막히는 마을)에 머무르지 않기로 한 엄마의 결정에 남몰래 자부심을 느꼈어요. 모기떼가 꼬이는 시간의 빙고며 오쿠마레데라코스타에 사는 모두의 영혼을 무디게 만드는 럼과 계피가 들어간 사탕수수 음료보다 다른 것들을 더 좋아했다는 사실이 자랑스러웠어요. 엄마가 이모들과 닮지 않았다는 점이 좋았어요. 입이 무겁고 신중했다는 점이요. 미신과 촌스러움을 경멸했다는 점이요. 책을 읽고, 다른 사람들도 책을 읽도록 가르쳤다는 점이요. 엄마, 엄마는 내가 당연하게 여겼던 나라와 닮았어요. 엄마가 나를 데려가던 박물관과 극장이 있던 나라, 사람들이 외모를 가꾸고 예의범절에 신경 쓰던 나라 말이에요. 엄마는 과하게 먹고 마시는 사람들을 좋아하지 않았죠. 고래고래 소리치거나 목 놓아 우는 사람들도 좋아하지 않았고요. 엄마는 과도함을 참 싫어했죠. 하지만 이제 상황이 변했어요. 이제 모든 게 넘쳐흘러요. 더러움, 두려움, 화약, 죽음, 배고픔이.

엄마가 생사를 헤맬 때, 국가는 미쳐갔어요. 살기 위해 우리는 꿈에도 생각해본 적 없는 일들을 해야 했어요. 다른 사람을 등쳐먹거나 침묵하거나, 다른 사람의 멱살을 잡으러 달려들거나 다른 쪽으로 눈을 돌리거나.

엄마가 살아서 그런 꼴을 보지 않아 다행이에요. 이제 내가 다른 이름으로 불리는 건 엄마의 이름과 내 이름이 의미를 갖던 나라를 버리고 싶어서가 아니에요. 이름을 바꾼 건, 엄마, 두려움이 나를 집어삼켰기 때문이에요. 엄마도 알다시피, 나는 엄마처럼 용감했던 적이 없잖아요. 단 한 번도. 그래서 이 새로운 전쟁 속, 엄마의 딸은 동시에 두 편에 서 있어요. 나는 사냥하는 사람인 동시에 입을 다무는 사람이에요. 내 것을 지키며 조용히 타인의 것을 훔치는 사람이에요. 나는 양쪽 진영의 경계 중에서도 가장 나쁜 곳에 사는 거예요. 왜냐하면 나처럼, 겁쟁이들의 섬에 사는 이들은 아무도 상실에 반기를 들지 않으니까요. 엄마, 나는 용감하지 않아요. 적어도 엄마가 가르쳐준 것처럼 신중한 용기는 아니에요. 엄마는 내게 용기를 물려줬지만, 나는 용감하지 못했어요. 보르헤스의 시처럼요, 엄마.

자신의 고독을 다스리려고 안뜰 바닥을 쓰는 여자들을 알았어요. 엄마도 그랬죠. 이제는 멸종한 종족. 클라라 이모와 아멜리아 이모, 그리고 이모들보다 먼저 살았던, 우리의 꿈속에 찾아왔던 여자들. 내 악몽 속 옷장 안에서 철제 옷걸이에 걸린 모습으로 나타난 종이 여자들. 하나같이 미사포를 뒤집어쓴, 오쿠마레 성당의 근엄한 늙은 여자들. 불을 '안으로' 향하게 해서 담배를 피우던, 하도 아이를 많이 낳은 탓에 이가 다 빠져버린 여자들. 혹은 임종의 고통을 겪는 이들 앞에 나타나, "뒤로, 뒤로" 하면서 죽음을 쫓아내던 여자들. 내 기억 속에서 팽창하던 행성 안에는 그 여자들이 살았어요. 엄마도 기억해요? 아멜리아 이모가 새벽같이 일어나서 바닥을 쓸던 거. 나는 이모가 비틀어진 나무와 덤불로 가득한 안뜰의 시멘트 바닥을 쓸고 닦는 걸 봤어요. 타마린드, 패션프루트, 망고, 마메이, 캐슈너트, 파파야, 뼈다귀 자두, 왕귤, 가시여지. 그 나무들에서 떨어지던 새콤달콤한 과일들은 입안에 무언가 썩은 맛을 남겼는데, 너무 달아서 심장과 혀가 미쳐 날뛸 정도였죠. 이모는 정원에 살다시피 하면서 뿌리들이 심기고 뽑히는 곳, 삶과 죽음이 나란히 놓인 그곳을 다스렸어요. 내 기억 속 이모는 갈퀴를 들고 자기 기억들을 죽이러 나온, 나이트가운을 걸친 투사였어요.

엄마, 우리네 삶은 자기 고독을 다스리기 위해 비질하는 여자들로 가득했어요. 담뱃잎을 압착기에 넣고 새벽녘에 바닥에 떨어져 터져버린 과일들을 삽으로 퍼내던, 검은 옷을 입은 여자들. 하지만 나는, 어떻게 먼지를 털어내야 하는지 모르겠어요. 내게는 안뜰도 망고도 없어요. 내가 사는 거리의 나무들에서는 깨진 유리병만 떨어지고요. 엄마, 우리에게는 안뜰이 없었지만 그렇다고 엄마를 원망하지는 않아요. 아침 일찍, 가끔은 한밤중에도 나는 피가 날 때까지 나만의 땅을 쓸어요. 내 기억들을 그러모아서 쌓아 올려요. 오쿠마레데라코스타에서 오후 끝 무렵에 장작으로 태울 이파리들을 모았던 것처럼요. 불 냄새에는 비밀스레 나를 매혹하던 무언가가 있었는데, 며칠 전에는 그마저 사라져버렸어요. 불은 아무것도 소유하지 않은 사람만 정화할 뿐이에요. 타오르는 것들 안에는 슬픔과 적막함이 깃들어 있어요.

엄마가 임종을 맞는 할머니의 발치에 나타난 여덟 명의 여자들, 그러니까 할머니의 여덟 자매와 할머니 이야기를 해준 날 밤부터 나는 우리 생각을 해요. 우리였던 것들. 함께. 무슨 말인지 알죠, 우리 집안 여자들 말이에요. 달콤한 열매를 맺지 못하던 초라한 가지가 달린 우리의 나무. 그거 알아요, 엄마? 나는 우리 여자들에게 잘하지 못했어요. 엄마가 돌아가셨다고 통보한 이후로 이모들한테 전화도 못 했네요. 전화할게요, 엄마, 걱정하지 말아요. 지금은 말을 아끼고 싶어요. 뒤를 돌아보면 내가 빠져나가야 할 땅에 가라앉고 말 테니까요. 나무들도 가끔은 장소를 옮겨 심잖아요. 여기서 우리의 나무는 더 버티지 못해요. 그리고 나는, 엄마, 나는 장작더미에 던져지는 병든 나무둥치처럼 불타고 싶지 않아요. 이모들을 다시 보게 될지는 확실히 모르겠어요. 그래도 걱정은 안 해요. 이모들에게는 서로가 있으니까요. 우리에게 서로가 있던 것처럼. 하지만 그것도, 보다시피, 이제는 별 소용 없는 일이죠. 오늘은 다른 이야기를 하려고 온 거예요.

정확히 무슨 일이 있었던 건지 엄마한테 말한 적 없죠. 내가 길을 잃어버렸던 오후 말이에요, 기억나요? 길을 잘못 들었던 것도 아니고 정신이 팔렸던 것도 아니었어요, 엄마도 알았겠지만. 나는 엄마 심부름 때문에 팔콘 펜션을 나섰어요. 점심 준비를 위한 토마토 1킬로그램을 사 오는 일이었죠.

"1킬로그램이 대충 어느 정도인지 아니? 아델라이다, 아는 거지?"

나는 어깨를 으쓱해 보였어요.

"이만큼이란다."

엄마는 상상의 저울을 들고 실제 세상에서 토마토가 얼마나 담길지 두 손으로 보여줬어요.

"알겠지?"

"네, 엄마."

나는 망고나무 꼭대기를 쳐다보며 대답했고요.

"집중해, 아델라이다. 잘 봐라. 아줌마 아저씨가 덜 담지 못하게 해. 이만큼이야, 기억하렴." 그러고는 손으로 다시 보여줬죠. "거스름돈도 받아 와야 한다. 얼른 오렴, 엄마는 네가 혼자 마을을 돌아다니는 게 싫구나."

나는 광장에 열린 시장까지 걸어갔어요. 엄마가 부탁한 대로 달라고 했죠. 못생기고 작은 토마토들이 담긴 봉지를 주더군요. 지폐를 내고 거슬러 받은 동전은 주머니에 넣었어요. 나는 별 관심 없이 시장의 좌판들을 둘러봤어요. 맨 끝자락에 있던, 돔발상어 고기로 속을 채운 엠파나다를 팔던 좌판, 주인 여자가 밀가루를 쌓아두고 반죽하면서 손님을 받던 그 허름한 가게는 항구에서 일하던 덩치 큰 남자들이 엠파나다를 여러 개씩 사 가던 곳이었죠. 남자들이 엠파나다를 매콤한 살사 베르데에 푹 찍어 허겁지겁 베어 물면 소스가 턱으로 질질 흘러내렸어요. 바지락이 가득 담긴 유리병과 정어리, 도미, 고등어가 올라간 쟁반이 늘어선 좌판 앞도 지나쳤는데, 생선들은 아가리를 쩍 벌리고 작은 이빨과 갈린 배를 내보이면서 바늘이 오락가락하는 저울에 널려 있었어요. 내장, 소금, 뜨거운 비늘 냄새가 났어요.

걷다 보니 아이스크림 파는 곳까지 도착했어요. 색색의 설탕 시럽으로 물들인 간 얼음을 컵에 담고 서리가 내린 꼭대기에 연유를 뿌려주던 곳이요. 나는 토마토 봉지를 손에 들고 좌판 사이를 헤집고 다녔어요.

날이 더웠어요. 바닷가 마을 특유의 끈적거리는 더위였죠. 집으로 돌아가야 했어요. 엄마의 명령이었고 나는 명령을 어기는 법이 거의 없었으니까요. 엄마의 지시란 곧 가정 안에서의 권력 이양과도 같았으니까요. 엄마의 명령은 내게 책임감을 부여했죠. 영원한 유년 시절로부터 나를 시시각각으로 꺼내주었던 거예요. 높은 구두를 신는 것과 같달까요, 그런데 훨씬 낫죠. 그날 오후 나는 팔콘 공화국 최고 권력자의 명령을 어기기로 마음먹었어요. 손님이 너무 많아서 기다려야 했다거나, 항구에서 물건을 가져오는 트럭이 늦게 도착하는 바람에 과일 가게 주인이 토마토를 다시 진열하기까지 오래 걸렸다거나 하는 핑계를 댈 수도 있었겠죠.

요점은 집에 가지 않는 것이었어요. 그날 점심으로 거

북이 파이를 먹을 예정이었고, 그 말은 곧 팔콘 펜션의 부엌에서 수간호사와 도축업자가 복작이고 있으리란 뜻이었으니까요. 크레톤 원피스를 입은 이모들이 칼을 들고 판초를, 그러니까 내가 작은 상추를 먹여가며 키운 거북이를, 랍스터처럼 익어서는 잘게 썰려 고추와 토마토와 양파와 함께 푹 끓여질 운명에 처한 거북이를 펄펄 끓는 물이 담긴 냄비에 넣을 준비가 된 끔찍한 광경을 차라리 피하고 싶었으니까요. 파이를 먹을 생각만으로도 입맛을 다시게 됐지만, 판초가 죽어가는 소리를 들어야 하는 값을 치르고 싶지는 않았어요. 내가 기억하기로 모든 거북이는 죽어가면서 날카로운 비명을 내질렀는데 그게 꼭 사람이 내는 소리처럼 들렸고, 나중에는 거북이가 당한 고통의 결과를 내가 만족스레 접시까지 핥아 먹었다는 죄책감에 시달리면서 그 소리가 배 속에서 울려 퍼졌거든요. 매콤달콤한 맛의 연한 고기를 내가 얼마나 좋아했는지. 그렇지만 음식은 맛있게 먹되 그 작은 동물의 십자가의 길을 함께 걷고 싶지는 않았어요. 죽음을 떠올릴 필요 없이 사냥감을 맛보는 것, 죽였다는 죄책감 없이 먹는 거죠. 지금도 마찬가지예요, 엄마. 식탁 앞에 앉으면 내 만족을 위한 스테이크 한

덩이를 마련하기 위해 누가 어떤 칼로 소의 몸을 가르는지 생각하지 않으려고 해요. 그래서 어느 편에 서 있나, 하는 이야기를 했던 거예요. 훔치는 편과 외면하는 편. 죽이지 않고 죽이는 편.

그날 나는 길 잃은 자들의 언덕을 걸어 올라갔어요. 기억나요? 엄마가 혼자 가지 말라고 수백 번도 넘게 경고한 그 길을 사람들은 그렇게 불렀죠. "거기서는 좋은 일이 생기는 법이 없어." 엄마는 늘 말했죠. 오쿠마레에서는 모두 그 길 이야기를 했어요. 길 끝에는 버려진 집 한 채가 있었어요. 건축가의 집이요. 이모들, 심지어 엄마까지도 그 집 이야기를 한 적 있죠. 아멜리아 이모는 벌벌 떨면서 속삭이듯 말하고는 성호를 긋고 검지에 입을 맞췄고, 엄마는 그런 이모를 나무랐어요. 그런 건 못 배운 사람들이나 하는 소리라고. "미신 나부랭이!" 엄마는 목소리를 낮추며 이야기를 마무리 지었죠.

커다란 집을 찾는 건 어렵지 않았어요. 길 맨 끝에, 강가에 붙어 있다시피 했죠. 빨간 정문에는 자물쇠가 걸려 있었는데 망가져서 제대로 잠겨 있지도 않았어요. 나는 정원을 장식한 목화나무에 이끌려 안으로 들어갔어요. 태어나서 그런 건 한 번도 본 적이 없었어요. 새하얗고 폭신폭신한 덩어리들. 뜯어서 베어 물고 싶은 마음이 들더라니까요.

이모들의 말에 따르면, '건축가의 집'은 변태 마법사, 나쁜 사람이 사는 집처럼 들렸어요. 그래서 다 쓰러져가긴 해도 아름답고 현대적이고 균형 잡히고 탁 트인 장소를, 찝찔한 맛이 감도는 작은 마을에서 발견하니 놀랄 수밖에요. 잡초만 무성한 땅에 질서와 발전을 심어주려고 세워진 바우하우스 같았어요. 그 쓰레기 매립장 같은 곳에 몇 없는 아름다운 건물을 두고 왜 그렇게 안 좋은 소리만 떠도는 건지 이해할 수 없었죠. 흘깃 보기만 하더라도, 그 집은 내 머릿속에서 그려왔던 흉측하고 불길한 장소가 아니었어요. 그 집의 아름다움이 주위의 모든 것을 구제했어요. 함석지붕이 덮인 집들과 어부들이 도미에 소금을 치고 말리던 조립식 건물들, 광장 보도에서 휴대용 술병으로 아니스 술을 마시는 남자들이 드나들던, 실 커튼이 달린 주류 판매점들. 건축가의 집은 그 마을에 속하지 않았고, 그 세계에 속하지 않았다고도 할 수 있겠네요.

나는 겁 없이 들어갔어요. 새하얀 세간과 색색의 유리창에 자석처럼 이끌렸죠. 하지만, 내부는 엉망이었어요. 넝

쿨과 잡초가 하얀 금속과 유리로 만들어진 계단을 거의 다 잠식하고 있었어요. 벽에 남겨진 흙 섞인 얼룩은 침수가 있었음을 의미했고 문들은 손잡이가 전부 뽑혀 있었어요. 그 아수라장은 도둑들의 흔적을 보여주고 있었고 회랑 구석구석 말벌로 가득했어요. 가구는 얼마 남아 있지 않았고 바닥에는 아무렇게나 흩어진 종이로 가득했는데, 중독성 있는 색깔 이론에 관한 주석이라든가 구체를 대기 중에 띄우는 방법에 관한 메모 따위였고, 철제 구조물을 그린 그림과 스케치도 있었어요.

하얀 벽에 꼭 맞게 짜인 붙박이 책장을 들여다봤어요. 첫 번째 선반은 프랑스어로 쓰인 책으로 가득했어요. 갈리마르 출판사에서 나온 책을 처음 본 게 그때였는데, 직사각형 두 개가 그려진 미백색 표지가 수수하고 우아해 보였죠. 책장이 다 뜯기고 찢어진 예술 참고서도 많았어요. 그날까지는 들어본 적도 없는 이름들이었고요. 낯선 소리로 들려서인지 어떤 이름들은 내 기억 속에 단단히 박혀 버렸어요. 요제프 알버스, 장 아르프, 칼더, 뒤샹, 야콥슨, 팅겔리……. 예술가별로 삽화가 하나씩 수록되어 있었고, 긴 텍스트가 뒤를 이었어요. 그 책들에 실린 작품들이 어쩐지 익숙하게 느껴지더라고요.

도시의 거리와 지하철 객차, 횡단보도까지도 그 작품들과 비슷한 양식이었어요. 어느 바닷가 마을의 잊혀버린 집 안에서 반짝이던 빛의 일부가 나라 전체로 흩어졌다는 사실을, 여러 해가 지나서야 깨달았어요. 언젠가 우리도 현대적인 국가가 되리라는 약속의 빛이었죠. 의지를 공표하는 빛. 하지만 의지마저도, 양철 장수들에 의해 본래의 아름다움으로부터 뜯기고 도난당한 철제 벽면 장식처럼 스러져갔어요. 책 속 조각상들처럼 헐벗은 뼈들이 도시 전체에 세워졌어요. 나는 건축가의 집에 들어가 살고 싶었어요. 팔콘 펜션에서 남아도는 시간을 보낼 아지트로 만들기 위해 집을 청소하고 정비할 생각으로 상상의 나래를 펼치기까지 했죠.

거실 위로 뚱뚱한 쇠파리 몇 마리가 날아다녔어요. 계단 근처에서 그 집의 분위기와 전혀 어울리지 않는 물건들을 발견했어요. 찢어진 기도서, 목 잘린 성상, 표지가 뜯겨 나간 신약전서. 그뿐이 아니었어요. 빈 아과르디엔테병, 쇠고둥, 닭털, 더러운 걸레 따위가 널려 있었어요. 나는 두려움과 매혹에 휩싸인 채 계단을 올랐죠. 오쿠마레데라코스타의 소금기에 부식된 계단은 삐걱거렸어요. 꼭대기까지 올라가니, 오후의 햇볕을 듬뿍 받아 무지갯빛이 서린 목화나무를 볼 수 있었죠. 여자들 몇 명이 빨래하던 강의 물소리도 선명히 들렸고요.

토마토 봉지가 그만 손에서 미끄러져서는 빈 종이 상자 위에 떨어졌는데, 소리가 어찌나 크게 울리던지 야채가 아니라 돌이 떨어진 줄 알았지 뭐예요.

"거기 누구요?"

남자 목소리였어요. 나는 전속력으로 계단을 내려오다가 미끄러졌죠. 크게 쓸려서 따끔거렸지만, 상처가 화끈거리는 고통보다 공포가 더 컸어요. 장이 선 광장에 다다를 때까지, 뒤도 돌아보지 않고 달렸어요. 그제야 바지가 찢어지고 핏자국이 묻은 게 보이더라고요.

한 시간 늦게 펜션에 돌아갔죠. 뭐가 더 끔찍했는지 모르겠네요. 끓는 물에서 산 채로 익어가던 판초의 비명이었는지, 아니면 찢어진 옷에 토마토도 없이 집에 돌아온 나를 바라보던 엄마의 눈빛이었는지. 길을 잃었다는 내 변명을 엄마가 믿지 않았던 거, 나도 알아요. 엄마는 속으로 화를 삭였어요. 속에서 곪으면서 감정을 가장 많이 다치게 하는 방식으로요. 결국 엄마가 토마토를 사러 나갔고, 그 날 우리는 아무런 감흥 없이 판초의 잔해를 먹었어요. 이모들은 나이 먹은 여자들 특유의 커다란 엉덩이를 씰룩거리며 왔다 갔다 했고요.

"언니, 싱겁게 됐네." 클라라 이모가 아멜리아 이모에게 말하자, 이모가 매섭게 노려봤어요.

"애 단속 좀 시켜라, 누가 볼까 겁난다. 아이고, 하느님 아버지!" 아멜리아 이모가 화를 다른 데로 돌리면서 대답했고요.

"세상에, 성모마리아시여! 애 버릇 다 버리겠구나." 클라라 이모가 투덜거렸죠.

그리고 엄마, 엄마는 이모들이 벌이는 촌극에 신경도 안 썼어요. 파이 한 조각을 예의상 먹었을 뿐.

"아니, 아델라이다, 얘, 거북이를 잡은 건 난데 너는 왜 먹질 않는 게냐! 그렇게 꽁해 있으면 이모들 마음이 어떻겠니. 고집 한번 세구나, 네가 네 엄마한테 무슨 짓을 했는지 봐라." 클라라 이모가 뱀처럼 희번득한 눈으로 나를 쏘아봤어요. 이모 말에 따르면, 내가 벌인 소동과 혼란에 화가 났다는 거였죠.

그리고 엄마, 엄마는 눈썹 하나 까딱하지 않고 파이를 먹었어요. 가장 먼저 식탁에서 일어나 설거지를 한 사람도 엄마였고요. 엄마는 이틀 동안 내게 말 한마디도 없었어요. 처음으로 받은 침묵의 형벌은 매 맞는 것보다 더 아팠어요. 하지만 엄마는 그런 사람이었죠. 엄마는 그랬어요.

택시 기사가 경적을 두 번 울렸다. 처음에 이야기한 시간보다 훨씬 더 끌었던 것이다. 나는 발걸음을 뗐다. 이번에는 뒤를 돌아보지 않고서. 우리 이름, 엄마와 내 이름, 아델라이다 팔콘에서 뽑혀 나간 글자들을 곱씹으면서. 나는 입안의 이가 다 빠진 것처럼 허전한 마음으로 조수석에 올라탔다. 공동묘지 관리인이 알려준 대로 기사에게 방향을 일러주었다. 우리는 화단 틈에 깊숙이 묻힌 무덤들, 그 안에서는 주인들이 방문객도 없이 썩어가고 있을 무덤들이 줄지어 있는 완만한 구역으로 향했다.

"여기서 기다려주세요. 아까처럼 오래 걸리진 않을 거예요. 초과 금액은 지불할 테니 걱정하지 마시고요."

기사는 그렇게 돌아가는 경로가 못마땅하다는 듯 코웃음을 쳤다. 나는 작은 데이지꽃 한 다발을 들고 내리면서 문을 쾅 닫았다.

묘지에는 아무도 없었다. 긴 통로에는 바스락거리는 낙엽이 쌓여 있었다. 그 구역은 우리 엄마가 묻힌 자리보다 더 오래된 구역으로, 대부분 유럽 이민자들의 무덤이 자리한 곳이었다. 근엄한 직사각형의 똑같은 모양이 비석들을 전부 같아 보이게 했지만, 몇몇 무덤은 작은 사치를 부리기도 했다. 이제 죽은 지 20년은 되었을 아이들을 위한 사탕과 바람개비, 포인세티아와 크리스마스트리가 햇볕에 그을려 있었다. 유행 지난 정장 차림의 사람들이 담긴 타원형 초상화가 붙은 비석이 많았다.

훌리아 페랄타 아주머니의 묘는 나무 한 그루에서 몇 걸음 떨어지지 않은 곳에 있었다. 빽빽한 층을 형성한 무성한 잡초에 거의 다 덮여버린 바람에 묘는 잔디로 된 쿠션처럼 보일 지경이었다. 가까이 가서 잡초를 뽑아내고 나서야 이름 전체를 읽을 수 있었다. 훌리아 페랄타 베이가. 성난 붉은 불개미 떼가 사방에서 기어 나왔다. 수백 마리는 족히 될 법한 불개미 떼는 시뻘건 것이 꼭 씁쓸한 카사바 즙에 양념을 칠 때와 매운 소스를 만들 때 사용하는 재료 같았다. 불개미 떼가 에나멜을 입힌 아주머니의 사진—스산하고 차가운 스튜디오 사진—을 둘러쌌다. 아주머니는 생전에도 그런 분위기를 풍겼다. 세상 저편의 분위기. 데이지꽃을 화병에 꽂다가 불개미 한 마리에 검지를 물렸다. 나는 손가락을 부여잡고 뛰다시피 뒷걸음질 쳤다. 제법 크게 물렸다. 찌르는 통증에 두근거리고 따끔거렸다. 남은 잡초를 막대기로 치워보려 했지만, 도저히 불가능했다. 몇 초 되지 않아 물린 손가락이 알레르기 반응으로 부풀어 올랐다.

아주머니에게는 나의 방문이 부적절하게 느껴졌으리라. 그래서 어머니 여왕의 명령에 따라 번식하는 불개미 보병대를 풀어 나를 무덤에서 쫓아낸 것이리라. 나는 어린애처럼 손가락을 빨면서, 그새 시들어버린 작은 데이지꽃 다발을 들어 아주머니의 이름이 새겨진 시멘트판 위에 올려두었다.

아주머니에게 구한 것이 용서였는지 허락이었는지 모르겠다. 내가 저지른 짓이 아니었더라면 딸이 함께 누워 있었을지도 모를 그 무덤 앞에 서서, 무얼 하려던 건지 모르겠다. 아주머니는 지하에 평온히 잠들어 있었다. 그렇지만, 아주머니의 딸은, 쓰레기통 옆에서 완전히 소각되어버렸다. 그녀를 그곳으로 데려간 것이 나였다. 그녀에게 불을 붙이고 버려두고 온 것도 나였다. 내가 한 짓이었다.

사람은 자기 가족이 묻힌 곳에 속하는 법이라면, 내 자리는 어디일까. 평화와 정의가 있을 때여야만 누군가를 묻을 수 있다. 우리에게는 둘 다 없었다. 그래서 영면에 이르질 못했고, 용서는 바라지도 못했다.

"너 너 너, 너 너, 너 너 너에게 줄 꽃다발을 가지고 가, 산후안의 밤을 기념하며 다 다른 색으로 준비했다네!" 오쿠마레데라코스타의 흑인들은 6월의 밤에 노래했다. "지나가버린 배은망덕한 시간은 다시 돌아오지 않지, 푹 익은 바나나는 다시 풋풋해지지 않아." 내 유년의 해변에서 그들은 골반을 세차게 흔들며 노래했다. "너 너 너, 너 너, 너 너 너에게 줄 꽃다발을 가지고 가, 산후안의 밤을 기념하며 다 다른 색으로 준비했다네!"

나는 내가 잘 알지 못했던, 내가 모든 걸 빼앗아버린 여자에게 주려고 산 데이지꽃 다발을 내려놓았다. 산후안이 천국으로 돌아가지 않은 것처럼, 지상에는 평화가 없었다. 그날 오후 공동묘지의 나무들에서 목 잘린 닭의 깃털이 떨어지는 것을 느꼈다. 토마토가 다시 터지는 것을. 거북이가 펄펄 끓는 물이 담긴 냄비 안에서 비명을 내지르는 것을. 목화솜과 물고기들이 내 가슴을 뚫고 나오는 것을. 죽은 우리 어머니가 영원한 침묵으로 나를 벌하는 것을. 그리고 다른 어머니, 스페인 여자가, 자신이 생을 마감할 곳으로 선택한 땅의 불개미들이 독을 생성하도록 자기 몸을 양분으로 내어주는 것을.

이 나라에서는 아무도 영면에 들지 못한다. 아무도.

"라펠로타 모퉁이와 만나는 우르다네타 대로로 가주세요." 택시 기사에게 말하고 문을 쾅 닫았다.

"승객을 찾습니다. 아우로라 페랄타 승객께서는 항공사 카운터로 와주시기 바랍니다."

카운터에 여권을 맡기고, 활주로로 내려갔다. 잠자코 말을 따랐다. 선택권이 없는 사람들에게는 그게 유일한 선택지니까.

'엿 같네.' 세관에 신고할 항목이 있는 승객들에게 국가방위군이 입힌 반사 조끼를 몸에 맞게 조이면서 속으로 내뱉었다.

세 번째 검문이었으니, 그게 마지막이겠거니 짐작했다. 남을지 떠날지를 정하는 마지막 관문. 나는 평소보다 더 땀을 흘렸고 거짓말이나 범죄를 저지를 줄 모르는 사람이라는 사실을 훤히 드러내는 과장된 친절로 무장했다. 나는 그렇게 그곳에 있었다. 여권도 없이 서서, 국가방위군 대원이 즐기면서—적어도 내게는 그렇게 보이는 모습으로—명령을 내리는 꼬락서니를 보고만 있었다. 그는 내게 철제 탁자 위로 여행 가방을 올리라고 명령했다. 가까이 오지 말라는 손짓을 했다. 가방의 자물쇠를 풀었다. 탁, 탁. 그는 초록색 제복으로, 가슴팍을 가득 채운 훈장들로, 허리띠에 걸친 총으로, 허리춤에서 발사할 준비가 된 총알들이 담긴 탄약통으로 나를 겨누면서 내 눈을 바라보았다. '사관'은 권력자가 자신이 곧 권력이라는 사실을 과시할 때 으레 그러듯 내 물건을 뒤졌다.

"책과 종이가 뭐 이리 많습니까?" 그가 질책하듯 물었다. "무슨 일을 합니까?"

"요리사입니다."

"그게 다입니까?"

"네, 그게 다예요."

나는 짐 가방 안에서 뒤죽박죽이 된 물건들을 내려다봤다. 내 물건들로는 책, 낡은 공책, 필요하다면 내가 진짜로 누구인지, 아니면 누구였는지 기억을 되살려줄 사진 몇 장이 있었다. 그리고 다른 물건들—아우로라의 유행 지난 흉측한 옷, 시험을 준비하는 학생처럼 복습하고 공부하고 여행 가방에 넣어 오기까지 한 사진 앨범과 편지들이 있었다. 여행을 위해 특별히 꿰맨 이중 커버에는 우리 집과 아우로라 페랄타의 집문서 두 장이 들어 있었다. 집문서를 소지하는 게 범죄는 아니었지만, 어쨌든 숨겼다.

영원하신 혁명군 사령관 국제공항*의 활주로 한가운데서, 바다 냄새와 연료 냄새에 아찔해진 채, 내가 짊어지고 대서양을 건너가야 할 물건들이 하나씩 지나가는 광경을 바라보았다. 배가 갈린 채 내장을 주물럭거리게 내버려두는 고래 앞에 서 있는 기분이 들었다. 나는 수치심을 느꼈고, 고래를 덮어주고 나를 덮어주고 싶었지만, 항의하지 않았다. 손가락을 들어 올리지 않았다. '사관'에게 그 탄약통에 담긴 총알 중 우리 이름이 쓰인 것이 얼마나 되느냐고 묻지 않았다. 그렇다고 아직 줄 서 있는 이들, 강제로 복종해야 하는 시민의 연대 속으로 몸을 피하고 싶지도

* 베네수엘라의 대표 공항인 시몬 볼리바르 국제공항을 말한다.

않았다.

"그래서 요리사시다. 무슨 요리를 합니까? 요리하는데 이렇게 책이 많이 필요하진 않을 건데, 아닙니까?" 남자가 끈질기게 물었다.

"케이크와 과자를 만듭니다, 사관님. 책 읽는 것도 좋아하고요. 오븐이 예열되기를 기다리는 동안 지루하니까요, 그래서 책을 많이 읽습니다."

"음…… 그리고……?"

"무슨 말씀이신지 모르겠습니다."

나는 남자에게서 시선을 거두지 않았다.

"그리고 더 무슨 일을 할 거냐고 묻는 거요. 요리사로 일하려고 스페인에 갑니까? 시민께서는 편도 표밖에 없잖소. 돌아오는 표는 안 보이는데."

나는 화장실 거울 앞에서 수백 번도 더 연습했던 것처럼, 외워둔 대사를 되짚었다.

"사실은요, 사관님, 저희 큰고모가 아프세요. 가엾은 분, 연세가 많으시거든요." 이런 식으로 말하는 걸 나는 극도로 싫어했지만, 내가 연기하는 역할에 도움이 될 것 같았다. "그리고, 보시다시피, 제가 가서 돌봐드려야 해요. 제

귀국은 고모 상태가 차도를 보이는지에 달려 있으니 돌아오는 표를 사지 않은 거고요."

"음, 그렇군……." 그가 원숭이처럼 끙 소리를 내며 말했는데, 자기가 읽은 내용뿐만 아니라 내 설명을 전혀 이해하지 못한 듯 보였다.

"여기서 기다리시오, 시민."

남자가 자리를 비운 시간이 영원처럼 느껴졌다. 그가 나를 검색실로 보낼까 봐 두려웠다. 그 방에서는 사람을 발가벗기고 손으로 더듬고, 골무에 싼 무언가를 배 속에 숨기고 있는지 아니면 영혼 깊숙한 곳에서부터 올라오는, 다 조져버리고 싶은 욕구를 숨기고 있는지 보기 위해 금속 탐지기로 몸 중앙을 훑었다. 첫 번째 것은 없었지만, 두 번째 것은 내 온몸에 쓰여 있었다. 생각만으로도 아찔해졌다. 중요한 물건들은 전부 허리 통증에 쓰는 보호대 안에 넣고 몸에 꽉 밀착시켜서 내가 가지고 있었다. 허술하긴 했지만 어쨌든 변명이라면 변명이 될 수 있을 터였다. 내 허리와 배에는 아직 수중에 있던 유로와 아우로라 페랄타의 은행카드들이 꼭 붙어 있었고, 지갑에 만들어둔 비밀 주머니에는 진짜 내 신분을 증명하는 몇 안 되는 서류와 카드가 들어 있었다.

몸수색까지 하려면 상황이 아주 나빠야만 했다. 하지만, 다들 알다시피, 결말은 두려워하는 사람이 아니라 두려움을 유발하는 사람이 정하는 법이다. 바로 그 점이 묘미였다. 음식을 입에 넣기 전에 가지고 노는 것, 건드리지도 않고 타인의 의지를 굴복시키는 것.

부츠보다 지루함이 더 무겁다는 양 느릿느릿한 걸음으로, 남자가 돌아왔다.

"시민, 그렇다면 고모님 성함이 어떻게 됩니까?"

"프란시스카 페랄타입니다, 사관님."

"아하, 프란시스카 페랄타. 수중에 음식이 있습니까?"

"없습니다, 사관님. 확인하셔도 좋습니다."

"음…… 동식물 밀반입과 세관 문제 때문에 물어보는 거요."

여행 가방은 여전히 열린 채였다. 대원이 책을 하나 집어 들더니 냄새를 맡았다.

"요리사라면서 왜 음식이 없습니까?"

"사관님, 제 여행 목적은 아픈 여성을 돌보기 위한 것이지 요리하기 위한 게 아닙니다."

"흠. 그런데 이 책들은 무슨 내용이지? 요리책입니까?"

"아닙니다, 사관님. 소설입니다. 재미로 읽습니다."

"음……. 고모께서는 어디에 사십니까?"

"마드리드에 사십니다, 사관님."

"마드리드 어디에 사십니까, 시민?"

"라스벤타스에 사십니다, 사관님. 투우 경기장 바로 옆에요."

"아, 그렇습니까? 마드리드에서 투우를 합니까?"

그렇다고 대답했다.

"그러면 시민께서는 스페인 사람입니까? 그렇게 오래 머무른다는 건, 체류 자격이 된다는 거니까. 아닙니까? 신분증명서가 있다는 거지."

"어머니가 스페인 사람이었습니다. 그래서 저는 이중국적자고요."

"음……. 그럼 스페인 여권은 어디 있습니까?"

머리가 빙빙 돌았고 속이 타들어가기 시작했다.

나는 있다고 한 후 여권을 꺼내려고 주머니로 손을 가져갔다.

"여기 있습니다."

"왜 진작 보여주지 않았습니까?"

"아, 사관님, 그게…… 저…… 저는 베네수엘라 시민이기도 하니까요. 그렇지 않나요?" 나는 아직 손에 여권을 들고 말했다.

"이리 주시오."

나는 순간 망설였다. 내 삶이 의미가 있다면 그건 그 여권 덕분이었다. 나는 신장을 하나 떼어주기라도 하듯 여권을 건넸다.

"여기서 기다리시오."

남자는 다시 자리를 떴다. 기본적인 관례에서 살짝 달라지기만 해도 이해하지 못하는 탓에, 아주 조금이라도 상황이 복잡해지면 다른 동료와 의논해야만 하는 사람이라는 생각이 들었다. 내 옆에는 태블릿 초콜릿 여덟 개를 압수당한 젊은 여자가 기다리고 있었다. 스페인 국적이 없는 그녀는, 바르셀로나에서 석사 과정을 공부할 거라고 수백 번은 설명했다. 초콜릿을 모조리 먹어치운 다음, 국가방위군 대원이 여자에게 돌아올 예정이냐고 물었다. 여자는 조금도 망설이지 않고 그렇다고 대답했다. 탁자 두 개 너머에서는, 나이 든 여자가 털실 뭉치를 다 풀고 뜨개질하기 위한 실이라고 설명해야 했다. 압수당하기를 기다리는 사람들은 거의 모두 같은 특징을 지니고 있었다. 여자들과 노인들, 위협하기 쉬운 조건을 갖춘 목표물이었다.

나는 다른 나라에서 반입된 후, 공무원들이 빼돌리게 될 마약을 찾느라 동원되는 셰퍼드들을 바라봤다. 입마개를 착용하지 않은 개들은 사람들의 핸드백과 가랑이에 주둥이를 콕 박으며, 이것저것 냄새를 맡고 다녔다. 그들은 이리저리 뒤지고 다니면서 우리의 가장 아픈 곳을 찔러댔다. 우리를 시민이라고 부르면서, 범죄자처럼 취급했다.

그들은 진짜로 코카인을 소지한 사람들을 통과시키기 위해 애먼 사람들을 의심하는 척하면서 잡아두었다. 우리를 가지고 놀면서 시간을 버는 동안 밀수품을 못 본 척하는 것은 제법 이득이 되었다. 협박보다 마약이 주는 보상이 컸다. 게다가 평범한 사람들에게 겁을 주는 건 그 자체로 재미있는 일이기도 했으니까.

국가방위군 대원이 내 여권을 손에 들고 돌아왔다.

"음……."

그런 소리를 내면서 무슨 말을 하고 싶은 건지 알 수 없었다. 말을 한다기보다는 음메 소리에 가까웠다.

"따라오시오." 그가 명령했다.

나는 죽었구나, 생각했다. 남자를 따라 회색 통로를 걸어갔다. 여권도 없이. 전화기도 없이. 탈출구도 없이. 나는 팔콘도 아니고 페랄타도 아니었다. 나를 강간하거나 묵사발로 만든다 해도, 아무도 알 수 없으리라. 그는 뚱뚱한 남자가 서류를 검토 중인 사무실로 나를 데려갔다.

"앉으시오. 이름이?"

"아우로라 페랄타입니다."

"스페인에는 왜 갑니까?"

"아픈 친척을 돌보러 갑니다."

"유로를 소지하고 있습니까, 시민?"

계급은 알 수 없었지만, 명령을 내리는 사람으로 보였던 탓에 그를 사관이라고 부를 생각은 접었다.

"없습니다, 지휘관님."

"그러면 체류 비용은 어떻게 댈 겁니까?"

"친척 집에 머무를 겁니다."

남자는 내 여권을 조사하더니 한숨을 내쉬었는데 꼭 방귀 뀌는 소리처럼 들렸다.

"구티에레스 병장 말로는 시민께서 깨끗하다더군. 확인

차원에서 엑스레이 검색대를 통과할 거요."

아마 내가 접시처럼 동그랗게 눈을 떴을 터였다.

"걱정하지 마시오, 시민. 비용은 정부가 부담하니까. 시민 돈은 한 푼도 안 들 거요. 어쨌든, 시간이 꽤 걸리는 일인데 비행기가 만석이니까 지금 구티에레스 병장을 따라가주면 고맙겠소. 시민 여권은 내가 보관하다가, 협조하면 돌려주겠소."

구티에레스가 허리춤에 손을 올렸다. 성 상납으로 빠른 죽음을 모면하는 내 모습이 상상됐다. 무얼 해야 하나? 소리를 지르나? 뭣 하러? 무슨 도움이 될까?

"말씀대로 하겠습니다, 지휘관님. 협조할 수 있다면, 협조해야지요." 벌써 정액을 삼키기라도 하는 것처럼 대답했다.

"병장과 함께 가시오……. 협조하시고, 시민."

구티에레스가 활주로까지 나를 데려갔다.

"조끼 벗어요." 그가 명령했다.

친근하게 말하니 겁이 났다. 나는 조끼를 벗어서 내 여행 가방 옆에 있던 탁자 위에 올려두었다.

"따라 올라오세요."

비행기는 대기 중이었고, 나는 아직 땅에 있었다.

구티에레스 병장이 나를 데리고 출발 탑승구를 찾아 헤매는 승객들로 붐비는 복도와 회랑을 걸어갔다. 그가 면세점, 그러니까 향수와 술과 화장품의 제국 앞에서 멈춰 섰다. 그의 어조가 백팔십도로 달라졌다.

"봐봐, 자기야. 들어가서, 삼성 텔레비전을 골라…… 저거, 제일 큰 거로. 고른 다음에는 계산대에 가서 자기 여권이랑 탑승권 보여주고, 텔레비전을 들고나오면 돼."

그가 말하는 동안 나는 고개만 끄덕였다.

"하지만, 사관님, 텔레비전을 살 돈이 없는데요."

"그건 걱정하지 않아도 된답니다, 아가씨. 텔레비전을 가지고 나오기만 하면 끝."

나는 텔레비전을 고르고, 탑승권과 여권을 내밀었다. 면세점 직원이 영수증을 출력했고, 보증서와 함께 호치키스로 찍어주었다.

"즐거운 쇼핑 및 편안한 비행 되시기를 바랍니다." 직원이 말했다.

나는 사관이 있는 곳으로 돌아갔다. 그가 턱짓으로 바닥을 가리켰고 나는 그곳에 텔레비전을 내려놓았다. 공항 직원 한 명이 오더니, 텔레비전을 가지고 갔다. 그제야 우리는 다시 활주로를 향해 걸어가기 시작했다. 그렇게 우리는 다시 시작점에, 그러니까 내 여행 가방 앞에 도착했다. 그가 다시 가방을 열더니 기계적으로 되살폈다.

"다 좋습니다, 시민." 그가 말했다.

그제야 여권을, 아우로라 페랄타의 이름으로 된 스페인 여권과 베네수엘라 여권을 돌려받았다. 스페인 여권은 노란색의 동그란 스티커가 붙은 채 내 수중에 돌아왔다. 나는 대합실로 향하는 계단을 어렵사리 올랐다. 다리가 후들거렸다.

탑승구 대합실 유리창 너머로 착륙장과 공항 직원들을 바라보았다. 비행기가 춤을 추게 하려는 듯 팔을 움직이는 남자들과 여자들. 터빈이 드르릉거리면서 유리창을 울리는 동안 아스팔트는 지금 막 광을 낸 포크처럼 빛났다. 통로에 설치된 롤렉스 시계는 작동하지 않았다. 배터리가 없어 휴면 중인 정확성에 따르면 시계는 오후 2시를 가리키고 있었다. 나는 여권을 내려다봤다. 여권 페이지를 넘겨보며, 증명사진에 담긴 내 눈을 들여다보며 이번에는 정말로, 내가 아우로라 페랄타라는 사실을 스스로 확신하려는 것처럼.

내 주위 승객들은 자기 휴대전화에 자석처럼 붙어 있었다. 손가락 끝으로 화면을 누르면서 불안과 시간을 죽이고 있었다. 사람들이—저 여자, 저 소년, 안경 쓴 저 남자가—마지막 주사위를 던지는 것처럼, 아니 어쩌면 타고 온 배를 태워버리는 것처럼 바다를 건너가기 전에 마지막 메시지를 보내는 공항은 에어컨이 작동하는 화장터가 되어버렸다. 돌아가지 않는 것이야말로 우리에게 일어날 수 있는 최상의 시나리오였다.

가방 안에서 내 휴대전화가 울렸다. 아나였다. 아나는 발작하듯 흐느끼며 소리를 질렀다. 그녀가 하는 말을 하나도 알아들을 수 없었다. 훌리오가 전화를 넘겨받았다. 산티아고가 죽었다. 카라카스 교외의 어느 황야에서, 머리에 세 방의 총상을 입고 코카인 봉지가 담긴 배낭과 함께 발견되었다.

"코카인이라고요?"

"그래요, 아델라이다. 신문 안 읽은 거예요? 정부가 자기들 멋대로 사건을 꾸며냈어요. '마약을 유통하던 학생 저항군 리더 암살당하다'라고요." 혼선이 생겨 통화가 끊기기 시작했다. "내 말 들려요?"

"네, 훌리오. 아나 바꿔주세요."

훌리오가 아나에게 전화를 받으라고 말했다.

"사실이 아니야, 너도 알잖아!"

"아니지, 나도 알아, 내 말 들어. 우선, 아나……. 우선 침착해야 해." 나는 목소리를 높여가며 말했다. 소리를 지르면 내가 느낀 경악까지도 밀어낼 수 있기라도 한 것처럼.

"아니야, 아니야……!"

"아나, 내 말 들어!" 대화가 불가능했다. 아나가 울음을 그치지 않았다. "아나, 내 말 들어. 아나, 아나! 얘, 내 말 들리는 거야?"

통화가 끊겼다. 여러 번 다시 전화를 걸어봤지만, 곧장 음성사서함으로 넘어갔다. 메시지 세 통을 남겼다.

비행기 옆에 세워진 짐 트럭에 시선을 고정했다. 승무원의 목소리가 마드리드행 072X 항공편의 탑승이 시작되었음을 알렸다. 수하물 작업자들은 마지막 짐과 상자들을 올리는 데 한창이었다. 나는 휴대전화를 손에 쥐고 수하물을 바라보면서 내 가방을 알아볼 수 있을까 했지만 허사였다. 아우로라 페랄타의 삶을 담고 있기에는 전부 작고, 충분하지 않아 보였다. 여행 가방들은 우리와 비슷했다. 무더기로 쌓인 채 발길질을 당했다. 우리는 모두 거대한 수산 시장에 무방비 상태로 널려 있는 것이나 다름없었다. 누군가 우리를 토막 내고, 배를 갈라서는 우리 안에 있던 모든 것을 무자비하게 휘저었다.

그날 나는 어떤 작별들이 무엇으로 이루어지는지 알게 됐다. 내 작별은, 한 줌의 똥과 내장으로, 사라져가는 해안선으로, 눈물 한 방울조차도 돌려줄 수 없는 국가로 이루어진 작별이었다.

비행기에 올라 좌석에 앉았다. 휴대전화를 끄자, 긴장도 사그라들었다. 창밖을 내다보았다. 미약한 불빛과 아름다움이 도시의 밤을 수놓았다. 아늑한 동시에 끔찍하게 빛을 발하던 카라카스는, 어둠 속에서 이글거리는 뱀의 눈으로 아직 나를 주시하던 동물의 따뜻한 둥지였다.

오직 한 글자만이 '출가'와 '출산'을 가를 뿐이다.

흰옷을 빨러 강가에 갔다. 구멍 뚫린 바지를 입은 여자애가 나를 따라왔다. 오른 무릎 위로 찢어진 천이 말라붙은 피로 얼룩져 있었다. 나는 더러운 걸레가 가득 담긴 대야를 바라봤다. 아이에게 이름이 뭐냐고, 무슨 일이 있었냐고, 어머니는 어디 계시느냐고 물었다. 아이가 내 손을 잡고 키클롭스의 괴력으로 잡아당겼다. 우리는 내가 침대보를 문지르고 쥐어짜던 조용하고 깨끗한 강가와는 전혀 딴판인 흙탕물 아래로 가라앉았고, 죽은 말과 기수들 곁에서 천천히 움직이던 뱀 같은 배설물 사이를 떠다녔다. 감기지 못한 그들의 눈은, 익은 노른자색을 하고 있었다. 생명이 빠져 나간 눈구멍들. 미지근한 피와 배설물 수프 안에서 어설프게 헤엄치던 아이와 내게, 짐승과 사람의 사체들이 와서 부딪혔다. 방향도 틀 수 없던 우리는, 슬로모션으로 전개되는 악몽 속에서 우리를 빙빙 돌리는 물살에 몸을 맡겼다. 아이가 내 손을 잡아당기는 바람에 나는 더 깊숙이, 조류가 붙은 암초와 딱딱하게 굳은 기다란 똥 덩어리들 사이로 가라앉았다.

수면 위로 헤엄쳐 가고 싶었지만, 아이가 보여줄 게 있다며 또다시 손을 잡아당겼다. 안장이 얹혀 있으나 기수는 없는 말 뒤로, 실뭉치처럼 둥그렇게 말린 시체 하나가 떠다녔다. 썩은 태반 안에 태아처럼 웅크린 남자였다. 아이는 내 손을 놓지 않고 그 남자가 있는 곳까지 헤엄쳐 갔다. 아이가 남자의 어깨를 잡고 몸을 돌리자, 얼굴이 보였다. 산티아고였다. 아이는 다른 쪽 팔로 그를 감싸 안았다. 짐승과 배설물과 시체들로 둘러싸인 그 어군 안에서, 우리 셋은 서로를 부둥켜안았다.

눈을 뜨자, 승무원이 내 어깨에 손을 올리고 있었다.

"괜찮으세요?"

내가 소리를 질렀던 게 틀림없다.

"네, 괜찮아요."

입안이 끈적거리고 빽빽했다. 여행 내내 나는 무릎 위에 올려둔 가방에서 손을 떼지 않고 있었다.

"한 시간 후면 바라하스 공항에 착륙할 예정입니다. 아침 식사 하시겠습니까?"

나는 멍하니 고개를 끄덕였다. 구운 빵이 풍기는 달콤한 냄새가 공기 중에 깊이 스며들고 있었다. 승무원이 내 앞에 식판을 내려놓았다. 네모로 잘린 과일, 차가운 버터, 흐물흐물한 오믈렛, 배가 고프지 않은 승객들을 위한 식사였다.

"차나 커피 드시겠습니까? 우유 넣으시겠습니까, 블랙으로 드시겠습니까? 설탕 넣으시겠습니까, 사카린 넣으시겠습니까?"

너무나 많은 질문. 계속 가시겠습니까, 돌아가시겠습니까? 승객님 성함이 아델라이다 팔콘인가요, 아우로라 페랄타인가요? 그 여자를 죽이셨나요, 이미 죽어 있었나요? 도망가시나요, 훔치시나요? 비행기가 작고, 비좁게 느껴졌다.

"목이 마르네요." 내가 말했다.

"물 드시겠습니까? 주스 드시겠습니까? 파인애플과 오

렌지 중에 어느 걸로 드릴까요?"

"오렌지, 오렌지주스로 주세요."

나는 주스를 한 번에 들이켰다. 새콤한 화학 감미료가 내 메마른 뇌를 적시면서 정신이 돌아오고 기력이 회복됐다. 주위를 죽 훑어보았다. 내 옆에는 아무도 없었다. 나는 빵을 가지고 놀았다. 작고 쓸모없는 용기들을 주의 깊게 보았다. 전부 시작과 같은 결말을 맞았다. 용기들은 아무짝에도 쓸모없는 접시들과 함께 수거되었다. 나는 다시 창문 쪽으로 얼굴을 돌렸다. 느릿느릿한 일출이 바다 저편에서 저무는 낮을 끄집어낸다는 듯, 새카만 하늘이 천천히 깨어나고 있었다. 뒤로하기, 그것은 대서양이 바다를 건너는 사람들에게 선사하는 경이였다.

나는 먹는 둥 마는 둥 했다. 승무원이 식판을 수거해 가더니 빈 컵과 구겨진 냅킨을 재빨리 치웠다. 072X 항공편의 기장이 20분 후 마드리드 바라하스 공항에 착륙할 예정이라고 방송했다. 현지 기온은 섭씨 21도였다. 나는 다시 꽁꽁 언 창문에 얼굴을 가져다 댔다. 공중에서 내려다보면 도시는 비현실적인 모습을 띤다. 축소된 모형처럼 가짜 같은 모습. 고속도로, 집, 구획된 토지, 수영장, 초소형 자동차, 어딘지는 몰라도 어딘가로 향하는 운전자들. 작고, 보잘것없고, 멀리 있는 생명들. 우리는 단숨에 착륙했다. 비행기가 활주로를 스치며 나아갔다. 산란하듯 승객을 하나하나 뱉어내던 유일한 문까지 식은 빵 냄새가 따라왔다. 좌석들은 전쟁터처럼 보였다. 아무렇게나 널브러진 베개, 구겨진 종이, 주스와 탄산음료가 남아 있는 부상당한 종이컵, 창문에 새겨진 마지막 입김의 흔적.

나는 여권을 손에 들고, 그게 나침반이라도 되는 양 꽉 쥔 채 터널을 통과했다. 공항은 부유한 국가의 현대적인 면모를 뽐내고 있었다. 입국 심사대에 도착하자, 줄이 두 갈래로 나뉘었다. 하나는 유럽연합 승객을 위한 줄, 다른 하나는 기타 외국인 승객을 위한 줄. 나는 가방에 훔친 물건이 들어 있는 사람처럼, 유럽인들이 서는 줄에 섰다. 그러고는 내 차례를 기다렸다. 국가 경찰이 내 여권을 꼼꼼히 들여다보았다. 깔끔하게 면도된, 말끔한 얼굴이었다. 그 경관의 권력은 훈장이 주렁주렁 달린 군복을 입은 구티에레스 병장의 권력만큼 위험하진 않을 터였다.

중간에 심사대가 있으면 타인이 되는 과정은 더 복잡해진다. 꼭 불안에 무게를 달아 파는 것과 같다. 스페인 여권, 그러니까 내 여권에는 도장 하나 찍혀 있지 않았다. 완전히 백지들이었다. 경관이 한 장 한 장 자세히 살피는 것으로 보아 그 사실이 경관의 관심을 끌었던 게 틀림없었다. 경관은 여권 발행 날짜와 아우로라 페랄타로 분한 내 사진을 확인하더니, 이내 여권을 덮고 돌려줬다. 안녕히 가십시오. 그게 다였다. 그 작은 공간에서, 인지가 붙은 문서의 활약과 공로 덕분에, 나는 스페인 사람이었다. 아마도 처음이자 마지막으로, 나는 내가 되어야 했던 바로 그 사람이었다.

나는 후들거리는 다리로 앞으로 나아갔다. 그렇게 함으로써 내 앞길을 비춘다는 양 내 이름을 몰아내면서 공항의 통로와 중앙 홀을 지났다. 수하물 찾는 곳에 다다르자, 컨베이어 벨트가 여행 가방들을 뱉어내고 있었다. 형광등이 비추는 대기실은 내 안에 자리를 잡은 여자가 멋대로 자라나는 인큐베이터처럼 보였다. 나는 나의 어머니이자 자식이었다. 절망이 빚어낸 작품이자 은총이었다. 그날, 나는 출산했다. 이를 악물고 뒤도 돌아보지 않고 나를 낳았다. 마지막 힘주기는 내 여행 가방이었다. 나는 가방 손잡이를 잡고 출구를 향해 나아갔다. "좆같은 나라. 다시는 나를 못 볼 거다." 나는 작게 중얼거렸다.

그날 아침, 태어나서 처음으로, 나는 이겼다. 배에 작살이 꽂힌 채였지만, 이긴 건 이긴 것이었다.

모든 바다는 감히 자신을 건너고자 하는 이들을 날카로운 메스로 헤집는 수술실이다.

한 가족이 풍선과 플래카드를 들고 기다리고 있었다. 처음에는 극도의 행복감에 휩싸여 있던 그들은 유리문이 열리면서 나오는 승객이 자기들이 기다리던 사람이 아니라는 사실을 확인하고는 실망감 가득한 얼굴이 되었다. 그런가 하면 승객의 이름이 적힌 태블릿을 들고 있는 남자들과 지나친 화장에 승무원처럼 차려입은 여자들이 단체 여행객을 기다리는 모습도 보였다. 나는 다 때리고 싶었다. 이유는 모르겠지만, 그들을 다치게 하고, 괴롭히고, 부숴버리고 싶었다. 허리케인이 되고 싶었다. 대자연의 힘이 되고 싶었다. 나는 빈 벤치까지 여행 가방을 끌고 갔다.

주소를 다시 확인했다. 론드레스 거리 8번지, 라스벤타스. "주소가 M-30 순환도로 안쪽에 있다고 기사님께 꼭 말씀드려." 우리가 마지막으로 주고받은 이메일에서 마리아 호세가 당부한 내용이었다. 길을 알려주는 내용 열 줄과 좋은 여행 되라는 마지막 인사말. 그런데 결국, 좋은 여행이란 무엇이던가? 사람들은 누구에게 좋은 여행을 기원하는가? 돌아오는 사람에게인가, 떠나는 사람에게인가? 떠날 때의 사람에게인가, 이미 다른 사람으로 도착한 사람에게인가?

내가 그들 앞에 모습을 드러내지 않는다면 어떨까, 마드리드에서 길을 잃어버리고 내가 알지도 못하는 가족이 기다리는 검문소를 거치지 않고 스스로 살길을 찾는다면 어떨까? 새롭게 얻은 성씨로 이제 설명도 없이 사라질 수 있는데, 왜 전혀 알지도 못하는 사람들 곁에 정착해야 하나? 나는 겁이 났다. 내게 이름을 준 여자의 시신을 처리했을 때보다도 훨씬 더 겁이 났다.

나는 옷차림 중 유일하게 내 소유인 구두를 내려다봤다. 나를 보는 사람은 누구든 나를 평생 비행기 한번 타보지 못했거나 현금인출기조차 사용해보지 못한 촌사람으로 여길 게 분명했다. 부피가 크고 무늬가 들어간 옷은 내가 사칭한다는 결정적인 증거였다. 아우로라 페랄타가 되기—그녀처럼 옷을 입고 행동하고 기억하고 심지어 가끔은 그녀처럼 생각하기—로 작정한 후부터, 나는 나 자신을 아무도 원하지 않는 사람, 당혹스럽고, 개성 없는 사람으로 여기게 되었다.

거짓말은 어디서부터 시작하는가? 이름에서부터? 몸짓에서부터? 기억에서부터? 어쩌면 말에서부터?

아우로라 페랄타에게 목소리를 주려면 그녀가 내 안에 녹아들게 하고, 내 머릿속 어렴풋한 그녀의 이미지에 근접해질 때까지 그녀를 흡수해야 했다. 아우로라 페랄타가 된다는 것은 나 자신을 애도해야 함을 의미했다. 다시는 존재하지 않기. 나의 존재를 지우고, 며칠 후면 내 목소리 안에서, 내 추억 안에서, 내가 행동하고 원하는 방식 안에서, 내 외모 안에서 형태를 갖추어야 할 그녀로서의 나에게 넘겨주기. 첫 만남을, 그러니까 화장실은 여기고 커피머신은 이렇게 작동하고 텔레비전은 요렇게 켜면 된다는 기본적인 지침 이후에 따르는 처음 며칠간을 무엇으로 채워나가게 될까? 낯선 사람을 환영하고 예의상 베푸는 친절이

지나간 후에 오는 순간들 속에서 어떤 연료를 태워야 할까? 우리 엄마가 아니었던 어머니의 죽음을 슬퍼할 수도 있을 터였다. 하지만, 아주머니의 지병과 죽음에 관해서는 어떻게 이야기할 수 있을까? 그 주제가 입에 오르는 건 시간문제였다. 지난 몇 년 동안 훌리아 페랄타 아주머니와 파키타가 주고받던 편지들에 등장하는 집에 관한 이야기를 누군가 꺼낸다면 나는 어떤 표정을 지어야 할까?

출발 이틀 전에 스페인 사회보장국이 아주머니 앞으로 보낸 편지를 열어보았다. 발신 날짜가 최근인 편지는 유족연금 수령을 위해 생존 증명서를 새로 제출하라는 내용이었다. 아주머니의 사망 이후 매년 한 통씩 받은, 같은 내용의 편지 여섯 통이 보관되어 있었다. 편지들 옆에는 아우로라 페랄타가 카라카스의 스페인 영사관에서 증언한 내용, 그러니까 자기 어머니가 살아 있기는 하지만, 건강상의 이유로 직접 참석하지 못했다는 내용의 아포스티유* 확인서 한 장이 있었다. 같은 공무원이 서명한 건강증명서가 증거로 작용했다. 그녀에게는 마지막 편지에 답장할 시

* 문서 공증 인정 협약.

간이 주어지지 않았다. 내가 어마어마한 돈을 들여가며 조심스레 비슷한 서류를 마련하긴 했지만, 차마 제출하지 못했다.

"엄마는 허구한 날 내게 살이 붙었다고 말한다." 머리맡 탁자 서랍 안에서 발견한 일기장 초입에 아우로라 페랄타가 남긴 내용이다. 누군가 읽을까 봐 두려워하는 듯, 일기장은 숨겨져 있었다. 파란색 공책에 오줌 얼룩이 진 침대보처럼 누레져가고 있던 종이에는 단상으로 가득했다. 그것은 청춘에 이르기까지 원한에 불타오르다가 어른이 되어서는 체념에 소진되어버린 십대 소녀의 기록이었다. 하루에 한 줄씩 쓴 걸 보면, 팔순이 되어도 일기장에는 아직 빈 페이지가 남아 있을 터였다.

"오늘은 슬프다." "어제는 저녁을 걸렀다." "식당에 나가기 싫다." "엄마가 헛소리를 한다." "살이 찌고 있다, 또." "엄마의 성미를 견디기 어렵다." "오늘은 빙고를 하러 갔다." "아무와도 말하고 싶지 않다." "엄마가 나를 혼내는 게 너무 싫다." "엄마는 오늘 밖에 나가고 싶어 했지만, 나는 아니었다. 그래서 싸웠다."

그녀의 일기는 감정보다는, 아무것에도 신경 쓰지 않고

느릿느릿 걸어가는 듯 보였던 이의 일과를 쏟아내고 있었다. 자신의 건강, 어머니와의 다툼 혹은 갈수록 더 그녀를 필요로 하던 식당으로 이루어진 세계를 넘어서는 무언가를 언급하는 일은 드물었다.

"식당이 싫다." "식당에 있고 싶지 않다." "요리는 지루하다."

최근 몇 년 동안의 기록은 아우로라 페랄타가 누구였는지 또는 그녀가 원하던 게 무엇이었는지 더 흐릿한 인상을 남길 뿐이었다. 한 가지 분명한 점이라면 그녀가 식당을 싫어했다는 사실, 하물며 자기 어머니 곁에서 일하기는 더욱 싫어했다는 사실이었다. "오늘은 엠파나다를 여든 개나 튀겨야 했다." "엄마는 정당 본부에 요리하러 갈 것이다. 가기 싫다. 나는 종업원이 아니다." 겨우 두 줄 혹은 세 줄이 될까 말까 한 묘사에는 자기 어머니가 돈을 벌던 방식에 대한 경멸이 담겨 있었다. 그녀가 식당 일에 대하여 느꼈던 거부감보다 훨씬 더 컸던 것은 권태였다.

아우로라가 다만 암이라고 묘사할 뿐인 아주머니의 병은 일기장 안에서 인격을 형성했다. 의지가 있는 개인. 모녀가 살던 아파트로 이사 온 새로운 가족이자 그녀가 느끼는 기분에 원인을 제공하는 주범. 모든 게 불안정하고, 연극적이라고까지 할 법한 방식으로 쓰인 일기는 꼭 어린 아이가 사물의 목소리를 상상하며 탄산음료 캔 두 개를 가지고 노는 것 같았다.

"오늘은 암이 지독하게 구는 바람에 엄마가 침대 신세를 져야 했다. 내가 식당 문을 열고 닫았다. 나쁜 하루다." "오늘은 암이 얌전하게 굴었다. 엄마가 침대에서 일어났다." "오늘은 암이 잔인하게 굴어서 식당을 열지 못했다. 종일 병원에 있었다. 엄마가 안쓰럽다. 하지만 종일 그 화덕 앞에 서 있으니, 엄마가 자초한 일이나 다름없다. 음식 튀길 일이 없는 건 좋다."

아우로라 페랄타의 방에서 발견한 물건 중에 튀는 건 별로 없었다. 책을 많이 읽는 것 같지는 않았다. 책장에는 책이 몇 권 없었는데, 많아봐야 이사벨 아옌데의 소설 두세 권과 베네수엘라의 고전《바르바라 부인》한 권이 다였다. 그렇다고 음악을 듣는 취미가 있는 것 같지도 않았다. 그래도 신문 기사 스크랩은 좋아했던 것 같다. 그녀가 수집한 기사들에 연관성은 없었다. 토시니요 데 시엘로*, 라이스푸딩, 슈크림 요리법이 텔레비전 연속극 편성표 옆에 함께 보관되어 있었다. 스크랩북을 보고 10년 치의 연속극 내용을 재구성할 수 있을 정도였다. 기사에 실린 요약글에 볼펜으로 밑줄을 그어둔 걸 보면, 회마다 결말을 받아들이기 어려워한 게 틀림없다. 내 눈에는 다 똑같아 보이는 결말들을 그녀는 예상치 못한 결말이라며 강조해두었다.

세 번째 스크랩북을 편 순간 나는 돌처럼 굳어버렸다. 아우로라 페랄타는 보도 위에서 죽은 군인 사진을 보관하고 있었다. 내 열 살 생일날 처음 본 후로 오랫동안 간직했던 바로 그 군인 사진이었다. 나는 눈썹이 피로 범벅된 그 소년의 사진을 더 잘 보려고 표지를 쫙 펼쳤다. 신문의 지면 구성을 보고 나서야 그녀가 왜 그 사진을 간직하고 있었는지 알게 됐다. 사진이 신문의 처음과 마지막을 구성하는 낱장에 실려 있던 까닭이었는데, 마지막 장에는 보통 텔레비전 방송의 평론이 배치된다. 그녀와 내가 자란 국가의 첫 사회적 붕괴를 알리는 기사의 반대편에는, '라피에라'로 알려진 배우 도리스 웰스의 부고가—밑줄이 그어진

* 달걀노른자와 설탕을 섞어 만드는 스페인의 디저트.

채—실려 있었다. 웰스는 차가운 눈썹과 황금빛 머리카락으로 모두를 자기 앞에 무릎 꿇리던, 우리가 꿈꾸던 마녀, 우아한 악당이었다. 나는 국가의 죽음을, 아우로라는 연속극 배우의 죽음을 간직했다. 두 죽음 모두 허구였다.

멍하고 몸이 무거워서, 도저히 공항 출입문까지 짐을 끌고 가지 못할 것처럼 느껴졌다. 눈을 들자, 구성원만 바뀌었다 할 뿐이지 똑같은 행동을 되풀이하는 사람들 무리가 보였다. 시시각각 표정이 바뀌며 애태우는 가족들. 이번에는 정말로, 그들이 기다리던 가족이 틀림없을 여행객 앞에서 미소를 짓고, 실망감에 미소를 거두는 이들. 아, 아니네, 저 사람이 아니야. 앗, 잠깐만, 봐, 봐, 저기 나온다! 양쪽으로 흩어지는, 손에 태블릿을 든 남자들, 똑같아 보이지만 사실은 다른 사람들. 똑같이 짙은 화장을 했지만, 사실은 다른 사람들인 여자들이 일본인 단체 여행객을 맞이하고 있었다. 켜졌다가 꺼지는 전등처럼, 모든 게 똑같으면서 달랐다. 그리고 내가 그곳에 있었다. 여전히 같은 벤치에 앉아, 손 하나 까딱하지 않고, 내가 이룬 이 대성공을 이제 어쩌면 좋을지 자문하며, 수류탄이라도 들고 있는 것처럼 어쩔 줄 몰랐다.

내 혈관에 흐르도록 수혈한 아우로라 페랄타의 피가 부족했다. 일을 그르치지 않으려면, 내 모든 피를 빼내야 했다. 정신을 차려야 했다. 그녀가 불행한 여자였다고 나까지 그러리란 법은 없었다. 그렇게 멀리까지 갔는데, 가라앉을 수는 없는 노릇이었다.

나는 택시 정류장까지 걸어갔다.

"론드레스 거리 8번지로 가주세요." 문을 닫으면서 기사에게 말했다.

흰 세단이 전속력으로 출발해서 M-30 도로로 진입하는 동안 라디오에서 시각을 알리는 남자 목소리가 흘러나왔다. "현재 시각은 9시, 카나리아 시각으로는 8시입니다."

택시는 양옆으로 유리 건물이 우뚝 솟은 거대한 고속도로를 가로질렀다. 하늘이 어찌나 맑은지 유리창 같았다. 나는 내 새로운 가족의 일대기를 복습했다. 마리아 호세는 시립 보건소에서 간호사로 일했다. 이혼 후, 그녀는 아들과 함께 자기 어머니네 집에서 몇 블록 떨어지지 않은 임대 아파트로 이사했다. 5층에 위치한 집은 창문이 길가로 나 있었고, 빛이 아주 잘 들었다. "네 마음에 들 거야." 마지막으로 주고받은 이메일에서 마리아 호세가 말했다. 그녀의 어머니 프란시스카는 카르데날베유가 거리와 홀리오캄바 거리 사이, 예전부터 가족이 살던 집에 살았다. 집은 아메리카에스파뇰라 광장과 아주 가까웠는데, 로터리에 올리브나무 세 그루가 심어져 있어 내가 좋아하게 된 곳이었다. 결코 모습을 바꾸는 법이 없는 그 나무들은 사계절 내내 변하지 않는 유일한 존재였다. 프란시스카는 혼자 살았지만, 볼리비아 출신 여자가 그녀를 돌봤다. 듣기로는, 프란시스카의 정신이 오락가락했다. "보면 알 거야." 마리아 호세가 이메일에 쓴 바에 따르면 그랬다. '그래, 이제 보게 되겠지.' 나는 건물들에 압도당하면서 속으로 내뱉었다. 하나하나 지나칠 때마다 더 높고 더 현대적인 건물이 나타났다.

택시 기사가 벤타스 다리에서 우회전하더니 투우 경기장 뒤편을 가로질렀다. 황소와 인간들이 죽어나가던 곳, 투우는 내 도시에서도 오페라처럼 열리던 의식이었다. 죽음을 보겠다고 돈을 낸다니. 나로서는, 참나, 내게 죽음이란 얼마든지 공짜로 볼 수 있는 것이었다.

론드레스 거리 8번지 건물은 예뻤다. 대문이 열려 있었다. 피부가 햇볕에 그을리고 갈라진 남자가 내 눈에는 먼지 한 톨 없어 보이는 계단을 쓸고 있었다. 군청색 작업복을 입은 그가 미소를 지어 보였는데, 이가 얼룩덜룩한 흡연자의 미소였다. 남자가 빗자루를 내려놓더니 짐 올리는 것을 도와주었다.

"5층으로 갈 거예요."

"아, 예……, 마리아 호세 씨네 댁. 손님이 오실 거라고 하셨어요. 같이 가드릴까요?"

"아니요, 괜찮습니다." 나는 자르듯 말했다.

엘리베이터 문이 닫히고 나서, 거울을 보았다. 몰골이 말이 아니었다. 나는 지쳤고, 늙었고, 언짢아 보였다. 나였던 사람과 지금 나를 바라보는 사람 사이를, 원본에서 씻겨 나온 유령들의 긴 행렬이 지나가고 있었다. 살이 많이 빠졌다. 다른 나라가 아니라 다른 시대에서 오기라도 한 양, 구식이고 나이 들어 보였다. 아우로라 페랄타의 어머니가 내 도시에 도착했을 때 그런 모습이었으리라. 하지만 나는 살아 있었다. 그녀는 이제 아니었고.

산다는 것, 아직 도무지 이해할 수 없는 기적이자 죄책감이라는 이빨로 나를 물어뜯는 기적. 생존한다는 것은 도망치는 사람과 동행하는 공포의 일부이다. 누군가 당신보다 살 가치가 있었음을 알려주겠다고, 우리가 건강할 때 무너뜨릴 틈을 노리는 해충이다.

나는 'D'라고 붙어 있는 나무 문 앞에 멈춰 섰다. 허리를 곧게 펴고 초인종을 눌렀다. 발소리와, 자물쇠가 열릴 때 나는 삐걱 소리가 들렸다.

"네가……?"

"맞아, 나야. 아우로라."

아침 10시 반이었다. 카나리아 시각으로는 9시 반.

카라카스는, 언제나 밤이리라.

이 이야기는 허구이다. 소설에 등장하는 일부 일화와 인물은 실제 사건에서 영감을 받았으나, 정확한 자료를 기대해서는 안 될 것이다. 일화와 인물들은 증언이 아니라 문학을 목적으로 현실에서 떨어져 나왔음을 일러둔다.

감사의 말

나의 언니 크리스티나에게, 내면을 읽는 법을 알려주었고 이 책의 한 장 한 장을 자기 이야기처럼 읽어준 시인에게 감사한다.

나의 어머니에게, 어머니의 진실에 감사한다.

나의 아버지에게, 엘 그란 그란 카피탄, 내 인생에서 아버지의 이루 말할 수 없는 보살핌에 감사한다.

나의 형제 후안 카를로스에게, 바다가 존재함을 또 내가 원한다면 언제든 바다를 건너갈 수 있음을 가르쳐주었음에 감사한다.

나의 형제 카를로스 호세에게, 폭풍우 한가운데서도 무장해제시키는 그의 미소에 감사한다.

마리아 아폰테 보르고에게, 세상에 둘도 없는 진정한 작가에게 감사한다.

호세 그리고 에우랄리아 사인스에게 감사한다. 이제 당신들을 이해할 수 있으므로.

나의 여자들에게, 글을 쓰는 여자들, 또 글을 쓰지 않는 여자들에게 감사한다.

오스카르에게 감사한다. 당신이 없었더라면, 그 어떤 소설도 존재하지 못했을 거예요. 이 소설도, 서랍 안에 잠들어 있는 소설들조차도.

에밀리오에게, 로드로 나를 떠밀어주었음에 감사한다.

마리나 페날바에게, 이 이야기를 깊이 읽는 법을 알아주었음에 감사한다. 그리고 무엇보다, 이야기의 가능성을 믿어주었음에 감사한다.

하이든, 말러, 베르디, 그리고 칼라스에게 감사한다.

솔레다드 브라보가 부른 절구의 노래에, 산후안의 밤에 울려 퍼지던 북소리에, 그리고 마르가리타 섬마을의 노래 '바람의 아이를 품은 여자'에 감사한다.

바람 잘 날 없는 나의 땅. 바다의 이편과 저편으로 나뉜 땅에 감사한다.

옮긴이의 말

《스페인 여자의 딸》은 아름다움과 폭력이 공존하는 곳, 지금까지도 분쟁이 끊이지 않는 베네수엘라의 수도 카라카스에서 삼십대 후반의 평범한 여성이 겪어내야 했던, 결코 평범하지 않은 일을 그린다. 소설에서 장소를 제외한 요소들은 인물이건 날짜건 구체적으로 드러나지 않는다. 권력자들의 이야기는 이미 너무 많이 말해졌기에, 그들에게 이름을 부여하지 않는 편이 희생자들의 이야기에 더 집중할 수 있으리란 판단에서였다고 한다. 실제로 베네수엘라의 사회적·정치적 상황을 몰라도 이 소설을 읽는 데는 전혀 지장이 없을뿐더러, 현실의 요소가 그대로 반영되었더라면 오히려 소설 읽기에 방해가 되었을 것이다. 자칫

번잡스러울 수 있는 장치가 제거됨으로써 독자는 현실에 구애받지 않고 소설 속 공간을 상상해볼 수 있을 테고, 어느새 아델라이다 팔콘의 현실은 나의 현실처럼 느껴지게 될 것이다.

그래도 굳이 소설이 암시하는 배경을 추적해보자면, 공포를 조장하는 주범인 혁명의 아이들은 우고 차베스 전 대통령이 2013년 사망하기까지 20년 동안 집권하며 주도했던 '볼리바르 혁명'의 정신을 따르는 베네수엘라 정부를, 보안관을 비롯한 인물 및 단체들은 정부에 헌신하는 대가로 막강한 권력과 이익을 챙기는 신봉자들을 암시한다. 차베스의 '혁명'은 라틴아메리카의 해방자 시몬 볼리바르가 주창한 빈곤 해방과 제국주의로부터의 독립이라는 목표를 계승하겠다는 포부로 시작됐지만, 자본주의의 틀은 그대로 두면서 막대한 오일머니를 바탕으로 포퓰리즘 정책을 펼친 탓에 결국 베네수엘라 경제와 민주주의를 파탄 내는 결과를 초래했다. 죽기 전, 차베스가 후계자로 임명하여 당선된 마두로 역시 같은 길을 걸으며 2014년 국제 유가 폭락 이후 사회경제적으로 내리막길만 걷는 국가를 구제할 뾰족한 수를 내놓지 못하고 있다.

그러나 소설 속에서 차베스라든가 마두로라는 이름은 단 한 번도 등장하지 않거니와, 혁명의 아이들이니 조국의 기동부대니 하는 이름들은 허구이다. 따라서 소설 속 공간은 폭력과 억압이 지배하는 곳이라면 어디든 될 수 있다. 그리고 그런 상황에서 가장 고통받고 희생을 강요당하는 사람들은 언제나 가장 힘없는 사람들이기 마련이다. "잠자코 말을 따랐다. 선택권이 없는 사람들에게는 그게 유일한 선택지니까." 아픈 사람들은 병원 복도에서 노숙하며 차례를 기다리고, 효과가 있을지 없을지조차 모르면서 암시장에서 어마어마한 값을 주고 항암제를 산다. 피비린내 풍기는 이 소설 속에서 먹이사슬은 뚜렷이 드러난다. 가장 꼭대기에는 누가 있는지도.

주인공 아델라이다 팔콘은 국가가 자기를 밀어내고 있다는 사실을, 살아남으려면 도망가야 한다는 사실을 직감으로 안다. 떠나기 전 어머니의 묘 앞에서 자신이 용감하지 못했다고 고백하지만, 자신을 짓누르는 폭력과 억압에 맞서 싸우고, 자신이 처한 상황에서 벗어나고자 발버둥 치는 그는 투사로 보이기까지 한다. 체제에 저항할 용기가 없다고 해서 물리적 폭력까지 가만히 당하기만 하다가 죽으란 법은 없다. 보안관에게 침을 뱉던 아델라이다의 패기를 떠올려 볼 수 있겠다. 쥐도 궁지에 몰리면 가만히 있지 않는 법이다. 결국 죽더라도, 죽이면서 죽는 법이다. 살다 보면 언젠가는 울어도 안 되고 비명을 질러도 안 되고 다만 정신을 붙들어야만 하는 상황이 온다. 그럴 때는 앞으로 나아가는 수밖에 없는 것이다. 후퇴는 없다.

> 뒤를 돌아보면 내가 빠져나가야 할 땅에 가라앉고 말 테니까요. 나무들도 가끔은 장소를 옮겨 심잖아요. 여기서 우리의 나무는 더 버티지 못해요. 그리고 나는, 엄마, 나는 장작더미에 던져지는 병든 나무둥치처럼 불타고 싶지 않아요.

아델라이다에게는 선택권이 없다. 살고 싶다면 주어진 상황을 이용하여 기회로 삼아야 한다. 절대적 빈곤이 지배하는 사회에서 개인은 서로를 적으로 경계하고, 인간의 목숨은 파리 목숨도 못한 것이 되며, 어딜 가든 죽음이 따라다닌다. 차베스 대통령이 집권한 20년 동안 2백만 명 이상의 베네수엘라 국민이 나라를 떠났고, 그 이후로 지금까지 수백만 명이 더 떠났다. "바다에 얽힌 이야기란 모름지기 정치적이며 우리는 다만 땅을 찾아 헤매는 파편들이므로"라는 헌사에서 바다는 대서양을 의미한다. 뿌리내릴 땅을 찾아 대서양을 건너야만 하는 운명에 처한 사람들. 아델라이다 팔콘은 결코 되지 못할 걸 알면서도 아우로라 페랄타가 되어야만 한다.

> 내 얼굴은 이제 내가 속하지 않은 영토와 연령에, 타인의 것이기에 상상할 수 없는 기쁨과 불행의 역사에 속해 있었다. 나는 내가 전혀 알지 못했던 삶, 아우로라 페랄타의 인생에 당장 뛰어들어야 했다. 베네수엘라에서 탈출하게 해줄 신분증을 받기 위한 차례를 기다리느라 문 앞에 길게 줄 선 스페인 사람들의 자식과 손주들을 보며, 불행 중 다행이라는 기분이 들었다. 나는 그 여자가 아니었고 완전하게 그 여자가 될 일도 결코 없을 터였다.

이렇듯 바다에 얽힌 이야기란 곧 바다를 건너가도록 내몰리는 사람들의 이야기이므로, 정치적일 수밖에 없는 것이다. 베네수엘라 같은 사회에서 유일하게 민주주의적인 것은 배고픔과 죽음이었다고 작가는 회상한다. 작가 카리나 사인스 보르고 역시 베네수엘라를 떠나야 했다. 그 점 때문에 이 작품이 자전적 소설이냐는 질문을 종종 받은 듯하다. 하지만 작가와 주인공은 어쩔 수 없이 떠나야 했다는 점과 세대를 공유할 뿐, 소설을 읽고 나면 누구든 이 이야기를 작가의 실제 경험과 연결 지으려 하는 건 무의미한 시도라고 느낄 것이다. 작가는 유혹적인 길로 빠지지 않고 균형을 유지함으로써 픽션을 망가뜨리지 않고 정치적인 문제를 말하기, 사실임 직하지만 현실 그대로는 아닌 것을 말하기에 성공한다. 누군가의 목소리를 대변하려고도 하지 않는다. 그저 일상적 인물들이 어떻게 일상을 빼앗기는지 담담히 전해줄 뿐이다. 진짜 이런 일이 있었을까? 진짜 이런 단체가 있나? 하는 의문은 이내 사라진다. 어느새 이야기에 빨려 들어가면서 소설의 배경이 실제 현실과 얼마나 닮았는지 하는 문제는 더 이상 중요하지 않기 때문이다.

《스페인 여자의 딸》은 카리나 사인스 보르고의 첫 소설이다. 이 작품을 집필할 당시 전업 작가가 아니었던 그는 기자로 일하면서 하루도 글쓰기를 거른 적이 없다고 한다. 그것이 살기 위한 행위였기 때문이다. 글을 쓰며 해방감을 느꼈는데, 무엇보다 쉴 틈 없이 퍼붓는 혼란에 질서를 부여하는 데 유용했기 때문이라고 한다. 이 소설 역시 순전 필요에 의해 태어났다. 기자로 일하면서 두 번의 여름휴가 동안 집필에만 몰두하여—매일 밤낮으로 글을 쓰고, 커피와 담배를 사기 위한 외출만 허락해가며—완성한 첫 소설이 소위 대박을 터뜨린 것은 2018년 프랑크푸르트 도서전에서였다. 출간도 전에 루멘, 하퍼스 콜린스, 갈리마르 등 각국의 대형 출판사들과 계약을 맺게 된 것이다. 여기에는 스페인에서 문화부 기자로 일하던 그가 일로 알고 지내던 저작권 대리인 마리나 페날바의 도움이 컸다. 바르셀로나 출장에서 우연히 만난 대리인이 그에게 다가와 하는 말이, 소설을 쓰고 있다는 걸 알고 있으니 자기한테 보내라는 것이었다. 작가는 바로 처음 서른 장을 보내고, 그날 밤, 일정이 잡혀 있던 인터뷰를 마치는 중에 대리인의 메시지를 받는다. 소설 전체를 보내달라는.

나 역시 이 책을 서점에서 발견하고 집에 도착하자마자 허겁지겁 읽고 처음 든 생각이 친구들한테 읽히고 싶다는 것이었으니, 대리인의 마음이 충분히 이해 간다. 이 소설을 한 장면으로 요약하라면 주인공 아델라이다가 아우로라의 시신을 창 너머로 던지는 장면을 말하고 싶다. 소설을 처음 읽었을 때부터 지금까지 내내 남아 있는 장면이다. 웬만한 자극에는 단련이 되어 있다고 생각했는데, 이상하게 그 장면만큼은 초현실적으로 느껴질 만큼 충격적이면서도 놀랍도록 생생하게 그려진다. 역설적이지만, 삶의 의지가 가장 절박하게 드러나는 대목이 아닐까. 나는 이 장면을 몇 번이고 머릿속에 그려보았다. 좋은 소설이란 무엇인가. 그 정의는 저마다 다르겠지만, 내게는 나를 넘어서는 세계를 상상하게 해주는 소설이 좋은 소설이다.

무덤을 파헤치는 것으로도 모자라 비석에서 글자까지 떼어내 훔쳐 가는 사람들, 해골 가면을 쓴 경찰과 끌려가는 학생 시위대들. 온 집 안에 문자 그대로 똥을 싸질러놓은 보안관. 서로를 견제하며 살아남는 것만이 의무인 사람들. 광기와 절망과 죽음이 난무하는 가운데, 전부 잃을 수도 있지만 다시 시작할 수도 있다는 가능성이라는 한 줄기 희망이 비친다. 아델라이다는 망설이지 않는다. 아델라이다 팔콘은 영웅도 아니고 악인도 아니다. 그저 살기 위해서, 결코 생각도 해본 적 없는 존재가 되도록 떠밀린 사람이다. 과연 누가 그의 행동에 도덕적 잣대를 들이밀며 재단할 수 있을까? 나라면 어떻게 했을까? 당신이라면? 그가 부디 무사히 새 땅에서 새 삶을 시작할 수 있기를 바랄 뿐이다.

결국 우리는 모두 땅을 찾아 헤매는 존재들이므로.

2021년 4월

구유

스페인 여자의 딸

1판 1쇄 발행 2021년 5월 7일
1판 3쇄 발행 2021년 7월 26일

지은이 · 카리나 사인스 보르고
옮긴이 · 구유
펴낸이 · 주연선

총괄이사 · 이진희
책임편집 · 심하은
저작권 · 이혜명
표지 및 본문 디자인 · 박민수
마케팅 · 장병수 김진겸 강원모 정혜윤 유정연
관리 · 김두만 유효정 박초희

(주)은행나무
04035 서울특별시 마포구 양화로11길 54
전화 · 02)3143-0651~3 | 팩스 · 02)3143-0654
신고번호 · 제 1997—000168호(1997. 12. 12)
www.ehbook.co.kr
ehbook@ehbook.co.kr

잘못된 책은 바꿔드립니다.

ISBN 979-11-91071-58-0 (03870)